बेरोज़गार इंजीनियर और गूंगी गन का इंसाफ़

युवान बुक्स
अनबाउंड स्क्रिप्ट का उपक्रम

बेरोज़गार इंजीनियर और गूंगी गन का इंसाफ़ : विश्वास शर्मा
प्रथम संस्करण : सितम्बर, 2025

ISBN : 978-93-48497-25-3

प्रकाशक : अनबाउंड स्क्रिप्ट
2/41, अंसारी रोड,
दरियागंज, दिल्ली–110002
वेबसाइट : www.unboundscript.com
ई–मेल : books@unboundscript.com
फोन : 011-35807601

Berozgaar Engineer Aur Gungi Gun Ka Insaaf
by Vishwas Sharma

मुद्रक : यश प्रिंटोग्राफिक्स, नोएडा, उत्तर प्रदेश

मूल्य : ₹ 299/-

बेरोज़गार इंजीनियर और गूंगी गन का इंसाफ़

विश्वास शर्मा

युवान बुक्स

गूंगी गन हमेशा इंसाफ़ करती है

23 मार्च, 1994

दिल्ली के पहाड़गंज इलाक़े में कई, दो और तीन मंज़िला तजुर्बेकार इमारतें, झुककर, अपनी ही संकरी-सी, उपेक्षित गली में झाँक रही थीं। दोपहर के उस वक़्त गली, दोनों ओर घरों से निकले कचरे की सड़ांध से भरी हुई थी, और कुत्ते इंसानी दख़ल से बेख़ौफ़ अपने लंच में जुटे थे। लेकिन इन इमारतों को अपने तजुर्बे से मालूम था कि आज इस गली में कुछ रोमांचक, कुछ सनसनीख़ेज़ होने वाला है।

इस गली के एक मकान के पीछे की तरफ़ बनी पतली लकड़ी की सीढ़ियों के सामने, कॉन्स्बटेल मनचंदा, सादी वर्दी में साहब जी से दो क़दम पीछे खड़ा था। काले रंग से पुती सीढ़ी, ऊपर जाकर एक कमज़ोर लकड़ी के दरवाज़े से जुड़ती थी। दरवाज़ा, दो पल्ले का कुंडी लगा हुआ, ऐसा कि ज़ोर से घूर लो तो काँप के टूट जाए।

दरमियाना क़द, गठीला बदन, तीखी मूँछें और मेहनती पुलिसवालों जैसा चेहरा- ये चौबीस साल का मनचंदा था। सामने खड़े साहब जी, अग्रवाल

स्वीट्स के गल्ले पर बैठने वाले लाला जी लग रहे थे। ज़रा-सी धूप लगने से उनके दूध-जैसे चेहरे पर केसर-जैसी लाली आ गयी थी। उनका पेट ऐसा तना हुआ था कि गोली लगे तो उछल के वापस लौट जाए।

"मनचंदे! डर तो नहीं लग रहा?" साहब जी आधा मुड़े और पूछा।

साहब जी ने इतनी बार शहर की गंदगी साफ़ की थी, और इतने लोगों को मरते देखा था कि उन्हें मालूम था- पीछे देखने वाला छः फिट अंदर चला जाता है।

"साहब जी, थोड़ी सुरसुरी-सी तो छूट रही है," मनचंदा ने मुस्कुराते हुए कहा।

साहब जी ने मनचंदा का कौतूहल बढ़ाने के लिए पूछा, "हथियार चेक कर लिया है न? ये टिल्लू फ़ेमस इसीलिए है, देखता बाद में है, गोली पहले मारता है।"

मनचंदा कौतूहल से बुदबुदाया, "टिल्लू सयवाल!"

साहब जी के कहने के बाद उसे लगा, सच में एक बार चेक कर लेना चाहिए, सरकारी है, अटक जाती है, चेक करी थी न? उनके पास ऑटोमैटिक होगी।

"चला के भी देखी है साहब जी," मनचंदा के अंदर का उन्माद इतना बढ़ चुका था कि अब वह फ़ौरन मुठभेड़ में घुसना चाहता था। अगर उसका सामना मौत से फ़ौरन नहीं होता तो वो इस उन्माद में ही मर जाता।

मनचंदा ने जल्दी से अपनी दोनो सर्विस रिवॉल्वर साहब जी को दिखायी और सीढ़ियों की तरफ़ बढ़ने लगा। साहब जी को मनचंदा का उत्साह अच्छा लगा। उन्होंने जान के, मनचंदा को चिढ़ाने के लिए, सीढ़ियों पर बढ़ना थोड़ी देर के लिए रोक दिया।

मनचंदा गली की तरफ़ खुलने वाली सालों से बंद खिड़कियों को बार-बार देख रहा था। उसने सोच लिया था- किस खिड़की से गोली आएगी तो किस तरफ़ कूद के साहब जी को बचाएगा। मनचंदा जानता था कि साहब जी की जान उसकी अपनी जान से ज़्यादा क़ीमती है। मनचंदा के चौकन्नेपन का मज़ा लेने के बाद साहब जी ने सीढ़ियों की तरफ़ पहला क़दम बढ़ाया और अपनी पॉकेट से दो गन बाहर निकाल लीं। मनचंदा की आँखें साहब जी की एक गन पर अटक गयीं। सामान्य से लम्बी सायलेन्सर वाली 9mm की गन, जिसकी मूठ पर घोड़ा बना हुआ था।

"ये हमारी ख़ास गन है मनचंदे, गूंगी गन, हमेशा इंसाफ़ करती है," साहब जी ने मनचंदा की आँखों को पढ़ते हुए कहा और ऊपर बढ़ चले। मनचंदा ने सोचा कि बड़े लोगों के पास ऐसी किंवदंतियों वाली चीज़ें नहीं होतीं; जिनके पास ऐसी किंवदंतियाँ होती हैं, वे लोग बड़े लोग होते हैं। साहब जी की महकमे में इज़्ज़त है। उनके अफ़सर भी उनसे डरते हैं। साहब जी बड़े आदमी हैं।

साहब आगे, मनचंदा पीछे। साहब जी पनिहा साँप की तरह सीढ़ियों पर तैर गये जबकि नौसिखिए मनचंदा का पहला क़दम पड़ते ही सीढ़ियाँ बोल उठीं। साहब जी ने इशारा किया- धीरे!

दोनो पहली मंज़िल के पिछले दरवाज़े तक पहुँच गये।

आज मेडल मिले या मेटल, मज़ा आएगा, ये सोचते ही मनचंदा के चेहरे पर एक मुस्कान तैर गयी। मनचंदा ने याद किया, भगत सिंह बना प्रेम चोपड़ा जब उस फ़िल्म में फाँसी का फंदा चूम रहा था, तब उसके चेहरे पर ऐसी ही मुस्कान थी।

साहब जी ने मनचंदा की आँखों में देखा- मनचंदा की आँखों में ख़ून की होली शुरू हो चुकी थी।

इससे पहले कि साहब जी इशारा करते, मनचंदा की लात ने दरवाज़े को झटके से खोल दिया, टूटी हुई कुंडी फ़र्श पे रगड़ती हुई दीवार से टकरायी और गली में झाँक रही इमारतें झन्ना उठीं।

मनचंदा ने एक बदमाश को सोफ़े से उठकर, दूर टेबल पर रखी बंदूक़ की तरफ़ भागते देखा और उसकी बंदूक़ बोल पड़ी। गोली हवा को चीरते हुए बदमाश के सीने में जा घुसी- फच्च। ख़ून हवा में, बदमाश ज़मीन पर। मनचंदा की नथ उतर गयी; यह उसका पहला एन्काउंटर था। मनचंदा लट्टू की तरह कमरे में घूमने लगा और बदमाश कंचों की तरह बिखरने लगे। पीछे से साहब जी का फुल सपोर्ट था; जहाँ मनचंदा चूकता, वहाँ साहब जी की गोली बदमाशों के सीने को यूँ छेद देती जैसे सिगरेट की जलती हुई ठूँठ चादर को। दोनों बुच कैसेडी और सनडांस किड लग रहे थे। खेल एकतरफ़ा ही चल रहा था, तभी अचानक मनचंदा की हर तरफ़ से गोलियाँ गुजरने लगीं। एक दरवाज़े के सामने खड़ा टिल्लू सयवाल M249 ऐसे चला रहा था जैसे कोई फ़ायर ब्रिगेड वाला आग बुझाने के लिए पानी की बौछार कर रहा हो। जिसे जो मिला वो उसके पीछे छिप गया। गोलियाँ टेलीकॉलर्स के फ़ोन की तरह कहीं से और किसी पर भी आ रही थीं। कमरे में धुआँ और हर तरफ़ सुराख़ करने के बाद M249 की नली गरम होकर मुड़ गयी। टिल्लू ने देखा कि उसने लाशों का ढेर लगा दिया है, मगर सब उसके ही आदमी हैं- कुछ ज़मीन और सोफ़ों पर बिछे हुए हैं, कुछ दीवारों पर पैंटिंग्स की तरह चिपके हुए, कुछ झाड़ू की तरह कोने से टिके हुए हैं। सबके शरीर सिंटेक्स की टंकी की तरह लीक कर रहे हैं, जिनसे गाढ़ा लाल पानी बह रहा है।

थक चुके टिल्लू ने लंबी साँस ली और साहब जी ने गूंगी गन उसके सीने से सटा दी। टिल्लू सयवाल शातिर था। उसने गन अपने सीने से हटा के अपने सर पर लगा ली और घुटनों पर बैठ गया। मनचंदा को दुःख हुआ, उसने याद किया- 'किसी का भी हो सर, क़दमों में सर अच्छा नहीं लगता।'

पर टिल्लू ने समस्या खड़ी कर दी; उसने अपनी जान के बदले साहब जी को 5 करोड़ की पेशकश कर दी। तब गुरुग्राम बन ही रहा था। साहब जी को घर खरीदना था, मगर उन्हें प्रमोशन और इज़्ज़त भी चाहिए थी। या तो पैसा या फिर पॉवर! लेकिन साहब जी ने अनुभव से काम लिया और अपनी गूंगी गन मनचंदा की तरफ़ मोड़ दी। उन्होंने सोचा मनचंदे का क्या है, उसकी जगह कोई दूसरा कॉन्स्टेबल आ जाएगा, अभी गुरुग्राम में घर ख़रीद लेते हैं। उन्होंने कहा, "मनचंदे, रिकॉर्ड के लिए किसी को तो मरना पड़ेगा," और पॉइंट-ब्लैंक से मनचंदा पर गोली चला दी।

मनचंदा बचपन से जानता था, अच्छा बने रहने की क़ीमत चुकानी पड़ती है, इसलिए वो बुरा आदमी बनना चाहता था। मगर वक़्त-बेवक़्त अच्छाई उसे अपनी ओर खींचती और वो भटक जाता। जैसे आज भटक गया, और अब अच्छाई उससे क़ीमत वसूलने वाली थी और वसूल भी लेती मगर गन अटक गयी। साहब जी भूल गये, उन्होंने ख़ुद बताया था- ये गूंगी गन हमेशा इंसाफ़ करती है। ऑटोमैटिक गन थी मगर अटक गयी और धाँय-धाँय-धाँय की आवाज़ पहाड़गंज में गूँज गयी। मनचंदा ने साहब जी के सीने में तीन सुराख कर दिये। रिकॉर्ड के लिए किसी को तो मरना था। और जैसा तजुर्बेकार इमारतों ने सोचा था, उन्होंने भरपूर रोमांच देखा। देखा कि मनचंदा उनकी गली में धूल उड़ाता हुआ अपने लिए चार चीज़ें घसीटता ले जा रहा है- टिल्लू की जान बख़्शने के बदले मिले पाँच करोड़ रुपये, साहब जी की लाश, सरकारी मेडल मिल जाए इसलिए टिल्लू की लाश, और गूंगी गन।

कहते हैं, गूंगी गन किसी डकैत की थी, जो कहता था और ठीक कहता था- ये गूंगी गन हमेशा इंसाफ़ करती है।

14 अगस्त, 2024

दृश्य एक

रात के लगभग 11:30 बजे थे। नाराज़ आसमान गरज और धीमे-धीमे बरस रहा था। लक्ष्मी नगर सो चुका था। दूसरे शहरों के मुक़ाबले दिल्ली में लोग जल्दी सो जाते हैं- दिल्ली में जो लोग समझदार हैं, जल्दी सो जाते हैं। दिल्ली के लोग, जो परवश नहीं हैं, जल्दी सो जाते हैं– दिल्ली में लोगों को जल्दी सो जाना चाहिए। लक्ष्मी नगर ये जानता था, इसलिए सो चुका था, जैसे थककर मज़दूर सो जाते हैं- सन्नाटे की चादर ओढ़ के। मगर एक बेख़ौफ़ मकान अब भी जाग रहा था और शायद किसी रात देर तक जागने की ही वजह से इस घर का एक्सीडेंट हुआ होगा। इसके निचले तले की दीवार में एक MARUTI 800 आधी अंदर धँसी हुई थी। इसी इमारत की तीसरी मंज़िल पे एक कमरा था। ऐसे कमरों को दिल्ली में बरसाती कहते हैं। घर सो रहा था मगर ये बरसाती जाग रही थी। बाहर बिजली की कड़क से बरसाती के अंदर, आँखों में हताशा और भूख लिए, कुछ खाने को ढूँढ रहे, छब्बीस साल के ख़ूबसूरत नौजवान राघव का बुझा हुआ चेहरा उजागर हो उठा।

राघव के चेहरे की हताशा नयी और वैसी थी जो प्रायः जल्दी गुज़र जाती है, लेकिन ठहर जाए तो लोग गुज़र जाते हैं। राघव ढूँढ चुका था, सारे डिब्बे खुले हुए या पलटे हुए थे। घर में खाने को कुछ नहीं था, सिवाय मूँगफली के एक दाने के, जिसे राघव ने अपना नसीब मानकर मुँह में डाल लिया और वो दाना सच में राघव का नसीब निकला- कड़वा। कमरे में खाने का सारा सामान ख़त्म हो चुका था। अब राघव चाहता तो अपना सिंगल बेड, पढ़ने वाली मेज़, उसपर धूल जमी किताबें, समाचार पत्र की कतरनों से भरा मेमो बोर्ड, कोने में पड़ा गैस स्टोव, खुले और बिखरे हुए डिब्बों में से कोई भी चीज़ नमक लगा के खा सकता था, कमरे में नमक तो था।

राघव ने सुंदर शर्ट पहनी हुई थी, जिसके निचले हिस्से में आयी सलवटें कह रही थीं कि वह 'टक इन' की हुई थी। नीचे जीन्स की जगह ट्राउज़र मगर पैरों में चप्पल थी। नीचे औंधे मुँह पड़े जूते बता रहे थे कि उसने बाहर जाने का प्लान किसी वजह से रद्द कर दिया था। राघव अपने सिंगल बेड पर यूँ बैठा था जैसे चौक पर रखा पुतला हो। उसने एक गहरी साँस खींचकर ख़ुद को साधने की कोशिश की लेकिन रहा नहीं गया। उठकर गया। पानी की बोतल उठायी पर बोतल में जितना पानी था वह राघव की भूख मिटाने के लिए नाकाफ़ी था। उसने महसूस किया कि भूख से उसके पेट में दर्द हो रहा है।

राघव ने कमरे का दरवाज़ा खोला। उसने देखा, अभी भी हल्की बारिश हो रही थी। बल्ब की पीली रौशनी में नहाई छत राघव को सुंदर लगती अगर उसे भूख न लगी होती। राघव ने कमरे की चिटकनी लगायी और सामने L-शेप में बनी सीढ़ियाँ उतरने लगा। नीचे ग्राउंड फ़्लोर पर सीढ़ियाँ एक बड़े-से आँगन में खुलीं। आँगन ऊपर से ढँका हुआ था। इस तल पर राघव का मकान मालिक मन्नू और उसकी माँ सीता रहते थे। मन्नू छत्तीस साल का होगा मगर जीवन के हर बड़े मौके चूक जाने की वजह से उधड़ चुका था, झुक गया था और कमअक़्ली की एक नक़ली परत ओढ़ चुका था। सीता पैंसठ-छियासठ साल की होगी। वह हिप रिप्लेसमेंट सर्जरी के बाद लहराकर चलती थी मगर चींटियों की तरह तेज़ और चौकन्नी थी। रात काफ़ी हो चुकी थी और दोनों सो रहे थे। राघव दबे पाँव फ्रिज की तरफ़ गया, एक हाथ से फ्रिज को दबाया और दूसरे से आहिस्ते से फ्रिज का दरवाज़ा खोला। फ्रिज में सब कुछ था, सिवाए खाने के। राघव ने मेन डोर की तरफ़ देखा- लोहे का थोड़ा जंग लगा दरवाज़ा। इस दरवाज़े को बेआवाज़ खोलना असम्भव था। आहिस्ता-आहिस्ता राघव दरवाज़े

तक पहुँचा और बड़ी कुशलता से दरवाज़े को हल्के से ऊपर की तरफ़ खींचा। चिटकिनी नट से थोड़ी ऊपर उठ गयी। चिटकनी और नट का संभावित रगड़ टल गया। राघव ने धीरे-धीरे सरकाते हुए चिटकनी खोल ली मगर जैसे ही उसने दरवाज़े के पल्ले को पीछे खींचा, दरवाज़ा चीख उठा। राघव ने दरवाज़े का टेंटुआ दबा के आवाज़ वहीं मारने की कोशिश की, मगर तब तक आवाज़ सीता के कानों तक पहुँच चुकी थी। सीता ने करवट ली और दोबारा आवाज़ का इंतज़ार करने लगी। राघव दरवाज़े का पल्ला थामे वहीं खड़ा रहा, जब सीता के खर्राटों की आवाज़ दोबारा आयी, तब राघव बाहर निकला।

राघव ने आसमान की तरफ़ देखा, आसमान के आँसू राघव की आँखों में उतर आये। ग़ुस्से, क्षोभ और भूख से भरी आँखें छलक आयीं। राघव ने आँखें साफ़ कीं और देखा- सामने एक धुँधली-सी सँकरी गली है- कीचड़ से मैरिनेट की हुई। इसपर चलने के लिए लक्ष्मी नगर के सज्जन लोगों ने टूटी हुई ईंटें लगा रखी थीं। खाने की तलाश में राघव इन्ही ईंटों पर चल निकला। मगर न तो ये वक़्त, न मौसम ऐसा था कि कहीं कोई रेहड़ी वाला पराठा लगाते मिलता। संभावना नहीं थी लेकिन उम्मीद थी, जो हर मोड़ के साथ टूटती जा रही थी। एक मोड़ पर राघव का पाँव ईंट से फिसला और कीचड़ में सन गया। उम्मीद के साथ चप्पल की पट्टी भी टूट गयी। राघव उतना भीग चुका था जितना भीगने के बाद चिड़चिड़ाहट होने लगती है। पट्टी वापस लगा लूँगा- ये सोचकर राघव ने चप्पल उठायी मगर जिसका सब कुछ टूट रहा हो उससे चप्पल की टूटी पट्टी भी नहीं जुड़ती। राघव ने हारकर चप्पल को अपनी ताक़त भर दूर फेंका मगर चप्पल लहराकर, कुछ दूर, गली के दूसरे मोड़ तक ही पहुँच पायी। चप्पल लहरायी और गिर गयी पर कीचड़ में गिरने से पहले चप्पल हवा में

तीन बार चमकी। चप्पल में अपनी रौशनी नहीं होती, मगर चप्पल जहाँ गिरी थी, वहाँ तीन बार बेआवाज़ चमक हुई थी।

राघव ने देखा, वहाँ अँधेरा था। अँधेरे में एक महिला, एक पुरुष को गोली मार रही थी। महिला के हाथ में एक पिस्टल थी, जिसकी नली काफ़ी लम्बी थी मगर राघव न ये देख पाया कि किसने गोली चलायी, न ये कि किस पर चलायी। राघव सिर्फ़ इतना ही समझ पाया कि उसने कोई मर्डर देख लिया है। फिर पल भर बाद उसे महसूस हुआ कि जिस लड़की ने ये मर्डर किया था, वो उसकी तरफ़ ही देख रही है। राघव ने ऊपर देखा, वो स्ट्रीट लैम्प के नीचे खड़ा था। मतलब यह कि सामने खड़ी लड़की राघव को साफ़ देख सकती थी। इससे पहले कि राघव कुछ सोच पाता, लड़की ने राघव की तरफ़ चलना शुरू कर दिया। राघव के मन में एक तान छिड़ा- 'शीशे का था दिल मेरा'- बस ये आधी लाइन, बे-म्यूज़िक, अकूस्टिक वर्ज़न में। राघव पलटा। लड़की ने राघव की तरफ़ तेज़ चलना शुरू किया। राघव ने और तेज़ चलना शुरू किया और उसके मन में दूसरी लाइन गूँजी- 'पत्थर का ज़माना था'। राघव ने भागना शुरू किया, लड़की ने दौड़ना शुरू किया। राघव के दिमाग़ में एक लूप बन गया: दिल टूट गया-दिल टूट गया–हाँ, दिल टूट गया-दिल टूट गया। राघव इसी गाने की ताल पर छप-छप भागता रहा। राघव इस छप-छप में कीचड़–बारिश–भूख–निराशा सब भूल चुका था, सिर्फ़ दो ही चीज़ें याद थीं- एक, अगर वो पकड़ा गया तो मारा जाएगा और दूसरा, ऐसी सिचुएशन में उसके दिमाग़ में ये गाना क्यों बज रहा है! अँधेरी गलियाँ और कीचड़- आगे राघव पीछे लड़की पीछे- छप-छप। राघव ने डर में घर का मोड़ मिस कर दिया। लड़की और राघव जाने किन गलियों में भाग रहे थे, कितना भाग रहे थे, देखने वाला कोई नहीं था। लक्ष्मी

नगर अफ़ीम चाट के सो रहा था। राघव एक गली से बाहर निकला और ख़ुशी से झूम उठा, सामने उसका घर था। बिना कुछ सोचे उसने लोहे का दरवाज़ा धड़ाक से खोला और भड़ाक से बंद किया। अब उसे परवाह नहीं थी; सीता जागती है, जाग जाए। वो सीढ़ियों से ऊपर अपने बरसाती की तरफ़ भागा और पीछे अपने कमरे से सीता चिल्लायी-

"कौन है रे मादरचो...?"

मन्नू के घर के बाहर, हल्की बारिश के बीच खड़ी वो क़ातिल लड़की दरवाज़े को घूर रही थी।

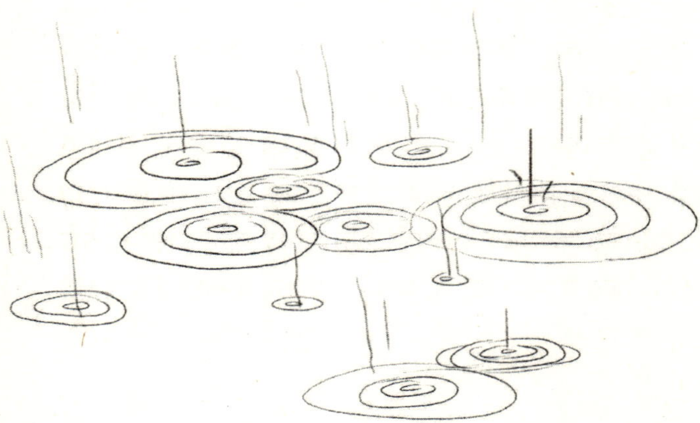

03

बाबू, बेबी और वो

14 अगस्त, 2024 | रात लगभग 10 बजे

रात से ज़्यादा गहरी कोलतार की सड़क पर, ज़रा-सा पानी इकट्ठा होकर ख़ुद को तालाब समझ रहा था। उस तालाब का चाँद ऊपर लगा एक स्ट्रीट लैम्प था, जिसकी रोशनी अपने तालाब में ठहरना चाहती थी, मगर बारिश की हल्की बूँदें गाहे-ब-गाहे उसे छेड़े जा रही थीं। ये स्ट्रीट लैम्प एक विशाल दरवाज़े के ऊपर धँसा हुआ बाहर झाँक रहा था। लैम्प और दरवाज़े के बीच नीले-लाल रंग में लिखा था- दिल्ली जेल लकड़ी के बने, जेल के विराट दरवाज़े के दिल में एक छेद था। छेद खुला और उसमें से ख़ाकी वर्दी में जेलर कुर्रे बाहर आया- पचास की दरम्याना उम्र, लम्बा क़द, वर्दी से बड़ा पेट, उखड़ी हुई सड़क जैसे चेहरे पर उबली हुई भूरी आँखें। कुर्रे ने पहले दाएँ देखा, फिर बाएँ, फिर दूर तक सामने, और जब संतुष्ट हो गया कि वहाँ कोई नहीं है तो दरवाज़े के सामने से हट गया। फिर कुर्रे के पीछे से अवतरित हुआ- एक सस्ता चोर, बाबू दिलवाला, जिसे लगता था कि वो किसी तेलगू डब्ड हिंदी फ़िल्म का हीरो है। लंबा, पतला, धारीदार ढीली शर्ट, नीली जीन्स, हल्की से ज़्यादा दाढ़ी वाला पैंतीस साला आदमी, जिसे देख के लगता था कि अगर इसे नारियल की बूच से रगड़ो तो अंदर से कोई सुंदर

मर्द निकेलगा। जेलर कुर्रे, बाबू को वैसे देख रहा था जैसे आप रास्ते पर पड़े 500 के लावारिस नोट को देखेंगे- 'ये हक़ीक़त है या महज़ ख़याल'! बाबू ने सिगरेट जलायी, धुएँ का एक बादल उठा, बारिश की बूँदों से लड़ता रहा और बैठ गया। बाबू के चेहरे पे भयभीत कर देने वाली शांति थी। जेलर कुर्रे ने बाबू दिलवाला की तरफ़ एक 9mm पिस्तौल बढ़ाई, जिसमें सामान्य से लंबा साइलेंसर लगा हुआ था और ग्रिप पर एक दौड़ता हुआ घोड़ा बना था।

कुर्रे ने अपने दाएँ हाथ की चार उँगलियों से इशारा करके पूछा, "सच बता, मनचंदा साहब को तू चार घंटे में मार देगा?" कुर्रे के चेहरे पर कौतूहल का भाव था।

गूंगी गन को अपने पैंट में खोंसते हुए बाबू ने इशारा किया- '1'

कुर्रे की आँखें बाहर आ गयीं- "एक घंटे में!"

कुछ देर का सन्नाटा, फिर कुर्रे से रहा नहीं गया, उसने पूछ ही लिया- "और बाकी के 3 घंटे?"

बाबू ने अपनी मुट्ठी बंद की और आगे-पीछे हिला दिया।

सेक्स! कुर्रे चौंक गया।

कुर्रे पे और वक़्त ज़ाया किए बिना, बाबू बेपरवाही से चलता हुआ दूर निकल गया। बाबू की कही आख़िरी बात पर सोचते हुए कुर्रे के बदन में सिहरन दौड़ गयी। कुर्रे ने किसी को कॉल किया और नॉटी अंदाज़ में पूछा- "आइसक्रीम खाओगी?"

अब कुर्रे के चेहरे पे मुस्कान तैर आयी- "कोन या चोकोबार?"

कुर्रे उत्साहपूर्वक जेल के अंदर गया और दरवाज़ा बंद कर लिया।

◈◈◈

बाबू धड़ाम से फ़र्श पर गिरा। "मुझे छूने के लिए पासपोर्ट लगेगा!" कहकर बेबी ने बाबू को अपनी छाती से धकेला था। ज़मीन पर सिर्फ़ बाबू नहीं बेबी पर उसकी पकड़ भी गिरी। बाबू झटके से उठा- साँसें तेज़, आँखें तनतमाई हुईं, अपनी गूंगी गन उठाना चाहता था, जो बिस्तर के बग़ल में रखी थी, मगर बाबू, बेबी से प्यार करता था।

नव विवाहिता-सी लग रही बेबी लगभग 28 साल की होगी मगर, सिंदूर, चूड़ा और गहने पहने वो बाईस साल की भाभी लग रही थी।

बेबी के घर में, बेबी के कमरे में, बेबी के बिस्तर पर, बाबू उसके ऊपर था। ख़ुद को संयमित करता हुआ बाबू फिर से बेबी के पास आया और उसके ऊपर हावी होने की कोशिश करने लगा। बेबी ने फिर से धक्का देने की कोशिश की मगर बाबू इस बार तैयार था, उसने बेबी को बिस्तर पर टाँक दिया। बेबी फड़फड़ाकर टूट गयी। अब बाबू का मुँह, बेबी के मुँह के ठीक ऊपर था- क़रीब, बेहद क़रीब। बेबी ने अपना चेहरा दूसरी तरफ़ घुमा लिया।

बाबू- "बोल रखा है फ़र्ज़ी को, मूड मत ख़राब कर।"

बेबी बैठ गयी- "झूठ।"

बाबू की पहले से तमतमायी आँखों में ख़ून उतर आया, साँसें फिर से चढ़ गयीं। बिस्तर की एक ओर लुढ़क के उसने टेबल से अपना फ़ोन उठाकर कॉल किया और फ़ोन को स्पीकर पर रख दिया- "हाँ फ़र्ज़ी??"

फ़र्ज़ी पासपोर्टवाला 25-26 साल का गेमर टाइप का लड़का था, जिसे देखकर लगता था कि ये पढ़ने में तेज़ होगा। मगर जो लोग जल्दी समझदार हो जाते हैं, वो जल्दी शॉर्टकट भी सीख लेते हैं। फ़र्ज़ी कंप्यूटर के कामों में जीनियस था, उसके बनाये पासपोर्ट्स, पासपोर्ट ऑफ़िस के बनाये पासपोर्ट्स से ज़्यादा असली लगते थे। ये फ़र्ज़ी का सिर्फ़ काम ही नहीं, पैशन था। फ़र्ज़ी एथिकल हैकर बनने की कोशिश में था, मगर उससे हो नहीं रहा था, उसे गैंग और गैंगस्टर पसंद थे। उसका थर्ड करिअर ऑप्शन गैंगस्टर बनना ही था, मगर उसे अपने कमरे से बाहर निकलना पसंद नहीं था। फ़र्ज़ी का असली नाम नासिर था, मगर जैसे घर की छत पर लगने वाली पानी की काली टंकी को सब सिंटेक्स की टंकी कहते हैं वैसे ही फ़र्ज़ी को लोग उसके काम से ही जानते थे।

"भाई, आपको ही याद कर रहा था।" फ़र्ज़ी की आवाज़ कुछ वैसी थी, जैसे उधार वसूलने वाले का फ़ोन आ गया हो।

"याद करने में टाइम वेस्ट मत कर। पासपोर्ट बना, जल्दी!!" बाबू ने उसे घुड़का।

फ़र्ज़ी ने बेतकल्लुफ़ी से कहा, "भाई, दुबई चला गया था तो थोड़ा डिले हो गया, मगर टेंशन मत लो। बस दो ठप्पे लगने हैं, आप एक हफ़्ता दो।"

बाबू ने बेबी की तरफ़ देखा कि सुन रही है न!

फ़र्ज़ी, बाबू की ख़ामोशी सुन के हड़बड़ाया, "भाई नाराज़ हो क्या? मैं दुबई से आपके लिए टी-शर्ट लाया हूँ, आप टी-शर्ट पहनते हो न?"

बाबू ने बेबी की आँखों में आँखें डालकर इशारा किया- देख, और फ़र्ज़ी से बोला, "यार, मैं न तेरी भाभी के साथ ही हूँ। तू जल्दी कर न, अपने को निकलना है इस गंदगी से।"

फ़र्ज़ी को जैसे ही ये समझ आया कि बाबू नाराज़ नहीं है वो फिर से फ़्री हो गया, "निकल के कहाँ जाओगे भाई, पूरी दुनिया दलदल है।"

"क्या?" बाबू, जिसकी आँखों में वासना की डोरियाँ दोबारा तैरने लगी थीं, उसका दिमाग़ ख़राब हो गया।

"हो जाएगा भाई। अगले हफ़्ते ले के जाओ आप," फ़र्ज़ी ने सम्भाला।

बाबू बिना कुछ और कहे कॉल कट कर के बेबी के चेहरे के क़रीब आया। लेकिन बेबी ने मुड़कर उसे देखने से इन्कार कर दिया।

बेबी, "तुम हर बार कर के भाग जाते हो, आज नहीं। आज मुझे बात करनी है।"

बाबू की साँसें चढ़ी हुई थीं, मगर होंठ मुस्कुरा रहे थे। आँखें ग़ुस्से, नींद की कमी या फिर वासना से भरकर लाल थीं। लार टपक रही थी। बाबू का चेहरा वैसा था, जैसा प्रणय निवेदन के समय हर पुरुष का चेहरा होता है।

"बात तो फ़ोन पे हो ही जाती है न। मैं जेल से भी कॉल तो करता ही हूँ, कितनी लम्बी-लम्बी बातें करते हैं। अभी मिले हैं तो करते हैं।" उसने बेबी को बिस्तर तक खींचने की एक और कोशिश की।

बेबी के चेहरे को बाबू ने अपनी हथेलियों में भरना चाहा, मगर बेबी ने छलकते हुए ऐलान कर दिया कि "ऐसे फ़ोन पर नहीं, आमने-सामने बैठ के बात करनी है।"

"बेबी। बात तो जेल से भी हो जाती है। अभी मिले हैं तो कर लेते हैं।" बेबी की ज़बान पर लगाम लगाने की कोशिश में बाबू ने उसे चूमने का असफल प्रयास किया।

"मगर ये चेहरा नहीं दिखता न। आँखों में आँखें डाल के बात करनी है।" बेबी प्रेम करती थी, वह बाबू को नाराज़ करना नहीं चाहती थी, मगर उसे अपनी बात भी सही लग रही थी।

बाबू के सब्र का भाखरा-नांगल टूट रहा था, एक गहरी साँस लेने के बाद, उसने बेबी को परिस्थिति समझाने का अंतिम प्रयास किया, "देख, एक पुलिसवाले को मारने के लिए मुझे 4 घंटे मिले हैं। फिर वापस जेल जाना है। टाइम कम है। करते हैं।"

बाबू को उम्मीद थी कि बेबी समझेगी मगर 'कौन पुलिसवाला?' पूछने के साथ बेबी के ख़यालों की रेल दूसरी तरफ़ चल पड़ी।

बाबू की नाराज़गी, निराशा में बदल गयी।

बाबू ने फिर भी संयम की बाँह नहीं छोड़ी, "एन्काउंटर स्पेशलिस्ट है मनचंदा।"

बेबी ने डरने का नाटक किया, क्यूँकि उसे बाबू पे इतना भरोसा था कि अगर कोई कहेगा कि बाबू ने अमेरिका के प्रेसिडेंट को मारने की सुपारी ली है,

तो भी बेबी को अमेरिका के प्रेसिडेंट के लिए ही चिंता होगी, बाबू की नहीं। मगर स्थिति को समझते हुए अपना कौतूहल शांत करने के लिए बेबी ने पूछा, "बाबू ये तो काफ़ी ख़तरनाक काम है।"

बाबू ने फ़िल्मी जवाब दिया, "आसान काम के इतने पैसे मिलते भी नहीं हैं।"

बाबू बेबी की तरफ़ सरका, उसे लगा कि उसने सारी बाधाएँ पार कर लीं। बेबी अभी भी पिछली बात पर ठहरी हुई थी, "कितने पैसे? इतने पैसों में नेपाल में एक कोठी आ जाएगी?"

"गधी की गाँड़ में गयी कोठी।" बाबू बिस्तर से फट के फ़्लोर पर आ गया। अपना फ़ोन उठाया और कमरे में चारों तरफ़ देखा, कुछ छूट तो नहीं रहा है, और गूंगी गन को अपनी पैंट में खोंसते हुए बोला, "प्यार करता हूँ इसलिए तेरे पास आता हूँ, वरना सेक्स करने के लिए लड़कियों की कमी नहीं है। समझी।"

बेबी आवाक रह गयी, "मतलब?"

बाबू ने चिढ़ाते हुए कहा, "72 और गर्लफ्रेंड हैं मेरी। मतलब!"

बेबी, बेचैन हो के इधर-उधर कुछ ढूँढने लगी और अंत में बौखलाकर, हाथ में जो कुछ आया, तकिया, टेडी बेयर, मोबाइल, वो बाबू पर फेंकने लगी। बाबू लगभग भागता हुआ कमरे से बाहर निकल गया।

◈◈◈

लगभग 20 मिनट बाद बाबू, पैंट की ज़िप चढ़ाते हुए बेबी के घर से बाहर आ गया। लेकिन उसकी गूंगी गन, हॉल में बनी ऊपर जाने की सीढ़ियों की मूठ पर अब भी पड़ी हुई थी।

बाबू एक हाइवे के किनारे बने फ़ुटपाथ पर गुनगुनाता हुआ निश्शंक अपनी मंज़िल की तरफ़ बढ़ रहा था। हाइवे के दोनों ओर लगातार तेज़ गाड़ियाँ चल रही थीं मगर जैसे भीड़ में आपकी बगल में खड़ा व्यक्ति आपके साथ नहीं खड़ा होता, वैसे हाईवे पे गाड़ियों के होने से भी हाईवे की वीरानी दूर नहीं होती। मगर इस वीराने में बाबू ने महसूस किया कि शायद कोई उसका पीछा कर रहा है। अबतक बारिश थोड़ी बढ़ चुकी थी। पानी बाबू के बालों में इकट्ठा होकर, उसकी माँग को नदी बनाता हुआ भवों पर आ रहा था और पलकों से आँखों में उतरकर उसकी नज़र को कमज़ोर कर रहा था। वैसे जेल में बाबू जितना गाँजा पीता था, ऐसे भी नज़र थोड़ी कमज़ोर तो होनी ही थी। बाबू आँखें साफ़ कर फ़ौरन हाइवे से नीचे एक गली में घुस गया। कुछ गलियों से होता हुआ वो एक अँधेरी-सी गली में मुड़ गया। गली में कीचड़ था और कीचड़ से बचने के लिए लोगों ने गली में ईंटें रखी हुई थीं। पीछा करने वाला बाबू के पास आ चुका था। बाबू पीछा करने वाले के पैरों की छप-छप सुन सकता था। बाबू ने अपने चलने की स्पीड बढ़ायी, पीछे चलने वाले की स्पीड भी बढ़ गयी।

एक मोड़ पर पहुँचकर बाबू को लगा कि यहाँ इतना सन्नाटा है कि वो उस पीछा करने वाले का काम-तमाम कर देगा। बाबू की उँगलियाँ गूंगी गन उठाने के लिए बेक़रार थीं। उसने अपनी पैंट में हाथ डाला, लेकिन उसे अहसास हुआ कि गूंगी गन तो उसके पास है ही नहीं!

बाबू तुरंत पलटा तो सामने एक लड़की खड़ी थी। अँधेरे में साफ़ नज़र नहीं आ रहा था लेकिन उसे देखकर बाबू की आँखें आश्चर्य से फटी रह गयीं, जैसे बाबू उसे जानता हो! उसने बाबू पर तीन गोलियाँ चलायीं। बंदूक़ से आवाज़ नहीं सिर्फ़ चिंगारी निकली, जिससे वो कुपोषित, पतली-सी गली कुछ देर के लिए चमक उठी।

जिस वक़्त बाबू की लाश ढह के कीचड़ को लाल कर रही थी, तभी क़ातिल को लगा कि उसके पास आकर कुछ गिरा है। यह एक टूटी हुई चप्पल थी, जो कि सामने स्ट्रीट लैम्प के नीचे खड़े एक लड़के ने फेंकी थी। क़ातिल ने उसकी तरफ़ देखा और उसी तरफ़ बढ़ने लगा। क़ातिल को अपनी तरफ़ आता देखकर लड़का वहाँ से खिसकने लगा। लड़का तेज़ चलने लगा। क़ातिल उससे भी तेज़ चलने लगा। लड़का भागने लगा, क़ातिल दौड़ने लगा। लड़का गलियों से होता हुआ एक लोहे के दरवाज़े के सामने पहुँचा। लपक के दरवाज़ा खोला और धड़ाक से बंद कर लिया। यह आवाज़ पूरी गली में गूँज गयी। क़ातिल वहीं, बारिश में, दरवाज़े के सामने खड़ा रह गया। तभी अंदर से एक बुढ़िया की दबंग आवाज़ आयी-

"कौन है रे मादरचो.... "

◈◈◈

01

सावन में गिर गयी लाश

व्यस्त हाईवे के दोनों ओर बने मध्यम वर्गीय घर बेशक एक ही तरह के लग रहे थे, मगर एक दो मंज़िला मकान बिलकुल मुख़्तलिफ़ था। इस मकान की बाहरी दीवार में, एक पुरानी MARUTI 800 कार आधी अंदर धँसी हुई थी और आधी बाहर निकली हुई थी। गाड़ी पर धूल की परतें चढ़ी हुई थीं, जिस पर आशिक़ों ने अपने नाम के साथ अपने प्रेम की महत्त्वपूर्ण जानकारियाँ भी उकेरी हुई थीं, जैसे किसी दर्शनीय स्थल पर हम लिख आते हैं, ये सोच के कि हम रहें न रहें, यह तो यहीं रहेगा। शायद इस कार के बारे में भी लोग यही सोचते थे- शहर रहे न रहे, कार यहीं रहेगी। वात्स्यायन को पढ़ने वाले भी कुछ लोग थे, जिन्होंने कामसूत्रीय चित्र उकेरे थे, जो मिटाने के बावजूद समझे जा सकते थे।

इस दो मंज़िला इमारत की छत पर एक बरसाती थी, जिसमें राघव रहता था। इंजीनियरिंग करने के बाद जब राघव बेरोज़गार हुआ था, तब उसने पता किया था कि दिल्ली में रहने की दूसरी सबसे सस्ती व्यवस्था बरसाती ही है। ये कमरे वाता-प्रतिकूलित होते हैं, ठंड में बहुत ठंडे और गर्मी में बहुत गर्म, जिसकी वजह से इनका किराया सस्ता होता है। यहाँ प्रायः निम्न मध्यमवर्गी घरों से आये वो बच्चे रहते हैं, जो कमाते नहीं हैं। हालाँकि राघव कमाता था, मगर... दिल्ली में फुटपाथ पे रहना काफ़ी महँगा पड़ता है। दिल्ली में रहने की सबसे सस्ती जगह दिल्ली जेल ही है।

अपने इस एक कमरे के महल में राघव जल्दी-जल्दी जूते पहन रहा था, बाल सँवार रहा था और स्पीकर फ़ोन पर अपनी माँ से बात कर रहा था। चाल-ढाल से राघव राजकुमार तो नहीं मगर सेनापति का बेटा ज़रूर लगता था। राघव ने जब अपने छोटे-से क़स्बे से दिल्ली की ट्रेन पकड़ी थी, तो अपने पिता को समझाया था कि "दिल्ली में उसे चाहे जो कॉलेज मिल रहा हो, थोड़ा ख़राब सही, मगर दिल्ली में है। दिल्ली में पढ़ने से अपने आप कस्बे में इज़्ज़त होगी कि दिल्ली से इंजीनियरिंग कर रहा हूँ।" राघव के पापा चार साल अकड़ के चले और सबके मुँह पे मारते रहे- "बेटा अभी इंजीनियरिंग कर रहा है, दिल्ली से।" मगर छोटे क़स्बे के लोग न तो कहीं जाते हैं और न ही पुरानी बातें भूलते हैं। चार साल के बाद लोग राघव के पापा से पूछते रहे और बताते रहे, "फ़लाँ के बेटे की यहाँ नौकरी लग गयी, राघव क्या कर रहा है? फ़लाँ के बेटे ने ये काम शुरू कर दिया, राघव क्या कर रहा है? फ़लाँ का बेटा शहर गया था, जेल पहुँच गया है, राघव क्या कर रहा है?" पापा अलग-अलग लोगों को अलग जवाब देने और नज़रें चुराने लगे थे। क्या कहते, राघव लायक़ नहीं है, उसका कैंपस प्लेसमेंट नहीं हुआ! लेकिन फिर राघव अपने घर वापस आया और क़स्बे में हलचल मच गयी कि राघव टीवी में आएगा, वो न्यूज़ पढ़ेगा, बड़े-बड़े फ़िल्मी और पॉलिटिकल सितारों से मिलेगा, उनके इंटरव्यूज़ लेगा, स्टार बनने वाला है। राघव ने पूरे क़स्बे की आँखें चमका दीं कि वो क़स्बे का पहला लड़का है, जो देश के सबसे बड़े न्यूज़ नेटवर्क के मास मीडिया स्कूल में पोस्ट ग्रेजुएशन में एडमिशन ले रहा है। राघव के पापा फिर से लोगों के बीच बैठने लगे, और सीना ठोक के कहने लगे, "इंजीनियरिंग में अब पहले जैसा स्कोप नहीं रहा, सबको मास कॉम करना चाहिए।" राघव की माँ ने कभी किसी से कुछ नहीं कहा, बस हमेशा चिंतित रहीं कि 'इतने बड़े शहर में राघव ठीक से सेटल तो हो गया होगा न? वो ख़ुश तो होगा? उसने खाया होगा या नहीं?'

दो साल के मास कॉम कोर्स में राघव ने बहुत मज़े किए। राघव जब भी वो दो साल याद करता है, उसके कानों में ये आवाज़ें गूँजने लगती हैं- 'मायरा तुम मुझे ड्राइविंग सिखा दोगी?' 'अगर कृति सैनन और कियारा आडवाणी की शादी हो जाए और उनकी बेटी हो तो वो बिल्कुल तुम्हारी तरह दिखेगी?' 'मैं झूठ बोलता ही नहीं हूँ।' 'ये गियर कहाँ अटक जाता है?' 'तुम्हारी इंग्लिश कितनी अच्छी है और तुम्हारे संस्कार कितने बड़े। मेरी माँ तुमसे मिलेगी तो फैन बन जाएगी।' वे सारी बातें जो उसने मायरा के करीब आने के लिए कही थीं, उन्हें कहीं-न-कहीं वो सच भी मानता था। मायरा उसका वो झरोखा थी, जहाँ से उसे सिर्फ़ ख़ुशियाँ दिखती थीं। मायरा अब भी उसका झरोखा है, जहाँ से उसे सिर्फ़ ख़ुशियाँ दिखती हैं। उन दो सालों की और भी कुछ यादे थीं। सेकंड ईयर की बात है, एक दिन क्लास में राघव और मायरा टेबल के नीचे से एक दूसरे का हाथ पकड़ के बैठे थे। किसी टीचर ने आकर बताया, "अगले हफ़्ते इंटरव्यूज़ लाइन-अप हैं, जैसा कि आप सब जानते हैं, हमारे यहाँ के सबसे ब्राइट स्टूडेंट्स की इंटर्नशिप न्यूज़ चैनल्स में लगती है।" पीछे से कोई चिल्लाया- "और बाक़ी स्टूडेंट्स का आप लोग फ़ोन उठाना बंद कर देते हो।" राघव पढ़ने में अच्छा नहीं था, वो डरा, मायरा पढ़ने में अच्छी थी, उसने राघव का डर पढ़ लिया। मायरा वो सब थी जो किसी मॉडल को होना चाहिए, वो कुछ भी बन सकती थी। मगर पता नहीं क्यों वो हमेशा कहती थी कि "सर मुझे क्राइम रिपोर्टर बनना है"। वो जब प्लेसमेंट के लिए बैठी थी, तब इंटरव्यूअर ने भी कहा था, "अरे तुम तो वेल टू डू फ़ैमली से हो, फ़ैशन, ब्यूटी या योगा वाला शो कर लो, कहाँ मुर्दों के पीछे, जेल, थाना, हॉस्पिटल करोगी?" मायरा ने स्माइल किया। मायरा कई तरह से स्माइल करने में सक्षम थी और हर स्माइल के अलग मतलब थे। इस वाली स्माइल का मतलब था, वो क्राइम रिपोर्टिंग ही करेगी। इंस्टीट्यूट वालों ने राघव का फ़ोन उठाना बंद कर दिया, जैसा कि उस दिन उस लड़के ने कहा था। एक साल की ख़ामोशी। राघव ने इंटर्नशिप के लिए अमर सवेरा, जालंधर, से लेकर आनंद मार्केट पेपर्स, जलपाईगुड़ी तक- हर जगह बात की मगर सबने एक ही जवाब दिया

'सीवी छोड़ जाइए।' सब जानते हैं, सीवी की हमेशा हार्ड कॉपी छोड़नी चाहिए, क्योंकि छोड़ी हुई सीवी की हार्ड कॉपी पर HR के लोग समोसे खाते हैं, क्या पता समोसे खाते हुए आपकी सीवी का कोई शब्द पढ़ लिया जाए। क्योंकि सॉफ्ट कॉपी तो मेल बॉक्स के अनरेड सेक्शन में पड़ी रहती है, कभी पढ़ी नहीं जाती।

फिर एक दिन, कॉफ़ी पे बैठी मायरा, राघव के लिए परेशान लग रही थी और राघव ने ख़ुशख़बरी दे दी, "मेरी टीसीएस में जॉब लग गयी है। मुझे समझ आ गया है, इंजीनियरिंग ही मेरी कॉलिंग है।" मायरा ने राघव को हग किया, मायरा ख़ुश हुई, मगर राघव के पापा दुखी हो उठे। वो क़स्बे में अपने से छोटे लोगों में बैठने लगे, जो ये न पूछ सकें कि बेटा क्या कर रहा है। राघव यदा-कदा घर पे फ़ोन करता, शहद जैसी बातें करने के बाद कहता "ऑफिस के लिए ब्लेजर लेना है, पैसे डलवा दो।" "अरे इस महीने सैलरी नहीं आयी, पैसे डलवा दो।" फिर उसने एक दिन एक अविश्वनीय बात कही, "मैंने दिल्ली में एक कोठी बुक करा ली है अपने पैसों से, दो साल में घर की चाबियाँ मिल जाएँगी।" समझ तो राघव की माँ भी गयी थीं, मगर वो बेटे के झूठ का साथ देना चाहती थीं। राघव के पिता का तो सब ख़त्म हो गया था। उन्हें पता था कि उनके बेटे ने ऐसा झूट बोल दिया था, जिससे वो कभी उबर नहीं पाएगा और हमेशा इस झूठ को छिपाने के लिए उन लोगों से दूर-दूर रहेगा, सबसे बचता रहेगा। उन्हें एक ही बात की राहत थी कि राघव की आँखों की शरम बची हुई है, जिसकी वजह से वो जिद करके नहीं, झूठ बोल के पैसे माँग रहा है। इसी उम्मीद पर राघव के पापा की साँस चल रही थी वरना राघव के झूठ दशरथ के तीर थे, जिनसे राघव ने मारना था, और पापा की साँस उखड़नी थी।

इससे भी दर्दनाक हादसा ये था कि हमाम में सभी नंगे थे, मगर राघव के ग़ुसलख़ाने की खिड़की गली में खुलती थी। राघव के पापा को पैसे, बैंक जाकर जमा करने पड़ते थे, क्योंकि बहुत साल पहले एक बार राघव के पापा के एटीएम से अपने आप पैसे निकल गए थे। इसके बाद वो

ऑनलाइन बैंकिंग से डर गए थे। हालाँकि राघव नहीं डरा क्योंकि चोरी से पैसे वही निकालता था। बैंक में लोग मिलते तो पूछते, "आपका बेटा तो टीसीएस में है, फिर भी पैसे भेजने पड़ते हैं?" जो बहाना राघव ने बनाया होता था, उसे तो लोग आसानी से समझ सकते थे, इसलिए राघव के पापा उससे भी बेहतर बहाना बनाते। बैंक से लौटते समय हमेशा राघव के पापा का सर झुका होता था।

"मम्मी, नौकरी वो होती है, जो झुक के की जाती है, मैं तो अफ़सरी करता हूँ। सब तेरे बेटे को सलाम ठोकते हैं, क्या बॉस, क्या मैनेजर और क्या मालिक।"

अख़बार की कुछ कतरनें, दीवार पर थीं और एक गद्दर फ़ोल्डिंग बेड के नीचे। एक कार्टून में प्लास्टिक की बॉटल्स भरी हुई थीं, जिन्हें कबाड़ी वाले का इंतज़ार था। कुछ भोजन पकाने का मेक-शिफ्ट सामान। कुछ सजावट का सामान, शो-पीस वाले पेड़, जिन पर हल्की धूल चढ़ चुकी थी। इस कमरे को साफ़ तो किया गया था, मगर अच्छे से नहीं। ये किसी यूपीएससी एस्पिरेंट का कमरा नहीं, अपने आपको टीसीएस में इंजीनियर बताने वाले राघव का कमरा था, जो फिलहाल अपनी माँ से बात कर रहा था।

उधर से राघव की माँ सुप्रिया, माँ-जैसी बात कह रही थीं, "क्या फायदा बेटा, 3 महीने से तो तेरी सैलरी रोक रखी है।"

'माँ तू यही जान के परेशान है, अगर पूरा सच जान ले तो अपने बेटे को पैसे की तरह पल्लू में बाँध के रख ले,' राघव ने ये सोचा और हर विस्थापित व्यक्ति की तरह ही उसके मन में फिर से ये ख्याल आया कि क्या रखा है इस सबमें, सब छोड़ के घर लौट चलता हूँ।

मगर राघव सच बोलना भूल चुका था, "मम्मी सैलरी कहाँ जा रही है, इतनी बड़ी कंपनी है भाग थोड़ी जाएगी और भाग भी गयी, तो यूँ पकड़ लूँगा, जैसे बचपन में, उड़ता हुआ मच्छर पकड़ लेता था, याद है न।"

सुप्रिया हँस पड़ीं। राघव चाहता था कि माँ हमेशा हँसती रहे, "और तू बता, हमारे किस रिश्तेदार के लड़के ने, अपने पैसे से, दिल्ली में कोठी ख़रीदी है? मैंने ख़रीदी है, इसलिए हालात थोड़े माड़े हैं।"

माँ को राघव पर गर्व था। "तू सोच, फैमिली व्हाट्सएप ग्रुप में जब मेरे नये घर के गृह-प्रवेश की फोटो डालेगी, तो सब कैसे जल-भुन जाएँगे?" राघव ने कहा।

राघव ने जूते के फ़ीते बाँधे और खड़ा हो गया, वो ऑफ़िस के लिए तैयार था। "किसी को जलाना नहीं है बेटा," सुप्रिया की आवाज़ भरी हो गयी थी। राघव ने आँखें बंद कीं, गहरी साँस ली और जो होगा देखा जाएगा सोच के कहा, "सुन ना, वो पापा को बोल के मेरे अकाउंट में 10 हजार डलवा दे ना। आज ही। अर्जेंट है। सैलरी आते ही मैं तेरे पति की पाई-पाई चुका दूँगा।" सुप्रिया चुप हैं। राघव ने अपने पक्ष में एक और दलील दी, "तू तो जानती है, मैं किसी का उधार नहीं रखता।"

पानी के अंदर सर डालने पर जैसा अस्पष्ट शोर सुनाई देता है, कुछ पल के लिए कमरे में वैसा ही शोर गूँजा फिर सुप्रिया ने गंभीर होकर कहा, "सब तेरा ही तो है बेटा, आज लेगा तो तू लेगा, कल लेगा तो तू लेगा।"

"हाँ वो भी है। मगर फिर भी, मैं लौटा दूँगा, वरना वो सड़ा हुआ मुँह बनाएँगे, और मुझे वो पसंद नहीं है।" राघव माहौल हल्का रखने की पूरी कोशिश कर रहा था, इसलिए नहीं कि माँ रो पड़ती, बल्कि इसलिए क्यूँकि वो ख़ुद गले तक भरा हुआ था, छलक पड़ता।

राघव ने अपना बैकपैक भर लिया था, वो कॉल काटना चाहता था पर माँ कुछ और देर अपने बेटे से जुड़ी रहना चाहती थी। तभी राघव के कमरे में नीचे से सीता के चिल्लाने की आवाज़ आयी। नीचे वह किसी को गालियाँ दे रही थी।

“कोई लड़ रहा है क्या बेटा?” सुप्रिया ने पूछा।

माँ अटके रहना चाहती थी और राघव बात ख़त्म करना चाहता था, “दिल्ली बड़ा शहर है माँ, यहाँ होता रहता है ये सब। हमारे नीचे मंजिल के लोग हैं- मेरा मतलब है, जो हमारे पड़ोसी हैं। उनका घर हमारी कोठी से ज़रा नीचे है। उनके यहाँ का शोर है। उनके यहाँ आये दिन झगड़े होते रहते हैं। चल माँ मैं रखता हूँ... देखता हूँ क्या हो रहा है उनके यहाँ... पड़ोसी धर्म भी तो निभाना है।”

सुप्रिया कुछ देर चुप रहीं फिर याद करके पूछा, “मगर तू तो नोएडा में रहता है न? कोठी तेरी दिल्ली में है?”

राघव ने सर पकड़ लिया, “एक ही बात है माँ।”

सुप्रिया जानती थीं, “नई-नई... मैं देखी हूँ, नोएडा यूपी में है और दिल्ली, दिल्ली में...”

राघव ने समझाने की कोशिश की, “एनसीआर बोलते हैं माँ। एक ही है।”

सुप्रिया ने तर्क दिया, “मगर दिल्ली तो नहीं बोलते ना?”

राघव सर खुजाते हुए बोला, “माँ, आज ही सीबीआई में भर्ती लेगी क्या?” फिर सोचा कि माँ ठीक ही तो कह रही है, “तू सही कह रही है। मैंने जो पहले कहा था वो भूल जा... फिर से सुन। हमारी कोठी, नोएडा में है।”

सुप्रिया को लगा राघव चिढ़ रहा है, “तू चिढ़ क्यों रहा है!”

राघव ने समझाया, “चिढ़ नहीं रहा हूँ माँ, लेट हो रहा हूँ। तू तो जानती है, मेरे बिना ऑफिस का ताला तक नहीं खुलता। प्रणाम...”

सुप्रिया ने एक आख़री सवाल किया, “तू फिर से कोई झूठ तो नहीं बोल रहा है न बेटा?”

राघव ये सुन के निराश हो गया। सुप्रिया को भी लगा कि उसे ऐसा नहीं कहना चाहिए था, “ख़ुश रह... मैं बोलती हूँ तेरे पापा को...”

राघव ने माहौल हल्का करने की कोशिश की, "माँ तूने ऐसी परवरिश दी है न कि पूरा दिल्ली-एनसीआर मेरी वजह से चल रहा है। मुझे तो डर लगता है, किसी दिन मैं सोता रह गया तो दिल्ली में सूरज निकलेगा भी या नहीं।"

फिर से स्पीकर पे हँसने की आवाज़ आयी।

राघव कॉल काटने ही वाला था लेकिन सुप्रिया ख़ुशी से बता देना चाहती थीं, "सुन-सुन... तेरी राशि-फल देखी हूँ, बहुत शुभ दिन है। देखना, आज तेरा जीवन बदल जाएगा।"

राघव को जल्दी नीचे जाना था- "चल, माँ प्रणाम।"

कॉल काटने के बाद राघव थोड़ी देर अपने फ़ोन को ही देखता और माँ के बारे में सोच रहा। तभी दोबारा गाली सुनायी पड़ी और वो भागता हुआ नीचे उतर गया।

नीचे, दो तोदें झाँक रही थीं, जिन्होंने अपनी टाइट टी-शर्ट के अंदर रहने से इनकार कर दिया था। पहलवान जब जिम जाना बंद करते हैं तो वो मोटे नहीं होते, उनकी तोंद निकल जाती है। ख़ैर, इन तोंदों से थोड़ा ऊपर वो दो चेहरे थे, जिन्हें देख के लग रहा था कि वे किसी बड़े अपराधी के यहाँ काम करने वाले, छोटे अपराधी होंगे। मगर अभी, सीता उन्हें धो रही थी। सीता एक साथ चिल्ला रही थी, चीख रही थी, रो रही थी, लहरा-लहरा के पूरे कमरे में चल रही थी। जिस दिन MARUTI 800 इनके घर में आधी घुसी थी उस दिन सीता उसी दीवार से लगी सो रही थी। टक्कर से सीता लगभग सात फ़ीट दूर जाकर गिरी। दीवार के कई टुकड़े हुए और सीता के कूल्हे की दो रिप्लेसमेंट सर्जरी हुई। मगर फिर वो बात बन नहीं पायी और अब सीता लहरा लहरा के ही चलती थी। पाकिस्तानी टीवी सीरियल की माँओं सरीखी दिखने वाली सीता के यहाँ अच्छे लोग आएँ या बुरे वो बताना नहीं भूलती थी कि ये एक शहीद का मकान है, 'सन् दो हज़ार में मेरा पति थाना प्रभारी होता था, ठाठ थे हमारे लेकिन फ़र्ज़ की राह में एन्काउंटर करते

हुए मारा गया।' जिसकी वजह से आज इनके पास ये तीन मंज़िला मकान है। लेकिन सिर्फ़ ये मकान ही है, क्योंकि सीता के पति ऐय्याश और जुआ खेलने के आदी थे। कहते हैं उसने दूसरी औरतें भी रखी हुई थीं, मगर सीता नहीं मानती और वैसे भी मरने वाले के सारे पाप ख़ुद-ब-ख़ुद धुल जाते हैं।

"मेरा घर खाएगा? सीता का घर खाएगा?" सीता चल के दूर दूसरे कोने में गयी और वहाँ भी चिल्लाती रही, उसका बेटा मन्नू एक कोने में खड़ा अपनी माँ के व्यवहार के लिए शर्मिंदा लग रहा था। "विधवा हूँ तो क्या, दीवार पे लटका बल्ब हूँ? थोड़ा घुमाया उतार लिया? अभी दिखाती हूँ-अभी दिखाती हूँ।" तोंद वाले गुंडे, राज सिंह और नितिन सिंह गुज्जर, डरे हुए नज़र आ रहे थे।

मन्नू, कभी अपना सर पकड़ता, कभी गला। अपनी माँ को ऐसे देख रहा था जैसे लोग चौराहे पे खड़े हिजड़ों को देखते हैं; दया आ रही थी, मज़बूरी समझ रहा था, मगर ओवर एक्टिंग देख के चिढ़ भी रहा था। मन्नू एक साधारण, अच्छे व्यवहार का, माँ का लाड़ला था। "अरे यार मम्मी मैं बात कर रहा हूँ ना," मन्नू, सीता को पीछे करते हुए आगे आया। सीता, मन्नू की बग़ल से होती हुई, आगे आकर बोली, "तू बात मत कर। तू तो वीडियो निकाल-वीडियो निकाल मेरा। रेप का केस करूँगी इन लोगों पर। वीडियो वायरल करूँगी।"

राज और नितिन सकपका के उठ गये। सीता बोलती रही, "कह देना गणेश पहलवान से ये बुढ़िया ना जा रही घर छोड़ के।" फिर मन्नू पर भड़कती हुई एक साँस में बोलने लगी, "देख क्या रहा है वीडियो काट ना। और ज़ोर-ज़ोर से रोते हुए बोलियो 'मेरी माँ की इज़्ज़त लूट रहे हैं- मेरी माँ की इज़्ज़त लूट रहे हैं'। तू बना वीडियो... इनकी माँ का।"

राघव ने ये देख के राहत की साँस ली कि सीता उन गुंडों पर हावी है। उसने अपनी भी चवन्नी लगायी, "सालों, अखरोट की तरह फोड़ दूँगा। अकेली लड़की देख घर में घुसते हो।"

राघव ने सीता को लड़की कहा। राज और नितिन इधर-उधर देखने लगे कि घर में लड़की भी है? सीता उन्हें कन्फ़्यूज़्ड देख के बोली, "मेरी बात कर रहा है ये। क़तई चालाक बनता है ये भी, थूक से लड्डू बाँधता है"। सीता ने राघव को घूरकर देखा और फिर मन्नू से बोली, "इसकी भी वीडियो निकाल, 3 महीने से किराया नहीं दिया। निकाल इसकी वीडियो। कहना ये भी इज्ज़त लूटने आया था।"

राज और नितिन वहाँ से जल्दी में निकले मगर जाते-जाते मन्नू को धमकी देते गये, "समझ जा बुढ़िया अम्मा, गणेश पहलवान ने सही डील कही है, इस विवादित घर के इत्ते अच्छे पैसे कोई और ना देगो।"

अब मन्नू कूदा, "और इस घर में अपने आदमी से कार घुसवाकर, इस घर को विवादित बनाया भी उसी ने है, ये भी तो बोल।"

सीता ने समर्थन किया, "हाँ बोल।"

राज और नितिन लोहे के दरवाज़े से निकलते ही मन्नू को धमकाते हुए बोले, "साले तू बाहर मत निकलियो, वरना मारे जाओगो।"

"तू मरेगा साले," सीता उनके पीछे लहराती हुई दौड़ी, दोनो गुंडे चलते बने, "मेरी औलाद को मारेगा?"

राघव सीता के बगल से बेआवाज़ निकलने लगा मगर सीता ने रोक लिया, "तू कहाँ चला भैय्ये, तेरी वीडियो उतर गयी है।"

राघव ने मन्नू के कंधे पर हाथ रखते हुए कहा, "आंटी कैसी बातें कर रही हैं आप। मैं भी तो आप ही का बेटा हूँ, मन्नू छोटा भाई है मेरा। किराया नहीं दे पा रहा हूँ तो क्या हुआ, बड़े भाई होने की जिम्मेदारी पूरी निभा रहा हूँ मैं।"

सीता ने झिड़कते हुए कहा, "पहली बात तो बड़ा भाई होने की जिम्मेदारी छोड़ दे। मन्नू बड़ा है तुझसे और दूसरी, कौन-सी जिम्मेदारी ये बता?"

सीता संदेह भरी नज़रों से मन्नू की तरफ़ देखने लगी। मन्नू, राघव से चुप रहने की मनुहार करने लगा। मगर राघव नहीं माना, "आंटी, स्टार बनाने की जिम्मेदारी। शायद मन्नू भाई आपको सरप्राइज़ देना चाह रहे थे।"

राघव सीता के पास खिसककर वजन के साथ बोला, "आंटी आपको तो पता ही है, मन्नू भाई नगीना हैं- इनका ऑडियो सॉन्ग 'शीशे का दिल' गाँव-गाँव में वायरल है। स्टेज प्रोग्रामों की तो लाइन लग जानी थी मगर चोट यहाँ हो जा रही है कि किसी को पता नहीं कि ये गाना मन्नू भाई का है! क्योंकि गाने का सिर्फ़ ऑडियो वायरल है, वीडियो नहीं। अब सोचिए, इसी गाने का वीडियो बन जाए?" राघव, सीता को सपना बेचने की कोशिश कर रहा था, "मन्नू भाई स्टार बन जाएँ? मन्नू भाई के प्रोग्राम पे प्रोग्राम आ रहे हैं... घर में पैसों की बारिश हो रही है... आप पैसों में खेल रही हैं..."

मन्नू को जल्दी समझ आ गया कि इन बातों का उसकी माँ पर असर नहीं होने वाला और वो उसे समझाने की कोशिश करने लगा, “अरे यार, तू रहने दे, मैं बताता हूँ। वो मैं न मम्मी अपने वायरल ऑडियो सॉन्ग का वीडियो बनाना चाहता हूँ।”

राघव इस कहानी का हीरो बना रहना चाहता था, “जी आंटी, और इसके लिए मैंने गिफ्टी से बात भी कर रखी है। वो तो मन्नू भाई का गाना सुन के दीवाना हो गया है। कहता है मुझे आंटी जी से मिलना है। जिसका बेटा इतना अच्छा गाता है उसकी माँ कितनी सुरीली होगी।”

सीता ने पहले भी मन्नू के बाप से इसी तरह की बातें सुन रखी थीं, वो दोबारा इन बातों में नहीं फँसने वाली थी। सीता सोचने लगी। राघव के चेहरे पर अहंकारी मुस्कान तैर आयी, उसे लगा कि उसने सीता को शीशे में उतार लिया है।

सीता अपने आँगन में इधर-उधर टहलने लगी, वो कुछ ढूँढ रही थी।

मन्नू को ये तूफ़ान से पहले की शांति लग रही थी मगर राघव लगा हुआ था, “हनी सिंग के सारे गाने वही बनाता है आंटी जी, गिफ्टी।”

सीता को इधर-उधर दौड़ते देख के मन्नू ने उससे पूछा, “क्या ढूँढ रही है यार मम्मी बता ना, मैं ढूँढ देता हूँ।”

सीता एकदम शांत भाव से बोली, “मिट्टी का तेल। मिट्टी का तेल कहाँ है?”

मन्नू सोच में पड़ गया, “मम्मी यार अब मिट्टी का तेल कौन यूज़ करता है। हम तो गैस में खाना बनाते हैं ना!”

राघव ने सजेस्ट किया, “मैंने सावधान इंडिया में देखा है, मिट्टी का तेल न मिल रहा हो तो आप थोड़ी देर गैस खुली छोड़ दो, उसमें भी ब्लास्ट होता है।”

मन्नू डर गया, “अरे यार राघव कैसी बातें कर रहा है यार। और मम्मी तू काम डाउन हो यार थोड़ा। नहीं बना रहा मैं वीडियो।”

"देख मन्नू तूने जो वीडियो बना के पैसे फूंके तो मैं आग लगा लूँगी ख़ुद को। तू जानता है मुझे मैंने जान दे देनी है।" सीता एकदम हाइपर हो चुकी थी।

मन्नू, सीता के पास जाकर उसे बैठाते हुए बोला, "अरे मम्मी यार। आज तक मैंने कुछ अपने लिए किया है? पहली बार कुछ करना चाहता हूँ, करने दे ना यार। मेरी ज़िंदगी बन जाएगी।"

मन्नू ने देखा, राघव मौक़ा पा के बाहर खिसक रहा था।

सीता एक ग्लास पानी पीते हुए बोली, "देख मन्नू मुझे तेरे वीडियो से कोई दिक़्क़त ना है, दिक़्क़त है, बचा खुचा भी लुटा देने से। तेरे बाप को लगा था कि जुआ खेल के पैसा बनेगा, तुझे लग रहा है की वीडियो बना के। पैसा सिर्फ़ मेहनत से बना करे है, या फिर लूट मार से।"

मन्नू को पता था, माँ नहीं समझेगी। सीता प्यार से बोली, "जो बचा है, उसी को बढ़ाने में ध्यान दे मन्नू, कल को तेरी शादी भी होनी है।" मन्नू उदास हो गया। सीता सलाह देती रही, "वो कौन पुलिस वाला है जो तुझे बहुत मानता है, जा उससे बात कर ले, अगर घर के सही-सही पैसे मिल गए तो मैं तुझे तेरी वीडियो के पैसे दे दूँगी।" मन्नू का चेहरा खिल गया, "तू सच बोल रही है मम्मी?" "झूठ तो मैं बोलती ही नहीं," सीता ने हँस के जवाब दिया। मन्नू अपनी पहचान के पुलिस वाले से मिलने निकल गया।

राघव अपनी वैगन-आर के डैश बोर्ड में रखी सारी मूर्तियों के पैर छू रहा था और आँख बंद करके उनसे कुछ माँग रहा था, और इतना माँग रहा था की अगर भगवान दे दें तो, उनके पास ही कम पड़ जाए।

खिड़की की खट-खट से राघव की प्रार्थना टूटी। राघव ने देखा, मन्नू कार की खिड़की से नाक लगाए खड़ा था।

राघव को लगा, मन्नू किराया माँगेगा। बहाने सोचने के बाद राघव ने धीरे से खिड़की खोली। राघव के मन में डर है, व्यक्ति कितना भी डायनामिक

हो, उधार देने वाले के सामने दबा हुआ ही पेश आता है। "अरे यार, तू भी यार," कहता हुआ मन्नू राघव की बग़ल वाली सीट पर आकर बैठ गया, "पुलिस स्टेशन तक छोड़ दे यार।"

राघव ने मन्नू को ग़ुस्से से देखा, बेकार में डरा दिया। उसने कार गियर में डाली और उसकी पुरानी वैगन-आर, धुआँ छोड़ती हुई आगे बढ़ गई।

कार रुकी, सामने एक तीन मंज़िला सरकारी इमारत खड़ी थी, जिस पर लिखा था- 'पुलिस स्टेशन, मयूर विहार फ़ेज़-2'

राघव ने मन्नू को उतरने का इशारा किया।

"थैंक यू है यार," कहते हुए मन्नू उतरने लगा।

राघव मन्नू का हाथ पकड़ते हुए बोला, "अरे थैंक यू किस बात का। पैसे दीजिए।"

मन्नू को विश्वास ही नहीं हुआ। "अरे यार... मजाक़ यार," वो हँस के जाने लगा।

"हँस रहा हूँ मैं? मैं हँस रहा हूँ? तो फिर मज़ाक कैसे हुआ। 110 रुपये हुए। आप पैसे लाइए।" राघव ने नितांत गम्भीरता से कहा।

"अरे यार तू तो- किराए में से काट लियो यार।" मन्नू को अचानक एक इंस्टाग्राम इंफ्लुएंसर की बात याद आ गयी, "एकतरफ़ा दोस्ती, एकतरफ़ा प्यार से ज़्यादा ख़तरनाक है, एकतरफ़ा प्यार में कम से कम मनुहार की गुंजाइश तो रहती है, एकतरफ़ा दोस्ती में बस शर्मिंदगी है।"

राघव का जवाब एकदम प्रोफ़ेशनल था, "भाई उधार का खेल नहीं है अपना, कैश लाओ- कैश।" राघव एक क्षण के लिए ठहरा, क्योंकि ये कहते ही उसे अहसास हुआ कि मन्नू उसका मकान-मालिक है, "ख़ैर, आप मालिक हो। आप सौ रुपये ही दे दो, लाओ।"

मन्नू ने राघव की आँखों में झाँका। उसे अब भी उम्मीद थी कि राघव कभी भी हँस सकता है, “अरे यार”। राघव, मन्नू की आँखों में सीधा, अपलक देख रहा था। मन्नू अवाक रह गया। वह स्तब्ध था। उसे इसकी उम्मीद नहीं थी। मन्नू वॉलेट से सौ रुपये निकाल के “महीने ख़त्म होने से पहले तू भी किराया दे दियो...” बोलते हुए राघव की गोद में रख दिया। राघव के चेहरे पे मुस्कान फैल गयी। वो फ़ौरन अपने दोस्ताना रवैय्ये पे लौट आया। राघव के चेहरे के भाव बदलते देख मन्नू अपने पैसे वापस उठाने लगा, उसे लगा कि ये मज़ाक़ ही था। लेकिन राघव खिड़की का शीशा ऊपर करते हुए बोला, “कैसी बातें कर रहे हो- आज तक कभी टाइम पे किराया दिया है? चलो मैं अपनी 5 स्टार डेट के लिए लेट हो रहा हूँ, बाय!”

राघव की कार आगे बढ़ गयी।

मन्नू के मन का चैनल चेंज हो गया। उसके चेहरे पे एक कड़वी हँसी फैल गयी। उसकी नज़र सड़क पर गुम होती वैगन-आर के पीछे अटकी रही- जब तक धुएँ की आख़िरी लकीर हवा में घुल नहीं गयी।

मन्नू हमेशा से ऐसा ही था। वह झट से भरोसा कर लेता था। बाद में सोचता- शायद दुनिया सच में वैसी है, जैसी लोग कहते हैं। शायद इसीलिए जिन लड़कियों को उसने चाहा, उन्होंने कभी उसकी तरफ़ नहीं देखा। शायद इसीलिए कॉलेज में वो दोस्त नहीं बना पाया, पढ़ाई नहीं हुई फिर नौकरी भी कहाँ लगनी थी।

लेकिन गाना?

मन्नू के चेहरे का कड़वापन थोड़ा कम हुआ। गला तो भगवान का दिया था, और जब उसने गाया, तो ‘शीशे का दिल’ हर नुक्कड़-गली में बजा- मोबाइल पर, शादी में, ऑटो में। सबने सुना, बस मन्नू का नाम किसी को याद नहीं रहा।

मन्नू ने एक लंबी साँस ली, सीने में कुछ भारी-सा बैठ गया।

क़दम थाने की तरफ़ पलटे और- धड़ाम!

कोई टकराया? नहीं- वो ख़ुद ही किसी से टकरा गया। ख़ाकी वर्दी! उसने सिर उठाया।

एक पुलिसवाला उसे घूर रहा था।

मन्नू के मन का चैनल फिर चेंज हो गया।

◈◈◈

होटल के भीतर क़दम रखते ही राघव को लगा वो सिकुड़ गया है। मेटालिक झूमर, जैसे कोई सुंदर राक्षस झाँक रहा हो, उसके मुँह से निकल रही रौशनी संगमरमर की फ़र्श पर पड़ रही थी और बिखर रही थी। सूट पहने घूमते वेटर, महँगे सोफे, वायलिन की मद्धम धुन- सब कुछ उसे उसकी हैसियत याद करा रहे थे। उसकी चाल लड़खड़ा गयी।

उसने गर्दन झुकायी और सबसे कोने वाली टेबल पर जा बैठा। सेटल हो जाने के बाद उसने एक तिरछी नज़र चारों ओर दौड़ाई- सुनहरे कफ़लिंक, सिल्क की साड़ियाँ, मोतियों जड़े हाथ, अमीर लोगों का जमघट। इनमें से कोई भी राघव का जानने वाला हो, ऐसा संभव नहीं था। राघव ने राहत की साँस ली।

राघव की नज़र दरवाज़े पर अटकी थी, किसी के इंतज़ार में। राघव ने हाथ में पड़े मोबाइल को देखा, जो अब तक राघव की उम्मीद के विपरीत ख़ामोश था। उसने स्क्रीन चेक की- अब भी उसके अकाउंट में सिर्फ़ 926 रुपये ही थे, पापा ने पैसे नहीं डलवाये थे। उँगलियाँ अनायास ही अकाउंट रीफ्रेश करने लगीं। कोई क्रेडिटेड का मैसेज नहीं आया। तभी मायरा अंदर आयी।

राघव ने हाथ हिलाया।

नीली शर्ट के ऊपर काला जैकेट, काली ट्राउज़र, हाई हील, क़रीने से पीछे खींच के बँधे हुए बाल, हल्का नो-मेकप लुक और एक महँगा ब्रेसलेट-

"हैलो।"

राघव का ध्यान टूटा।

मायरा ने बिना भूमिका बनाये मेनू उठाया, "बहुत भूख लगी है यार। आदमी खा सकती हूँ मैं।"

राघव ने मुस्कुराकर चेहरा झुकाया, "मुझे खा लो..." शरमाया।

मायरा ने हल्की-सी हँसी के साथ राघव का फ़्लर्ट एकनॉलेज किया, फिर बिना वक़्त गँवाए ऑर्डर देने लगी।

राघव ने चुपचाप मेनू पर नज़र दौड़ाई। आँखें एक नाम पढ़तीं, फिर दाईं ओर खिसकतीं- क़ीमत पर। फिर नीचे। हर बार क़ीमत पहले दिखती।

"एक प्लेट टर्निप केक, एक चीज़ एंड एडामामे डम्प्लिंग, कुछ ट्रफल फ्राइज, और कुछ ठंडा पीने का... फ्रेश जूस?"

"दो हज़ार सात सौ।" ये शब्द अनायास ही राघव के होंठों से निकल गये।

लेकिन न वेटर कुछ समझा और न मायरा। वेटर ने ऑर्डर लेने के लिए राघव की तरफ़ देखा। राघव ने खाँसकर गला साफ़ किया, "मैं इसी में से खा लूँगा।"

वेटर एक पल ठहरा, "सर, पोर्शन बहुत कम होता है।"

राघव ने वेटर को हड़काया, "तो किसी ने तुम लोगों का हाथ पकड़ रखा है क्या? बढ़ाओ न पोर्शन।"

वेटर ने हल्का-सा सिर टेढ़ा किया, जैसे अचानक उसके मन में ये बात साफ़ हो गयी हो कि राघव ग़रीब है। उसकी हल्की-सी मुस्कान राघव का मज़ाक उड़ा रही थी।

मायरा ने राघव को घूरा और राघव ने ख़ुद को तुरंत समेटा, "अरे, मज़ाक कर रहा हूँ ब्रो। अभी इतना ले आओ, फिर कम पड़ा तो और मँगा लेंगे। We are strictly against food wastage. इंडिया हंगर इंडेक्स में पाकिस्तान और बांग्लादेश से भी पीछे है।"

वेटर ने और कुछ कहना ज़रूरी नहीं समझा, नोट पैड बंद किया और मुड़ गया।

राघव ने ख़ुद को फिर से मोबाइल स्क्रीन पर टिका लिया। कोई बीप नहीं आयी थी। उसने अकाउंट चेक किया, बैलेंस थ्री डिजिट में ही था।

राघव को लगा वो जीत गया, तभी उसे सुनाई पड़ा- "सुनो, एक काम करो, इनके लिए एक ट्रफल एडामामे डम्प्लिंग्स और एक वेज रवियोली।" मायरा वेटर से कह रही थी।

और फिर राघव को समझाया, "खा लेंगे यार, नहीं होगा वेस्ट और हुआ तो मैं गार्ड भैया के लिए पैक करा लूँगी।"

राघव का दिल बैठ गया। वेटर की चाल में उछाल लौट आयी। राघव ने मन में गुना- 'चार हजार... प्लस.. प्लस।'

राघव चुप था। वेटर जा चुका था।

मायरा ने देर तक राघव का चेहरा देखने के बाद पूछा, "चुप रहने के लिए बुलाया है मुझे?"

राघव ने एक बार फिर अपना फ़ोन देखा, और बात टालने की कोशिश की। मायरा ने उसकी बात काटते हुए कहा, "आज रात आ रहा है न तू?"

अनजान राघव ने पूछा, "कहाँ?"

मायरा को लगा था राघव को याद होगा, "मेरे घर सब आ रहे हैं। बताया तो था। पापा ने पार्टी रखी है।"

राघव याद न होने की एक्टिंग करने के बाद पूछा, "पर क्यों? जन्मदिन है?"

मायरा थोड़ा पीछे हुई। वेटर ने उनका खाना ला के रख दिया और मायरा थोड़ी शांत हो गयी। राघव को इशारा किया कि पहले खा लें।

राघव ने जाते हुए वेटर को वहाँ तक देखा जहाँ वो अपने किचन के अंदर घुस रहा था और किचन का दरवाज़ा थोड़ी देर के लिए खुला, उसके पीछे दो तीन आदमी बर्तन माँजने में लगे थे। राघव ने वहाँ ख़ुद को ही बैठे देखा और चौंक पड़ा।

मायरा ने कुछ देर खाने के बाद अपनी बात कम्प्लीट की, "नहीं यार। सोशलाइजिंग के लिए ऐसे करते रहना चाहिए।"

राघव ने मायरा को ग़ुस्से से घूरा और सोचा 'जब रात में इतना खाने ही वाली है तो अभी मेरे बर्तन माँजने का बंदोबस्त क्यूँ कर रही है, अमीरों के चोचले।'

मायरा के मन में अपने ही लड्डू फूट रहे थे, वो कुछ देर रुकी और स्माइल करते हुए राघव को बताया, "नहीं ये सब तो बहाना है, असल में उन्हें तुमसे मिलना है।"

राघव ने गाल फुलाये, होंठ घुमाया और फूँक मारी। राघव टेन्शन से भर जाने पर ऐसा करता था, शायद उसे लगता था कि टेन्शन निकल गयी। ज़िंदगी चाहे कैसा भी बाउन्सर फेंके, राघव खेलता फ्रंट फुट पर है, "देख डरा मत यार। मना कर दे उनको, कह दे, राघव फॉरेन जा रहा है, इम्पॉर्टेंट मीटिंग है। कहीं तुम्हारे पापा ने शादी की बात कर ली तो! किराए के मकान में ले के जाऊँगा क्या उनकी शहज़ादी को?"

इतनी देर में पहली बार मायरा ने खाने से अपना हाथ रोका, "हर बार कोई बहाना। न तुम मुझे अपने किसी दोस्त से मिलवाते, न कभी अपना घर दिखाते, घर तो छोड़ो मैंने तुम्हारा ऑफिस भी नहीं देखा। बंदे हो या बैटमैन यार, कितने 'सेक्रेटिव' हो।"

“अरे, उस दिन वीडियो कॉल नहीं किया था ऑफिस से?” राघव ने अपनी तरफ़ से बात सँभालने के लिए कहा। मगर ये सुन के मायरा बौरा गयी। मायरा को लगा कि राघव को इल्म भी नहीं है कि वो क्या कह रही है, “फक राघव। मैंने कभी सपने में नहीं सोचा था कि मुझे बॉयफ्रेंड की खाल में, फक बॉय मिलेगा... ।” लाल चेहरा, छलकने को तैय्यार आँखें, गला बैठा हुआ, “और वह भी इतना ओके लुकिंग, बोरिंग, बेकार लड़का. ऊपर से दिल्ली का नहीं, गाँव का, देहाती, और उस गाँव का जिस गाँव तक दिल्ली से कोई डायरेक्ट ट्रेन तक नहीं जाती... what were the fucking odds Raghav.”

मायरा के रेंट से राघव की हवा टाइट हो गयी। वह कुर्सी के ऊपर फर्नीचर-सा बैठा रहा। फिर राघव में थोड़ी हलचल हुई, वो कुछ कहना चाह रहा था, और उसने हिचकिचाहट के साथ कहा, “ट्रेन जाती है”।

मायरा ने तेज़ साँसें लीं, उसमें अब राघव को समझने या समझाने की और हिम्मत नहीं बची थी। उसने वेटर को आवाज़ लगायी। मगर वेटर के टेबल तक पहुँचने से पहले ही, उसे दिखा के, 3 दो-दो हज़ार के नोट वहाँ रखकर चली गयी, जैसे कह गयी हो- उसका हो गया, इस डेट से और इस डेट से भी।

वेटर ने पैसे उठाए और राघव को हिक़ारत-भरी नज़रों से देखा, उसे लगा कि राघव को उसकी नज़र चुभेगी, मगर वो नहीं जानता था कि राघव तो उस बेइज़्ज़ती के लिये तैयार था जो बिल न भरने के बाद होटल वाले करते, इस बेइज़्ज़ती से तो वो ख़ुश था।

राघव ने देखा मायरा रेस्तराँ का दरवाज़ा खोल रही है। राघव के पास वक़्त बहुत कम था; अगर मायरा अभी चली गयी तो वो जानता था, उसका पूरा दिन बर्बाद हो जाएगा। लड़का हो या लड़की, प्यार में रूठी हुई मोहब्बत को मानना ही होता है, मगर एक पूरा दिन खाकर। और राघव को तो ऑन्ट्रप्रेन्योर बनना था, यूनिकॉर्न बनना था, उसके पास वक़्त नहीं था। वो लपका और मायरा का हाथ पकड़ लिया, “सुनो”। मायरा ने हाथ झटक दिया और निकल गयी।

बाहर आते ही मायरा रुक गयी, उसके कंधे झुक गए, साँसें गहरी, आँखें स्थिर हो गईं, उसने मायूसी के साथ कहा, "जाने दे न यार, और कुछ नहीं तो बार-बार के इस ह्यूमिलिएशन से बच जाऊँगी।"

राघव, जिसके दिमाग़ में अब तक हज़ारों चीज़ें चल रही थीं, वो अब सिर्फ़ मायरा के बारे में सोच रहा था, "ग़ुस्से में फ़ैसला और ख़ुशी में वादे नहीं करने चाहिए। मैं अपने हिस्से की पूरी कोशिश कर रहा हूँ, मायरा, भरोसा रखो, मैं कर लूँगा। तुम देखना, साल भर में नोएडा की सबसे आलीशान कोठी मेरी होगी।"

दिल से निकली बात दिल पर जा के लगती है और लगी। बात मायरा को छू गयी। वो समझती थी, राघव कोशिश तो कर ही रहा है।

मगर मायरा ने फिर भी कहा, "नहीं, तू नहीं कर रहा है। मैं ही हूँ, जो अपना 100 पर्सेंट दे रही हूँ, राघव। ऑफ़िस में मेरा एक-एक दिन कैसे गुज़रता है पता है? पूरा न्यूज़ चैनल नल बाज़ार है, लड़के ही लड़के भरे हैं, सब। और लड़के भी क्या हैं, सब अर्ध-नरेश्वर हैं- इतनी चुगली, इतनी बैक-बाइटिंग, इतनी राजनीति। मुझे रोज़ डिमोरलाइज़ करते हैं कि बीट चेंज कर लो। ब्यूटी या फिटनेस बीट ले लो, क्राइम तुमसे नहीं होगा। सेक्सिस्ट मदर फकर्स।"

राघव अपने झूठों की वजह से ही जुड़ा हुआ था, अगर सच बोल दे तो बिखर जाएगा। मगर ऐसे जुड़े रहने में बहुत मेहनत लगती है। इतना झूठ बोल-बोल के वो थक गया था। वो मायरा से प्यार करता था और चाहता था उसे सब सच बता दे, कह दे कि सब बर्बाद है, और उसे नहीं पता सब कैसे ठीक होगा, होगा भी या नहीं। उसे भरोसा था मायरा उसे सम्भाल लेगी, मगर नहीं सम्भाला तो, ज़िंदगी में जो बस एक चीज़ अच्छी चल रही है, वो भी छिन गयी तो? और राघव ने मायरा से कहा, "देखो"।

मायरा ने राघव का चेहरा देखा और उसे प्यार आ गया। उसने माफ़ी माँग ली। पर राघव फिर से सच बोलने से डर गया।

"पर तुमने मुझे गाँव वाला कहा?" राघव ने रूठने की ऐक्टिंग की।

मायरा ने हँस के कहा, "कहा तो मैंने तुझे बहुत कुछ था, मगर तुझे सिर्फ़ यही बात लगी। क्योंकि उन सबमें सिर्फ़ यही बात सच्ची थी। बाकी मुझे तो तू काफी गुड लुकिंग लगता है।"

राघव को सुन के अच्छा लगा मगर वो झेंप गया।

मायरा ने राघव से कहा कि वो ऑफ़िस के लिए लेट हो रही है और जल्दी में अपने फ़ोन पर क़ैब बुक करने लगी। राघव के फ़ोन पर बीप हुई और मायरा को एक क़ैब मिल गई- "ईश्वर ख़ुद मुझे लेने आ रहे हैं।"

राघव ने अपना फ़ोन साइलेंट में कर दिया।

"कैब वाले ने कैन्सल कर दी। आज बहुत लेट होने वाली हूँ।" मायरा ने राघव को बताया।

राघव ने मदद करनी चाही, "मैं छोड़ देता हूँ।"

मायरा ने निराशा से कहा, "कहाँ छोड़ दोगे? मेरा ऑफिस पूरब है, तुम्हारा ऑफिस पश्चिम।"

राघव का फ़ोन फिर बजा, शायद पहली बार फ़ोन साइलेंट नहीं हो पाया था।

राघव ने अपना फ़ोन साइलेंट में किया और चेक किया कि फ़ोन साइलेंट हो गया है।

मायरा की कैब बुक हो गयी। उसकी कैब आयी और वो जल्दी में राघव को गले लगते हुए बोली, "अगर तुम मुझसे प्यार करते हो, तो पार्टी में पक्का आओगे। और मैं जानती हूँ कि तुम करते हो।" मायरा एक क़दम पीछे हटी, राघव को देख के स्माइल किया और अपनी कैब में बैठकर चली गयी।

राघव की नज़र पड़ी, अंदर जो वेटर सर्व कर रहा था वो दरवाज़े से ये सब देख रहा था। उसको राघव की कामयाबी बहुत बुरी लगी।

राघव, मायरा के जाने के बाद भी देर तक उसके जाने की दिशा में ध्यान से देखता रहा, जैसा आशिक़ करते हैं, मगर उसके बाद उसने अपना फ़ोन बाहर निकाला, अपनी कैब सर्विस ऐप में गया और सर्विस ऑन कर लिया। उसका फ़ोन फिर से उसी तरह बजा जैसे वो मायरा के साथ होने पर बज रहा था। असल में राघव, ईश्वर के नाम से कैब चलाता था। राघव को कोई सवारी मिल गयी थी।

राघव अपनी गाड़ी के पास गया और अपने सफ़ेद नम्बर प्लेट पर पीले नम्बर प्लेट की स्टिकर लगा दी। राघव सबसे झूठ बोलता था कि वो TCS में जॉब करता था, असल में वो एक कैबी था। वैसे दिल्ली में TCS में काम करने वाले इंजीनियर और कैब चलाने वाले में ज़्यादा पैसे कैब चलाने वाला ही बनाता है, इंजीनियर के पक्ष में बस ये बात है कि उसमें आगे बढ़ने की सम्भावना ज़्यादा है। वैसे आगे बढ़ने का एक ज़बरदस्त आइडिया राघव के पास भी था।

◈◈◈

आश्रम फ़्लाइओवर के नीचे बारिश से ठीक पहले की उमसभरी कटीली धूप बस स्टॉप पे खड़े लोगों को झुलसा रही थी। लोग अपनी बस और ऑटो के इंतज़ार में खड़े थे। राघव ने ये देख के संतोष किया कि कैब ही सही उसके पास AC वाली कार तो है और उसकी नज़र एक लड़के पर जा के टिकी। वह हाँफता और बेचैन-सा, एक लम्बा ट्राइपॉड, बड़ा-सा बैकपैक लिए बार-बार अपना फ़ोन देख रहा था। बार-बार फ़ोन देखने के बाद आती हुई कारों का नंबर प्लेट पढ़ने की कोशिश एक निशानी थी कि वह कैब का इंतज़ार कर रहा है। राघव पिकअप प्वाइंट पर पहुँचा। अंकुर? जिसने कैब बुक की थी, उसके पास और भी काफ़ी सामान था। राघव भी कैब से उतरकर सामान कार में लोड करने लगा।

कैब में बैठकर अंकुर ने किसी थके हुए बूढ़े आदमी-जैसी लंबी साँस ली, “भैय्या मेरा नाम अंकुर है, मैं इन्फ्लुएंसर हूँ।”

राघव को कैब में बैठने वाले सब ग़रीब लगते हैं, और ग़रीबों से बात करके उसे अपना टाइम वेस्ट नहीं करना था लेकिन अगर उसका अपना नुक़सान न हो रहा हो तो उसे लोगों की हेल्प करके अच्छा लगता था। राघव ने कार के वॉलेट बॉक्स से निकाल के अंकुर को छोटी बिसलेरी की बोतल दी। अंकुर ने पहले तो इन्कार किया मगर फिर एक घूँट में पूरी बोतल खाली कर के बोला, “4341, भैया थोड़ा जल्दी चला लोगे क्या? पहली बार एक कॉर्पोरेट शूट का काम मिला है, लेट हुआ तो हाथ से जाएगा।”

राघव ने अपने फ़ोन में OTP डालते हुए पूछा, “किस टाइम तक पहुँचना है?”

“10 बजे पहुँचना था,” यह कहते हुए अंकुर ने अपनी घड़ी की ओर देखा, जो 10:10 बजा रही थी।

“यहाँ से तो रास्ता ही 50 मिनट का है, मगर मैं 30 मिनट में पहुँचा दूँगा।” राघव ने अंकुर को आश्वस्त किया।

अंकुर ने थोड़ा डर के पूछा, “सेफली?”

राघव मुँह बिचका के बोला, “तुम्हारे काम से मेरी गाड़ी और मेरी जान, दोनों ज़्यादा क़ीमती हैं।”

अंकुर का चेहरा खिल गया और वो वापस सीट में धँस गया। “बढ़िया बंदे हो यार आप,” अंकुर सामने वाले मिरर में देखते हुए बोला। राघव ने मज़ा लिया, “बात मैं यही सुनना चाहता हूँ, मगर अपनी बंदी के मुँह से।”

दोनों हँसने लगे। कुछ देर ख़ामोशी के बाद अंकुर को लगा कि उसे बात करनी चाहिए, “भैया दिन का कितना कमा लेते हो आप?”

राघव ने ग़ुस्से में अंकुर को देखा, “सब कैब और ऑटोवालों से यही पूछता है न? हमसे सब सवारी यही पूछती हैं। फ़ालतू सवाल मत कर यार।”

अंकुर थोड़ा सकपका गया। राघव को भी लगा कि उसे फ़ालतू में ऐसा नहीं बोलना चाहिए था।

"ऑन्ट्रप्रेन्योर बनना है, आइडिया है और जल्दी ही कैपिटल भी आ जाएगा। एक एंजेल है, जो इन्वेस्ट तो करना चाह रहा है, और करेगा भी, मगर फ़िलहाल अभी घुमा रहा है।" राघव ने अपना प्लान बताया।

अंकुर ने अच्छे पैसेंजर की ऐक्टिंग जारी रखते हुए पूछा, "अरे वाह भैया। पढ़ाई कहाँ तक की है आपने?"

राघव बोला, "एक तो वो किया है जो सब बेरोज़गार लोगों ने किया होता है।"

अंकुर ने अनुमान लगाया, "इंजीनियरिंग?"

राघव बोला, "इलेक्ट्रॉनिक्स और टेलीकम्युनिकेशन से और उसके बाद 1 साल मास कॉम किया है। यहाँ फ़िल्मसिटी से, उसके बाद कहीं नौकरी नहीं लगी। लेकिन घर वापस नहीं जाना था इसलिए शान से कैब घिस रहा हूँ। देखो क़िस्मत कब तक धोखा देती है... वैसे मेरी माँ ने कहा है कि आज मेरा शुभ दिन है..."

अंकुर की आँखें चमक उठीं, वो राघव की ओर करुणा से देखकर कहने लगा, "माँ ने ठीक कहा है भैया।" अब अंकुर का राघव को देखने का नज़रिया बदल चुका था।

गाड़ी रुकी, अंकुर ने घड़ी देखा, 10:35 हो रहे थे। राघव ने ट्रिप एंड किया। अंकुर नीचे उतरा, वह ख़ुश था। उसने राघव को गले लगाया और एक सेल्फ़ी के लिए पूछा। दोनों ने सेल्फ़ी ली और राघव वहाँ से निकल गया। अंकुर ख़ुश था कि सुबह-सुबह वो ऐसे बंदे से मिला। अब उसे लेट होने की परवाह नहीं थी।

राघव की गाड़ी दिल्ली की व्यस्त सड़कों पर तैरती हुई एक बड़े से गराज के सामने आ के ठिठक गयी। राघव जाने- पहचाने क़दमों से चलता हुआ

गराज के अंदर घुसा। उसे महसूस हुआ कि बाहर दिल्ली का मौसम जितना बेईमान है, उतना ही अंदर गराज का मौसम बदतमीज़। ढेर सारी कैब खड़ी थीं। छतों और दीवारों से रिसता काला एंजिन ऑयल ज़मीन पर फैला हुआ था और इसकी गंध हवा को भारी कर रही थी।

जितनी कैब उतने ड्राइवर; कोई सिगरेट पी रहा था, कोई वहीं खाना खा रहा था। सीलिंग बहुत ऊँची थी, जिस पर सरियों से लटकी बड़ी-बड़ी हैलोजन लाइट्स अंदर उमस को और गाढ़ा कर रही थीं।

राघव को देखते ही लड़कों ने उसे घेर लिया। राघव ने सबसे हाल चाल पूछा; एक से उसके पैर के दाद के बारे में, दूसरे से उसके फ्रिज से गैस लीक के बारे में, तीसरे से गाँव जाने की तारीख़ पूछा और अरुण को 'भईया' कहकर उसके पैर छुए। सारे लड़के यहाँ राघव को 'जोब्स-जोब्स' कह कर बुलाते थे।

तभी, बेदाग़ कपड़ों वाला एक आदमी राघव के पीछे से एक हाथ में धुआँ छोड़ता तेज़ाब लेकर गुज़रा और खुली बोनट वाली एक कार की बैटरी में डालने लगा।

अरुण, राघव की तरफ़ देखते हुए बोला, "किसी दिन ये अपने ही एसिड की ड्रम में गिर के मरेगा, फ़ालतू की बहादुरी दिखाता है।"

"आमीन," पास खड़ा ड्राइवर धीमे से बोला।

राघव हँसते हुए बोला, "अरे भइया, भगवान ईश्वर को लंबी उम्र दे, कम-से-कम जबतक वो मेरे आइडिया में पैसे नहीं लगा देता। उसके बाद, जो मन में आए, बोल लेना।"

अरुण सिर हिलाते हुए बोला, "हम लोगों का ख़ून चूस-चूसकर इसने ये गराज बनाया है, मैं तो शुरू से देख रहा हूँ। किसी और धंधे में होता, तो आज हम पार्टनर नहीं तो कम-से-कम शेयरहोल्डर तो ज़रूर होते।"

"ईसोप कहते हैं," राघव मुस्कुराते हुए बोला।

इतने में, ईश्वर एसिड डालकर पलटा और राघव को देख हाथ उठाया। राघव तुरंत भागकर उसके पास गया।

अरुण जाते-जाते कह गया, "तेरे जितने चक्कर तो असली स्टीव जोब्स ने भी नहीं लगाए होंगे।"

राघव ने ईश्वर का पैर छुआ। ईश्वर उसकी पीठ ठोंकते हुए बोला, "'से नेवर डाई' वाला तेरा विनर एटीट्यूड है।"

"Never say die," राघव ने उसे दुरुस्त किया मगर ईश्वर को कोई फ़र्क़ नहीं पड़ा।

ईश्वर जिधर से आया था, उधर ही वापस चलने लगा। राघव उसके साथ-साथ हो लिया। ईश्वर ने अपने हाथ का डिब्बा एक बड़े सफ़ेद ड्रम के ऊपर रखा, जिस पर बड़े अक्षरों में लिखा था- 'एसिड'।

राघव बात बनाने के लिए बोला, "सिर्फ़ एक 'एटीट्यूड' ही नहीं, अपने पास ट्रिपल 'ए' हैं, ईश्वर भइया- अकड़, ऐंठ और एटीट्यूड। एक 'ए' की कमी है, वो आप दे दो तो परफ़ेक्ट चार 'ए' हो जाएंगे- अमाउंट।"

ईश्वर हँसते हुए अपने केबिन में घुसा और राघव, छुटभैये नेता के चमचे की तरह, उसके पीछे-पीछे दाखिल हुआ।

ईश्वर अपने केबिन में पहुँचते ही कुछ ढूँढने लगा। बाहर गराज के कोलाहल से ये कमरा बिल्कुल उलट था। कार्पेट बिछा हुआ फ़र्श, कलरफुल दीवारें, पर्फ़ेक्ट टेम्प्रेचर, खस की ख़ुशबू, जिम इक्वीपमेंट्स, बॉडीबिल्डर्स के पोस्टर्स और ईश्वर के जीते हुए मेडल्स। लेकिन जाने क्यों ईश्वर परेशान लग रहा था। "भैया तगड़ी जिमिंग चल रही है? टाइट लग रहे हो।" राघव ईश्वर की तवज्जो पाने के लिए संघर्ष कर रहा था।

राघव ने ख़राब सेल्स पिच किया, "भैया आपने छाता ख़रीदा या नहीं। आपके केबिन में बारिश होने वाली है, पैसों की।"

ईश्वर हँसने लगा। राघव बोलता रहा, "भैया, हर हाईवे पर, हर दुकान पर सिर्फ़ हमारी ही बैटरियाँ बिकेंगी। आप सोचो न- कैब ड्राइवर, ट्रक ड्राइवर- बंदा कोई हो, सब अपने मालिक को डुबाना चाहते हैं और ख़ुद उबरना। ऐसे में हमारी सस्ती बैटरी उनके लिए पैसे बनाएगी और उनके मालिक को डुबाएगी- लोग महँगी बैटरियाँ लगाना ही बंद कर देंगे। आप पैसे लगाइए, मैंने दिमाग़ लगाया है, हम दोनो पैसों में नहाएँगे।"

ईश्वर को उसकी फ़ाइल मिल गयी। उसे तुरंत हॉस्पिटल के लिए निकलना था, "देख राघव, तेरा आइडिया तो मेरी नज़र में डे वन से चढ़ा हुआ है। तू जानता है। मगर 1 करोड़, कोई पॉकेट में ले के तो नहीं घूमता, मैं अरेंज कर रहा हूँ।"

"देखो भैया ये स्कीम सीमित समय की है। अपना आइडिया लेकर कहीं मैं मार्केट में निकल गया तो लोग रोक-रोक के पैसे देंगे। फिर मैं उन्हीं को पार्टनर बना लूँगा। फिर आप मत कहना बड़े भाई को भूल गया।" राघव को लगा कि ईश्वर को इस बात से फ़र्क़ पड़ेगा। ईश्वर ओवर एक्टिंग करते हुए बोला, "अरे बेटा ऐसा मत करना। बर्बाद हो जाऊँगा मैं। बस अभी डॉक्टर से मिल के आता हूँ, और आते ही 1 करोड़ कैश तेरे हाथों में रखता हूँ।" वे दोनों हँसे और ईश्वर अपने कैबिन से बाहर निकल गया।

ईश्वर के पीछे-पीछे राघव भी बाहर आया, जैसे निराशा के पीछे झूठी मुस्कान आती है। ईश्वर अपनी वैगन-आर में बैठ गया। उसके डैश बोर्ड पर गंगाराम हॉस्पिटल की एक फ़ाइल पड़ी थी। वैगन-आर निकल गयी, राघव बीच गराज ठगा-सा खड़ा रह गया। दूसरे ड्राइवर और वर्कर उसके गिर्द इकट्ठा हो गए। अरुण ने राघव को बेबसी से देखा, जैसे एग्जाम हॉल में जवाब न लिख पाते अपने बेस्ट स्टूडेंट को टीचर देखता है। "क्या स्टीव, ये तेरे को चला रहा है रे। कौन मालिक देख पाएगा कि उसका नौकर, पार्टनर बनकर उसकी बराबर में बैठे।"

“जानता हूँ अरुण भैया, मगर मेरे पास ऑप्शन नहीं है। जिस दिन ये ढीला पड़ा, उसी दिन पैसे झटक के धंधा शुरू कर दूँगा,” राघव के लहजे में उम्मीद तो थी पर विश्वास नहीं। एक छोटा लड़का वहाँ मौजूद सभी से बिना कुछ पूछे चाय बाँटने लगा। अरुण अपनी चाय लेकर एक कुर्सी की ओर बढ़ने लगा और राघव से बोला, “विकल्प होते नहीं, बनाने पड़ते हैं।” अरुण कुर्सी पर बैठ गया, राघव खड़ा रहा, “तेरे में सब अच्छा है राघव, बस एक यही ख़राबी है।” राघव अपनी ख़राबी जानने का इंतिज़ार करने लगा, “तू उड़ना भी चाहता है और हाइट से भी डरता है।” राघव को लगा था कि अरुण कोई नयी बात कहेगा। राघव थोड़ी देर के लिए चुप हो गया और फिर गम्भीर लहजे में बोला, “हाइट से नहीं, गिरने से डरता हूँ। क्योंकि पहले कई बार गिरा हूँ। और जब भी मैं गिरता हूँ, तमाशा घरवालों का बनता है। इस उम्र में वह तमाशा डिज़र्व नहीं करते भैया। रिस्क फ़्री खेलना है। सब काम रिस्क फ़्री।” अरुण के चेहरे पर सहानुभूति की एक मुस्कान तैर गयी। मामला और माहौल दोनो भारी हो चुके थे, जो राघव को पसंद नहीं।

“चलो भैया, अभी रोज़ी-रोटी कमाने निकलता हूँ। दुआ करना कि ढेर सारी सवारी मिले और सुंदर सवारी मिले।”

आमीन कहते हुए अरुण हँस पड़ा मगर राघव की बातों ने उसे उसकी ही आपबीती की तरफ़ उछाल दिया था। उसे राघव की बात याद आती रही कि जब भी कोई बच्चा फेल होता है, उसके माँ-बाप ज़्यादा फेल होते हैं। बच्चा शर्मसार होता है, लेकिन तमाशा घरवालों का बनता है।

दिल्ली की चौड़ी सड़क पर कारें चीटियों की तरह चल रही थीं। कारें रुकतीं, किनारे लगतीं, कार से सवारी उतरती और कारें आगे बढ़ जातीं। देर तक चलने के बाद कार एक सड़क के किनारे रुकी। राघव कार से बाहर आया और एक रेहड़ी वाले से छोले-कुल्चे लेकर खाया। कुल्चा ख़त्म होने से पहले ही उसकी ऐप का रिंगटोन बजने लगा। नयी बुकिंग आयी थी। जल्दी से खा के वो अपनी कार की ओर भागा। हल्की बारिश शुरू हो चुकी थी।

कार रुकती, सवारी उतरती, कार चलती, रुक के नयी सवारी बिठाती- दोपहर से शाम, शाम से रात हो गयी। राघव ने कार लक्ष्मी नगर की तरफ़ घुमा दी। वो सुबह जिस गली से निकला था, वहीं वापस लौट आया। ज़ीरो फ़िगर वाली इस गली में रौशनी काम, कीचड़ ज़्यादा थी। जिन मुहल्लों की गलियों में कीचड़ ज़्यादा होती है, वहाँ लोग भी ज़्यादा होते हैं और चल के जाने पर मज़बूर भी। ऐसे ही मज़बूर लोगों ने कीचड़ के बीच में ईंट रख रख के एक पगडंडी-सी बना ली थी। थोड़ी बारिश होते ही ये पगडंडी भी डूब जाती थी। राघव ने आसपास देखा कि कोई देख तो नहीं रहा, फिर कार की डिक्की से एक सफ़ेद नंबर प्लेट का स्टीकर निकाल के अपनी कार के पीले नम्बर प्लेट पर चिपकाया और घर की तरफ़ बढ़ गया। वह घर, जिसकी दीवार में MARUTI 800 इतनी सहजता से घुसी हुई थी, जैसे फटे हुए मोज़े से अंगूठा झाँक रहा हो। अंदर पहुँचकर राघव ने लोहे का दरवाज़ा बंद कर लिया।

◈◈◈

राघव जल्दी-जल्दी अपने बाल बना रहा था। मायरा कॉल पर थी, जिसे भरोसा नहीं हो रहा था कि राघव आ रहा है। राघव ने फ़ोन कट किया, डियोडरेंट लगाया, लेकिन जैसे ही जूते बाँधने के लिए झुका तो उसका फ़ोन बजने लगा। राघव की माँ सुप्रिया का वीडियो कॉल था।

“वीडियो कॉल करना सीख लिया!” राघव माँ की वीडियो कॉल देखकर आह्लादित था।

सुप्रिया की आँखें राघव पर जम गयीं, वो राघव के चेहरे के हर हिस्से को ऐसे देख रही थीं जैसे पसीने की बूँदें माथे से निकलकर ठोडी तक सफ़र करती हैं और हर उतार चढ़ाव को रुक-रुककर महसूस करती हैं।

अपने बेटे को देखकर सुप्रिया ख़ुश थीं, “बाहर जा रहे हो?”

राघव अपने जूते के फ़ीते बाँधने में व्यस्त था।

सुप्रिया ने फिर से राघव को आँखभर के देखा, तभी उसे ख़याल आया, "दिल्ली तो रात के समय काफ़ी असुरक्षित लगती है बेटा।"

"मैं ही दिल्ली को असुरक्षित बना रहा हूँ माँ।" राघव चुहल के मूड में था।

राघव हँसने लगा। सुप्रिया नहीं हँसीं।

राघव ने थोड़ी असहजता से पूछा, "माँ, पापा ने पैसे ट्रांसफर किए?"

सुप्रिया साँस खींचकर धाराप्रवाह बोलने लगीं, "अरे उनका तो जानता है, आराम-आराम से सब करते हैं, उठे, नहाए, नाश्ता किए पूजा पाठ करते-करते शाम कर दिए, बैंक बंद हो गया। कहा कि कल जाएँगे।"

राघव थोड़ा खीझ गया, "अरे, तुम लोग ऑनलाइन बैंकिंग शुरू क्यों नहीं कर लेते... लगता है अब मुझे ही पापा को सिखाना पड़ेगा।"

तभी राघव की आँखें चौड़ी हो गयीं, उसकी तनी हुई पीठ अपने आप थोड़ी झुक गयी; स्क्रीन पर राघव के पिता अशोक आ गए थे।

अशोक, सुप्रिया की तरफ़ देख के बोले, "झूठ क्यों बोल रही हो?" फिर राघव से कहने लगे, "मैं बैंक नहीं जा सका, बेटा, क्योंकि मुझमें हिम्मत नहीं थी।"

"प्रणाम पापा," राघव सकपका गया।

अशोक ने ऐसी निराशा के साथ राघव को देखा कि राघव का दिल बैठ गया। उस एक कमरे की बरसाती में बैठने की इकलौती जगह, अपने बिस्तर में समा गया। अशोक ने प्रणाम का जवाब देन के बजाय बोलना ज़ारी रखा, "हमारा छोटा-सा शहर है बेटा, सब एक-दूसरे को जानते हैं। जब मैं तेरे अकाउंट में पैसे जमा करने के लिए बैंक की लाइन में खड़ा होता हूँ तो लोग पूछते हैं कि आपका बेटा कमा नहीं रहा है क्या?" अशोक का गला भर आया। वो ऐसे व्यक्ति नहीं हैं जो इस तरह से किसी से सीधे संवाद

कर सकें, मगर ये बात उनके गले तक भर आयी थी, "बेटा, तुम्हारी उम्र में बच्चे अपने माता-पिता को पैसे भेजते हैं। तुम वो न करो, कोई बात नहीं, मगर कम से कम हमसे तो पैसे मत माँगो। यहाँ जो कुछ है, वो सब तुम्हारा ही है। अगर वहाँ सब ठीक नहीं चल रहा है, तो यहाँ आ जाओ। मैं यहाँ लोगों से बात करूँगा, कहीं-न-कहीं, कोई-न-कोई छोटी मोटी नौकरी लग जाएगी। बेटा चार दिन भूखे रह लेना, मगर एक मिनट भी अपनी शरम बेच के मत जीना।"

यह कहकर अशोक पलटे, अब राघव की तरफ़ उनकी पीठ थी। अशोक ने अपनी आँखें को छुआ, राघव को लगा पापा रो रहे हैं, उसकी वजह से। किसी बेटे के लिए अपनी वजह से अपने बाप को रोते देखने से बेहतर मर जाना होता है। राघव की आँखें डबडबा गईं, मगर जैसे ही सुप्रिया फ़ोन पे आयीं, राघव ने चेहरे पर एक मुस्कान खींचने की कोशिश की, उतनी ही ज़ोरदार कोशिश जितनी वो इस शहर में सफल होने के लिए कर रहा था और उतना ही असफल हुआ जितना वो इस शहर में था।

"अरे बेटा तेरे पापा बहुत नेगेटिव आदमी हैं, तू उनकी बातों पर ध्यान मत दे। मैं तुझे बता रही हूँ, देख बेटा, भगवान ने तुझे ख़ास बनाया है, देखना तू एक दिन कुछ ख़ास करेगा। यहाँ कारख़ाने के भट्ठे में कोयला झोंकने के लिए पैदा नहीं हुआ है तू।" सुप्रिया को परिस्थितियों का इल्म था, मगर उन्हें अपने बेटे पर कहीं ज़्यादा भरोसा था।

"ठीक है मम्मी, अब मैं चलता हूँ, लेट हो रहा हूँ। प्रणाम।"

राघव ने फ़ोन कट कर दिया लेकिन उठ नहीं सका। वह एकटक दीवार की तरफ़ देखता रहा, जाने क्या!

बाहर बिजली कड़क रही थी। राघव अब भी जाने के लिए हौसला बाँध रहा था। मगर उसने जूते निकालकर चप्पल पहन ली ।

अंदर जब घोर निराशा भर जाए, जब हर तरफ़ अंधकार नज़र आए, उम्मीद बुझ जाए, तब फ़ौरन कुछ खा लेना चाहिए। राघव ने कई साल पहले अपने लिए ये तय किया था। वो कुछ खाने के लिए कमरे में रखे डिब्बों को खोलने लगा।

घर में खाने को कुछ नहीं था, सिवाय मूँगफली के एक दाने के, जिसे राघव अपना नसीब समझ खाया और वो दाना सच में राघव का नसीब निकला- कड़वा। राघव फिर धम से बैठ गया। उसने गहरी साँस खींचकर ख़ुद को साधने की कोशिश की, पर रहा नहीं गया। राघव ने महसूस किया कि उसके पेट में भूख से दर्द हो रहा है।

राघव बाहर गली में निकल आया। सामने अँधेरा, बारिश, सन्नाटा। उसने सोचा कि सब अपने घरों में सो रहे होंगे, खा रहे होंगे, ख़ुश होंगे। ऊपरवाला उसके साथ ही ऐसा क्यों कर रहा है- ये सोचते हुए राघव ने आसमान की तरफ़ देखा और एक बूँद उसकी आँखों में उतर आयी, आँखें छलक पड़ीं।

सामने कीचड़ से सनी टूटी-फूटी गली में चलने के लिए ईंटों के टुकड़े रखे थे। रात के इस वक़्त खाना मिलना मुश्किल है, मगर एक उम्मीद है; हो सकता है कल 15 अगस्त की तैयारी कर रहा कोई दुकान वाला अभी बैठा हो। राघव ने सोचा, शायद फ़्लाइओवर की तरफ़ कुछ मिल जाए। वह ये सोच ही रहा था कि एक मोड़ पर उसका पाँव ईंट से फिसला, चप्पल की पट्टी टूटी और पाँव कीचड़ में सन गया। राघव खीझ उठा, सोचा वापस अपनी बरसाती में लौट के पानी पी के सो जाए। मगर निराशा पर भूख जीत गयी। वो चप्पल की पट्टी जोड़ने लगा पर बारिश में भीगी पट्टी बार-बार फिसलती रही। राघव समझ चुका था, उसकी क़िस्मत में खाना भी नहीं है, उसने गुस्से से चप्पल को ताक़त भर दूर फेंका, मगर चप्पल लहरा कर, कुछ दूर, गली के दूसरे मोड़ तक ही जा पायी। कीचड़ में गिरने से पहले चप्पल हवा में तीन बार चमकी थी। ये चप्पल की अपनी रौशनी नहीं थी।

गली के दूसरे अँधेरे छोर पर किसी महिला के हाथ में एक लम्बी पिस्टल थी, जिससे सामने खड़े पुरुष पर उसने तीन गोलियाँ चलायी थीं। इन्ही तीन गोलियों की रौशनी में वो चप्पल चमकी थी। राघव के दिमाग़ में सब एक दम साफ़ हो गया। उसने सामने देखा। सामने खड़ी औरत ने पहले चप्पल देखी, फिर राघव की तरफ़ देखा। राघव ने ध्यान से देखा मगर दूसरी छोर पर अँधेरा इतना था कि राघव उसका चेहरा नहीं देख पाया। उस एक पल में बस इतना समझ पाया कि उसने कोई मर्डर देख लिया है। फिर उसका ध्यान गया कि वो स्ट्रीट लैम्प के नीचे खड़ा है इसलिए क़ातिल औरत उसे साफ़ देख रही होगी। इस से पहले कि राघव और कुछ सोचता औरत उसकी तरफ़ बढ़ने लगी। राघव के मन में एक तान छिड़ा- 'शीशे का था दिल मेरा'- बे-म्यूज़िक, बस ये आधी लाइन। राघव घर भागने के लिए पलटा। उसने महसूस किया कि पीछे औरत ने उसकी तरफ़ तेज़ चलना शुरू कर दिया है। राघव के मन में दूसरी लाइन गूँजी- 'पत्थर का जमाना था'। राघव ने भागना शुरू किया, मगर दो नहीं चार पैरों की छप-छप उसे सुनाई देने लगी। औरत भी उसके पीछे थी। राघव के दिमाग़ में लूप बना: 'दिल टूट गया- दिल टूट गया– हाँ, दिल टूट गया- दिल टूट गया'। राघव इसी ताल पर कीचड़ में छप-छप दौड़ने लगा। राघव को अब न बारिश से दिक्क़त थी, न कीचड़ से, न भूख से, उसे बस ज़िंदा रहना था। और जब राघव को लगा अगला मोड़ उसके घर के सामने खुलेगा, वो रास्ता भटक गया। उसने पलट के देखा, पीछे छप-छप की आवाज़ तेज़ी से उसके क़रीब आ रही थी। राघव फिर भागने लगा। राघव ने सोचा कहीं किसी गली में, कोई तो जाग रहा होगा, मगर सब सो रहे थे। तभी उसे सामने घर दिखा। बिना कुछ सोचे राघव ने झटके से लोहे के दरवाज़े को खोला और भड़ाक से बंद कर दिया। सीता चिल्लायी- "कौन है रे मादरचो...?" लेकिन वह बिना पीछे देखे, भागता हुआ सीढ़ियाँ चढ़ गया।

◈◈◈

17 अगस्त, 2024

मन्नू पीछे हटा, फिर दौड़कर दरवाज़े पर कंधा मारा। दरवाज़ा टस से मस नहीं हुआ। मन्नू की साँस अटक गयी, फिर धीरे-धीरे दर्द उसके कंधे से उठकर दिमाग़ में पहुँचा तो समझ आया- कंधा मारने से दरवाज़े सिर्फ़ CID में टूटते हैं, असल ज़िंदगी में कंधा मारने से कंधा ही टूटता है।

खीझकर मन्नू बड़बड़ाने लगा, "अरे यार, कब से खटखटा रहा हूँ! देख, अगर मर गया है तो बता दे यार, मैं इंतज़ाम करूँ।"

अंदर न कोई आवाज़ हुई, न हलचल। मन्नू पलटते हुए बोला, "ठीक है, फिर मम्मी को बुला लाता हूँ, अब वही दरवाज़ा खुलवाएगी।"

दरवाज़ा चरमराकर खुला। ज़ॉम्बी की तरह लग रहा राघव बिना कुछ कहे पलटा और वापस ज़मीन पर बैठ गया। शायद पिछले दो दिन से वह वहीं बैठा हुआ था। मन्नू एक नज़र कमरे पर डालकर राघव के चेहरे को घूरने लगा। उसे उम्मीद थी कि राघव कुछ बोलेगा।

मन्नू ने पूछा, "अरे क्या हाल बना रखा है यार? कुछ लेता क्यों नहीं? या कुछ ले लिया है?" मन्नू का ठहाका बताता था कि उसे अपना मज़ाक बहुत पसंद आया, "कल से तेरा फ़ोन भी बंद आ रहा है।"

राघव मन्नू की बात काटते हुए बोला, "साले, तेरी तो माँ है, तुम लोग फ्रिज में खाना क्यों नहीं रखते?"

मन्नू को समझ नहीं आया कि राघव कह क्या रहा है। वह जवाब देने के लिए मुँह खोल ही रहा होता था कि राघव ने बताना शुरू किया, "मैं खाना ढूँढने बाहर निकला था..."

राघव ने मन्नू को दो रात पुरानी पूरी कहानी सुनायी। सुनते ही मन्नू धम्म से ज़मीन पर बैठ गया। फिर अचानक उठ खड़ा हुआ। उसके चेहरे पर मौत

नाच रही थी। उसकी साँसें छोटी और तेज़ हो गयीं। वह दीवार को ऐसे देख रहा था, जैसे दीवार के पार अपना भविष्य देख रहा हो।

आशंकित मन्नू ने राघव से कन्फ़र्म किया, "उसने तेरा चेहरा देखा था?"

राघव अब भी आतंकित था, "देखा तो होगा, मैं लैम्प पोस्ट के नीचे खड़ा था।"

मन्नू ने राहत की साँस ली, मगर राघव ने आगे जोड़ दिया, "हो सकता है न भी देखा हो। काफ़ी अँधेरा था।"

ये सोचकर राघव ने राहत की साँस ली।

अब मन्नू ने वो सवाल पूछा जो उसे सबसे पहले पूछना चाहिए था, "मगर उसने तुझे इस घर में घुसते देखा था, तो वो ये घर पहचानती है!"

राघव और मन्नू दोनों के बदन में सिहरन दौड़ गयी, मगर अलग-अलग वजहों से।

राघव ऊपर की तरफ़ देखते हुए बोला, "अब तो इस घर में रहना भी सेफ़ नहीं है।"

मन्नू अब खौफ़ की गिरफ़्त में था, "अरे रुक यार। उसने घर देखा है, तेरा चेहरा नहीं। फिर तो यह भी हो सकता है कि उसे लगे कि मर्डर देखने वाला तू नहीं, मैं था। अगर उसने तेरी जगह मुझे उतार लिया तो?"

राघव के दिमाग़ की बत्ती जली।

मन्नू अभी भी दीवार पर अपना भविष्य देख रहा था, "अबे यार, एक तो मर्डर देख लिया, ऊपर से उस बंदी को घर दिखा दिया, फिर अपना चेहरा भी ढंग से नहीं दिखाया। अब तो हम उसके लिए पेड़ पे लटके आम हैं यार, कभी भी उतार लेगी।"

मन्नू घबराहट में जल्दी-जल्दी आगे-पीछे चल रहा था।

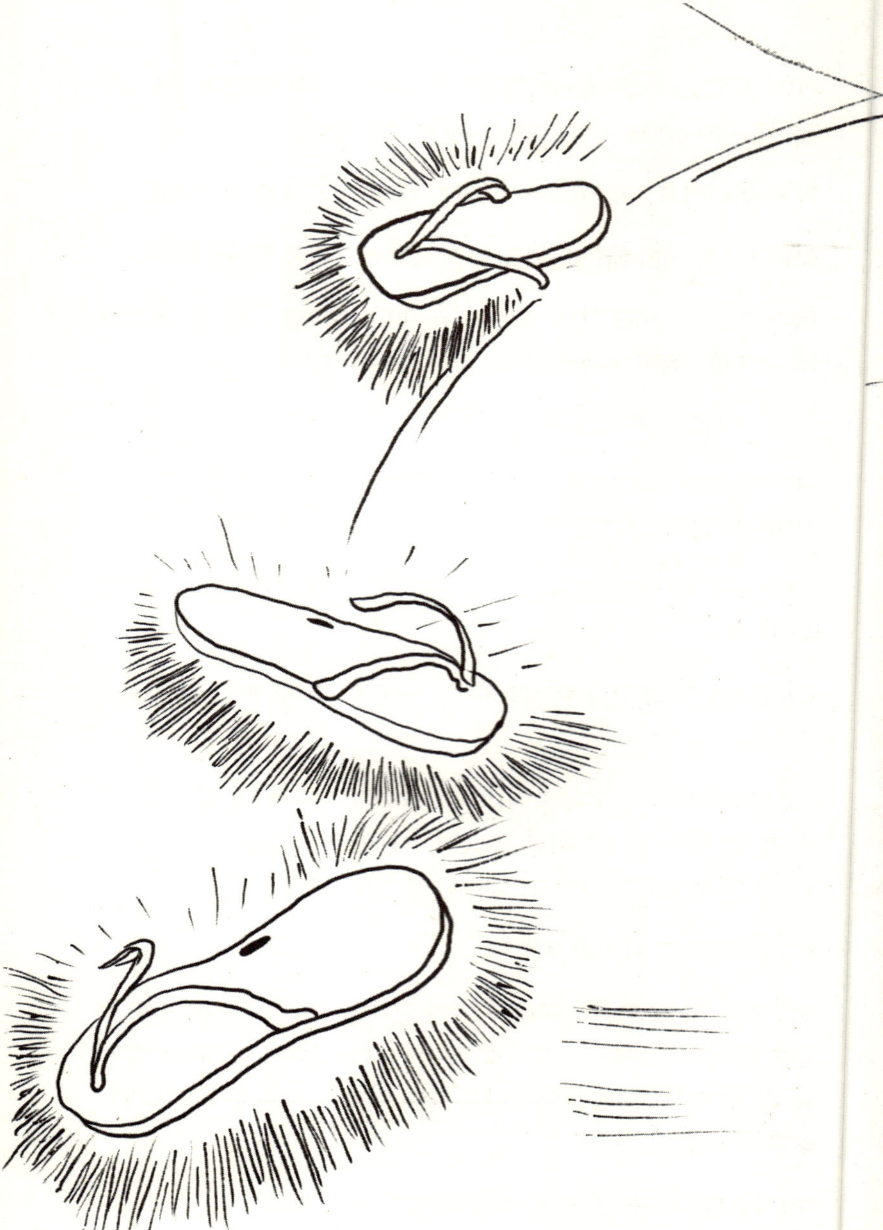

उस एक पल में बस इतना समझ पाया कि उसने कोई मर्डर देख लिया है। फिर उसका ध्यान गया कि वो स्ट्रीट लैम्प के नीचे खड़ा है इसलिए क़ातिल औरत उसे साफ़ देख रही होगी।

“भाई, मैं तो बस खाना ढूँढने निकला था यार।” राघव ने मन्नू की घबराहट देखकर सफ़ाई दी।

मन्नू का गला सूख रहा था, आँखें पत्थर हो चुकी थीं और चेहरा लटककर लंबा हो गया था। उसे लग रहा था कि वो उस लड़की के हाथों मरने से पहले ही डर से मर जाएगा।

राघव ने अपना फ़ोन चार्जिंग पर लगाया। जैसे ही फ़ोन चालू हुआ, नोटिफ़िकेशनों की बाढ़ आ गयी और उसका फ़ोन हैंग हो गया।

“अरे यार, आधी रात को घूमेगा तो मिकी माउस थोड़ी दिखेगा?” मन्नू इस नतीजे पर पहुँच चुका था कि ग़लती राघव की थी। उसे लगा कि अब उसके पास समय बहुत कम बचा है, उसे ये समय लड़ाई-झगड़े में नहीं गँवाना चाहिए। “अरे यार, मैंने तो अभी ज़िंदगी में कुछ देखा भी नहीं है यार।”

राघव ने मन्नू से उसका फ़ोन छीन लिया।

“अबे क्या कर रहा है?” मन्नू फ़ोन की स्क्रीन में झाँकने की कोशिश कर रहा था कि राघव क्या देख रहा है। उसे कुछ समझ नहीं आया, “VPN ऑन कर लियो, उसके बिना साइट खुलती नहीं है।”

राघव ने झिड़का, “न्यूज़ देख रहा हूँ मेरे बाप! मर्डर हुआ है तो न्यूज़ भी आयी होगी ना? कम-से-कम ये तो पता चले कि किसने किसे मारा है। उसके बाद का बाद में देखेंगे।”

मन्नू इम्प्रेस हो गया कि राघव सिर्फ़ दिखता ही नहीं, सच में भी इंटेलिजेंट है।

राघव ने जितना ढूँढा, उतना ही ज़्यादा परेशान होता गया। मन्नू समझ रहा था कि राघव जो देख रहा है, वो डरावना है। मन्नू ने राघव के माथे पर आया पसीना पोंछा और किसी सूचना का इंतिज़ार करने लगा।

राघव बोला, “ऐसे किसी मर्डर की कोई खबर नहीं है।”

मन्नू अब अपने माथे का पसीना पोंछ रहा था। उसे उम्मीद थी कि राघव ग़लत देख रहा होगा।

"अरे, सारे अख़बार देख ना। एक अख़बार देख के बैठ गया और फ़ालतू में डरा रहा है।"

मन्नू की बेवक़ूफ़ाना बात सुनकर राघव को समझ नहीं आया कि उसके सदके उतारे या थप्पड़ मारे।

"सारे अख़बार नहीं देखने होते भाई, बस की-वर्ड टाइप करो, सब आ जाता है। और यहाँ कुछ नहीं आ रहा है।"

मन्नू ने जो उम्मीद की डोर पकड़ रखी थी, वो भी टूट गयी, "तो अब?"

राघव इस स्थिति से निराश था और मन्नू को देखकर क्षुब्ध, "मुझे क्या पता, मैं थोड़ी न रोज़-रोज़ मर्डर देखता हूँ।"

राघव सोचकर बोला, "बस इतना समझ गया हूँ कि इससे पहले कि वो मर्डरर हम तक पहुँचे, हमें उस तक पहुँचना होगा। वरना..."

वरना क्या, मन्नू को पता था, "वो हमें उतार लेगी यार।"

◈◈◈

02

बुरा आदमी और चींटियों का डर

IG एस. एम. पाठक का केबिन। काँच के पार हलचल जारी था, पर अंदर सन्नाटा पसरा था।

दरवाज़े पर कोई दस्तक नहीं हुई, बस एक हल्का धक्का मारने की आवाज़, और ACP मनचंदा अंदर दाखिल हो गया। चाल में रफ़्तार, कंधे में तनाव, आँखों की लाल नसें रात की थकान को हराकर किनारे कर चुकी थीं। 50 की उमर में ACP मनचंदा पैंतीस का लगता था।

एस.एम. पाठक ने सिर उठाया, देखा, मनचंदा वैसा ही था, जैसा सुना था-जंगल में शेर जैसा।

एस.एम. पाठक एक यंग ऑफ़िसर था, उसने मनचंदा का नाम सुना था, मिल पहली बार रहा था और मनचंदा को देखकर नर्वस था। उसने सोचा था, आज ही मनचंदा पर अपनी धाक जमाकर थाना क्षेत्र अपने क़ाबू में कर लूँगा। क्योंकि एस.एम. पाठक से पहले यहाँ जो भी ऑफ़िसर आये थे, वो यहाँ मनचंदा की वजह से परेशान रहे थे। इसलिए भी एस.एम. पाठक ने सोचा था अगर साँप को क़ाबू में करना है तो उसे उसके फ़न से ही पकड़ना होगा। अब पाठक को लग रहा था कि ऐसा सोचने में उसका उत्साह ज़्यादा और विश्वास कम था।

पाठक ने आँखें झुकाईं और फ़ोन स्क्रीन पर उंगलियाँ चलाने लगा, जैसे कोई बहुत ज़रूरी काम कर रहा हो। स्क्रीन पर मनचंदा की इंस्टाग्राम प्रोफ़ाइल खुली थी- छब्बीस हज़ार फॉलोअर्स, सैकड़ों रील्स। उसने प्ले दबाया- मनचंदा 'कच्चा बादाम' पर थिरक रहा था।

एक फीकी मुस्कान और फ़ोन को एक ओर पटकते हुए पाठक बोला- "इस तिमाही में दिल्ली के किसी भी ज़िले से ज़्यादा FIR तुम्हारे ज़िले में हुई हैं। क्यों?"

"क्योंकि हम FIR लिखते हैं, सर। बाकी थाने वाले मना कर देते हैं।"

सन्नाटा। पाठक के माथे पर एक लकीर उभरी। उसने कुर्सी पीछे खिसकाई।

"इतना तो पता ही होगा, या तो क्राइम रोको या एफ़आईआर। मुझसे मेरे अफ़सर पूछेंगे तो क्या कहूँगा? कि ACP मनचंदा को लिखने का शौक है?"

मनचंदा के होठों पर एक हल्की मुस्कान आयी। एक ऐसी मुस्कान जो किसी जवाब से ज़्यादा ख़तरनाक थी।

"हो जाएगा, सर। FIR लिखना बंद।"

वो पलटा। पाठक को मज़ा आ रहा था। उसे लगा कि मनचंदा को पटक लिया है, आज ही सेट कर देना चाहिए कि यहाँ बॉस कौन है। पाठक की आवाज़ ने मनचंदा को रोक लिया-

"एक बात और, डिपार्टमेंट में सब तुम्हारी रील देख रहे हैं। कोई कह रहा था कि मनचंदा एन्काउंटर करने गया था और अपराधी ने कच्चा बादाम चला दिया, तो मनचंदा बंदूक़ नीचे रखकर, कूल्हे मटका के वापस आ गया? सच बात है यह?"

पाठक हँसा। इतना हँसा कि आँखों में पानी आ गया। कमरे में बैठे बाकी लोगों में से कोई नहीं हँसा। क्योंकि वो जानते थे, जोक अभी बाक़ी है,

आख़िरी पंच लाइन हमेशा मनचंदा की होती है और जैसे शिशुपाल के कृष्ण ने गिने थे, मनचंदा, पाठक के पाप गिन रहा होगा। पाठक बोला, “कल से कच्चा बादाम सूखा बादाम, सब बंद।”

मनचंदा नहीं हँसा। उसने जेब में हाथ डाला और पिस्तौल निकाल कर पाठक की टेबल पर रख दी।

कमरे में सन्नाटा।

“सर हम डिपार्टमेंट में सबके लिए पैसा कमाते हैं। सबको ख़ुश रखते हैं, आपके भी जितने बॉस हैं, सब हमसे ख़ुश हैं या किसी और डिपार्टमेंट में हैं। ख़ैर, हम तो आपके लिए भी कमाएँगे, आपको भी ख़ुश रखेंगे, बस आप ख़ुश रहिएगा। आप अपने केबिन में ख़ुश, हम अपने केबिन में- सब ख़ुश। बाक़ी रील्स बंद नहीं होंगी। अगर आपको ठीक न लगे, तो कोशिश कर लीजिए, कुछ उखाड़ नहीं पाएँगे।” मनचंदा की बात पाठक के दिल के सूदूर कोने में ऐसे जा के बैठी जैसे बचपन की कोई याद हो।

पाठक ने नज़र घुमाकर आसपास बैठे लोगों को देखा। उसे लगा कि कुछ करना चाहिए, आख़िर वो बॉस था। पाठक ग़ुस्से में खड़ा हो गया, गहरी साँस ली और सोचा कि अपना अधिकार स्थापित करने के लिए क्या कहना चाहिए। “उखाड़-उखाड़ क्या होता है। दो सेकंड में वर्दी उतारवा दूँगा…,” पाठक को यही कहना सही लगा।

मनचंदा, पाठक को ऐसे देखता है जैसे बचपन में बड़े लड़के सड़क पे खेल रहे बच्चों से बैट छीनने से पहले उन्हें देखते हैं, और बोला, “सर उखाड़ होता है—”

मनचंदा पाठक के बहुत क़रीब चला गया है।

पाठक डर से सफ़ेद पड़ गया। पता नहीं क्यों उसने दरवाज़े की तरफ़ देखा, शायद वहाँ से बिना बुलाये कोई मदद आ जाए।

मनचंदा ये देखने के लिए कि पाठक क्या देख रहा है, पीछे देखा और जब वापस सामने देखा तो उसे ध्यान आया कि वो कहाँ खड़ा है। मनचंदा ज़रा-सा नर्म पड़ा, "चार लोगों के बीच हम आपकी इज़्ज़त रख रहे हैं। वरना अभी उखाड़ के बता देते कि उखाड़ना क्या होता है।" मनचंदा क्रोध और धमकी भरे लहजे में बोलता गया, "84 एनकाउंटर किए हैं सर, कभी किसी के लिए बुरा नहीं लगा, सिर्फ़ एक बार बुरा लगा था, जब अपने ही एक सीनियर को मार दिया था। मारने का बुरा नहीं लगा, वो तो अच्छा मारा, सूअर आदमी था साला, बुरा उसकी बीवी-बच्चे, उसकी फ़ैमिली के लिए लगा, जो आज तक इंसाफ़ की तलाश में कोर्ट की सीढ़ियाँ घिस रहे हैं। मैं तो पैसे दे के छूट गया। आपकी फैमिली है न सर?"

अबतक पाठक के मन में डर बैठ चुका था।

मनचंदा बोलता रहा, "सर, आपसे पहले जो ऑफिसर थे उनके लिए हमने 1 करोड़ बनाया था। मगर उनका ट्रांसफर हो गया, सोच रहे हैं कि वो पैसे आपको दें। 10 दिन में कैश आपकी टेबल पर होगा। चलते हैं।" मनचंदा दरवाज़े तक पहुँच के पलटा, "आइंदा कोई काम हो तो कॉल कर लीजिएगा या हमारे केबिन में आ जाइएगा। किसी भी काम के लिए अपने केबिन से निकलकर किसी अफ़सर के केबिन आना पड़े, ये हमें अपनी तौहीन लगती है।"

मनचंदा कमरे से बाहर निकल गया। मनचंदा के जाने के कई मिनट तक उसकी धमकियाँ कमरे में गूँजती रहीं और फिर ऐसा सन्नाटा था जैसे घर में जवान लड़के की मौत हो गयी हो।

◈◈◈

एक चील सामने, बिल्डिंग के 26वें माले में झाँक रही थी। मनचंदा एक केबिन पर नज़रें गड़ाये खड़ा था। चील ये नज़रें पहचानती थी, ये शिकार पर टिकी एक शिकारी की नज़रें थीं। चील ने समझ लिया, ग़िज़ा की व्यवस्था होने वाली है। वो इस निर्माणाधीन मकान की खुली खिड़की में आ के बैठ गयी और देखा कि मनचंदा बार-बार टाइम देख रहा है- वो अधीर हो रहा है, वो सोफ़े पर पाँव पे पाँव रख के बैठा है और अब पैर हिलाने लगा है। चील ख़ुशी से चीख़ पड़ी; उसे पता चल गया था कि मनचंदा को जिसका भी इंतज़ार है, उसके पास वक़्त कम है।

निर्माणाधीन बिल्डिंग से आने वाली सीमेंट की ख़ुशबू में इस मेक शिफ़्ट ऑफ़िस पे ताज़ा लगे पेंट की ख़ुशबू मिलकर ठीक व्हाइटनर जैसी लग रही थी। मनचंदा को याद आया, जबसे उसकी नौकरी लगी है, उसने कभी व्हाइटनर नहीं किया। उसका ध्यान गया कि इतने बड़े पुलिस ऑफिसर का स्मैकियों के साथ बैठना अच्छा नहीं लगेगा। तभी मनचंदा की सोच के बीच में दो छोटे पहाड़ों के बीच एक सूख चुकी झील का रास्ता आ गया। मॉडर्न तंग कपड़ों में ये बिल्डर गोस्वामी की नयी रिसेप्शनिस्ट थी। जो ऐसे झुकी हुई थी कि मनचंदा उसके स्तनों से नाभि तक सब देख सकता था और रिसेप्शनिस्ट इस नज़र को एन्जॉय कर रही थी।

रिसेप्शनिस्ट ने पूछा, "सर लेंगे?" उसके हाथ में ट्रे था, जिस पर कोल्ड ड्रिंक के कुछ ग्लास रखे हुए थे। पर वो क्या लेने को कह रही थी, मनचंदा जानता था। मनचंदा गरजा, "गोस्वामी को बताओ कि मनचंदा साहब आए हैं, और जल्दी में हैं, और क्यूँकि हम जल्दी में है, इसलिए उसके पास टाइम काम है।"

रिसेप्शनिस्ट को जितना सिखाया गया था उसने उतना ही कहा, "बड़े लोग आए हैं, सर बड़ी डीलिंग में हैं।"

'बड़े लोग' यह एक बात मनचंदा को नाराज़ करने के लिए काफ़ी थी। वो झटके से उठा और गोस्वामी के कैबिन की तरफ़ बढ़ा।

रिसेप्शनिस्ट उसके सामने आ के सीने से सीना टकराते हुए बोली, "मैंने सुना है आपने बड़े एन्काउंटर्स किए हैं। गन के अलावा और कहीं से भी गोली मारते हैं क्या?"

रिसेप्शनिस्ट की हरकतें मनचंदा का ईगो हर्ट कर रही थीं, 'दो टके का बिल्डर, जिसे उसने ही बनाया है, वो उसे वेट करवा रहा है और ढाई टके की रिसेप्शनिस्ट को ये लगा रहा है कि वो मुझे गटक लेगी।'

ग़ुस्से में तेज़ साँसें ले रहा मनचंदा रिसेप्शनिस्ट को मारने के लिए अपनी गूंगी गन बाहर निकाली। डराने वाले और मारने वाले में एक फ़र्क़ होता है- डराने वाले के दिमाग़ में सैकड़ों चीज़ें चल रही होती हैं, अगर ध्यान से देखें तो पढ़ सकते हैं, मगर मारने वाला कुछ नहीं सोच रहा होता। मनचंदा कुछ नहीं सोच रहा था।

"हाँ काफ़ी एनकाउंटर किए हैं, मगर आज तक किसी रिसेप्शनिस्ट को नहीं मारा, लगता है आज वो भी हो जाएगा।"

इतनी देर में रिसेप्शनिस्ट के चेहरे पे शिकारी वाली मुस्कान फ़ौरन शिकार होने वाले के डर में बदल गयी। मगर तभी मनचंदा को याद आया- 'बड़ा आदमी', दिल्ली में हमसे बड़ा आदमी कौन आ गया। मोदी आया है क्या?

रिसेप्शनिस्ट मरती मगर तभी गोस्वामी दिख गया। उसके साथ चार-पांच कॉर्पोरेट बॉस जैसे दिख रहे लोग भी थे।

गोस्वामी उन सब को विदा करने निकला था, "it's been pleasure dealing with you guys. I will send you all the required documents as soon as possible."

गंजे को कंघी बेच रहे सेल्समेन जैसी हँसी के साथ बात कर रहा गोस्वामी एकदम झन्ना उठा। पहले उसका गाल धड़का फिर बाद में समझ आया कि किसी ने उसे झन्नाटेदार थप्पड़ मारा है। तब उसने सामने देखा- "मनचंदा साहब आप!"

मनचंदा गरजा- "हो गयी- मीटिंग ख़त्म? हमें तो हाइड्रोसिल नहीं हुआ है फिर तुम इतने बड़े कैसे हो गए कि हमें वेट करवाओ?"

गोस्वामी ने पहले तो रूमाल से अपना चेहरा पोंछा फिर जल्दी से अपने चेहरे की मुस्कान दुगनी करके बोला, "मनचंदा साहब ये बाहर से आए लोग हैं, ये हमारा प्रेम, हमारा मज़ाक, नहीं समझेंगे, इन्हें लगेगा कि आप मुझे मार रहे हैं। आप अंदर बैठिए, मैं इन्हें छोड़ के आता हूँ।"

इस झापड़ से कॉर्पोरेट लोग डरे हुए लग रहे थे, लेकिन गोस्वामी ज़्यादा डरा हुआ था, क्योंकि डील हुई थी, पेपर साइन नहीं हुए थे।

"ये हमारे मनचंदा साहब हैं, नामी एन्काउंटर स्पेशलिस्ट और मेरे बड़े भाई," गोस्वामी ने बात संभालने की कोशिश की।

भाई सुन के कॉर्पोरेट लोगों को थोड़ा सुकून मिला, मगर अभी भी वो संशय में थे। गोस्वामी उन्हें दरवाज़े तक छोड़कर पलटा। पलटने से ठीक पहले गोस्वामी के चेहरे पर ग़ुस्सा और क्षोभ था, वो पलटते ही वेलकमिंग स्माइल में बदल गया।

गोस्वामी घुड़का, "अरे केबिन ठीक करो भाई।" रिसेप्शनिस्ट ने अपनी स्कर्ट सम्भालते हुए केबिन की तरफ़ चलना शुरू किया। मनचंदा इशारे से बोला- 'बैठी रहो'। रिसेप्शनिस्ट अटक गयी; अपने मालिक की बात माने या उसकी जिसने अभी-अभी मालिक को थपड़िया दिया था। गोस्वामी ने रिसेप्शनिस्ट को घूरा, रिसेप्शनिस्ट ने मनचंदा की तरफ़ देखा, मनचंदा गोस्वामी को घूरते हुए उसके केबिन में घुस गया।

गोस्वामी और मनचंदा आमने-सामने बैठे थे। गोस्वामी जानता था कि मनचंदा क्यूँ आया है।

मनचंदा ने पूछा, "अब बता और सच बताना क्या दिक़्क़त हो रही है।"

गोस्वामी ने अपने दिमाग़ में ये जवाब और ये सीन कई बार प्ले कर रखे थे उसने रटा हुआ जवाब दिया, "दिक़्क़त कोई नहीं है, बस थोड़े दिन और

चाहिए। मेरा पैसा एक जगह अटका हुआ है, आते ही मैं आपका क्लियर कर दूँगा।"

मनचंदा ने उन बड़े लोगों के लिए लाए गए समोसों में से एक उठाकर चखा और फिर गोस्वामी से पूछा, "खा लूँ?"

इसपर गोस्वामी ने शर्मिंदा होने की ऐक्टिंग की, "कैसी बातें कर रहे हैं सर। सब आपका ही तो है।"

मनचंदा खाने लगा और खाते-खाते अस्पष्ट भाषा में गोस्वामी से पूछा, "किसानों की बढ़िया खेती की ज़मीन थी, उसे विवादित किसने कराया?"

गोस्वामी बोला, "आप-आपने।"

मनचंदा ने आगे पूछा, "फिर उस पर कब्ज़ा, सरकार की सारी परमिशनें, सब किसने दिलायी?"

"आपने।" गोस्वामी भाँपने की कोशिश भी नहीं कर रहा था कि मनचंदा क्या कहना चाहता है। वो जानता था कि अब जो करेगा मनचंदा करेगा और गोस्वामी को वो भोगना होगा। सालों से ऐसा ही होता आया था। मनचंदा किसी काम के मनचाहे पैसे माँग लेता, गोस्वामी के ऑफिस का जो कुछ समझ आता उठा के ले जाता, उसे कभी बुरा न लगता। मगर सिर्फ़ एक बात, जो गोस्वामी को खटकती थी, वो ये कि मनचंदा उसे चूतिया समझता था।

समोसा निगलने के बाद मनचंदा थोड़ी देर तक, गोस्वामी को डराने के लिए, उसकी आँखों में देखता रहा। गोस्वामी इधर-उधर देखने लगा। मनचंदा फिर शुरू हुआ, "तो जब तुम्हें याद है कि इतने सालों में तुम्हें ज़मीन दलाल से बिल्डर हमने बनाया है तो बिल्डर साहब, साले तुम हमें अपनी ज़ुल्फ़ों का बाल क्यूँ बनाए हुए हो, लटकाए ही जा रहे हो।"

मनचंदा एक झटके से खड़ा हुआ और गोस्वामी के सर पे अपनी गूंगी गन लगा दी। पर गोस्वामी गन से डरने वालों में नहीं था, मरना उसे आसान लगता था।

मनचंदा को अगर गोली चलानी होती तो वो आते ही चला चुका होता, मनचंदा को बस धमकाना था और वो धमकाते हुए बोला, “सुनो साले, मार के यहीं गाड़ देंगे और इतना भीतर गाड़ेंगे कि लाश ढूँढने के लिए अंतरराष्ट्रीय तैराक बुलाने पड़ेंगे और उन्हें भी लाश नहीं मिलेगी। समझे।”

गोस्वामी का डर मर चुका था। अबतक वह कशमकश से निकलकर एक निर्णय पर पहुँच चुका था। वह हाँ में सर हिलाते हुए बोला, “सर मुझे थोड़ा समय दीजिए। मैं कर दूँगा इंतज़ाम।”

मनचंदा गन को उसके सर पर और ज़ोर से दबाकर बोला, “सात दिन”, और अपनी गूंगी गन को गोस्वामी की ओर तरफ़ सरका दिया- “ये हमारी गूंगी गन है, रख लो। जहाँ भी पैसे अटके हैं, वहाँ, लहरा देना। पैसे आ जाएँगे। हम हफ़्ते भर बाद आएँगे और 1 करोड़ रुपया और ये गन दोनों लेकर जाएँगे। अगर तब पैसे नहीं मिले तो हम तुम्हें मार देंगे और अगर पैसे मिल गए और हमारी ये गन वापस नहीं मिली, तब भी तुम्हें मार देंगे।”

मनचंदा केबिन से बाहर निकल गया। गोस्वामी ने ध्यान से गन को देखा। मनचंदा फिर दो क़दम वापस लौटा और गोस्वामी को ताकीद की, “और सुनो, भड़वे नहीं हो तुम, अच्छे घर से हो। बाहर जो रंडीखाना खोला हुआ है वो बंद करो। अगली बार आऊँ तो वो दिखनी नहीं चाहिए।”

गोस्वामी ने महसूस किया कि उसकी हर साँस पर मनचंदा का कब्ज़ा था। जी वो रहा था मगर उसकी ज़िंदगी मनचंदा की खैरात ही थी।

अगर कल मनचंदा का दिल किया तो वो उसकी बीवी को उठा ले जाएगा, और गोस्वामी... शायद तब भी कुछ नहीं कर पाएगा। शायद इसी तरह काँपता रहेगा, घुटता रहेगा।

उसकी रीढ़ में एक सिहरन दौड़ गई- ग़ुस्से की नहीं, विरोध की नहीं, बल्कि उस ठंडी बेबसी की, जो आदमी को ज़िंदा नज़र आने से रोकती है।

◈◈◈

दिल्ली की सड़कों पर एक लाल बत्ती इनोवा कार, पूरे दबदबे के साथ चल रही थी, जैसे शहर की हर गली, हर मोड़ उसे सलाम ठोक रहा हो।

गाड़ी एक पल को रुकी। ड्राइवर उतरा, उसने पानी की बोतल खरीदी, फिर झटके से दरवाज़ा खोलकर वापस बैठ गया। भीतर मनचंदा इत्मिनान से, हल्की धुन में गुनगुना रहा था, जैसे दुनिया और इसके नियम उसके लिए कोई मायने ही न रखते हों। श्यामू अपनी सीट पर नुस्कुरा रहा था- मालिक ख़ुश तो दुनिया दुरुस्त।

फिर सिग्नल पर एक दस्तक हुई।

खिड़की के पार एक सिकुड़ा-सिमटा हाथ, मटमैला कटोरा लिए हिल रहा था। मनचंदा की धुन टूटी, भौंहों पर बल पड़ा और किसी शिकारी की तरह, उसने फुर्ती से शीशा नीचे करके कटोरे में पड़ा पैसा निकाल लिया। भिखारी के चेहरे पर हैरानी थी- पल भर पहले जहाँ उम्मीद थी, अब वहाँ खालीपन था। फिर, जैसे ज़िंदगी उससे एक और चीज़ छीनने आयी हो, एक हाथ बढ़ा और उसका कटोरा भी गायब हो गया।

कटोरा अब मनचंदा के हाथ में था। श्यामू को पकड़ाते हुए बोला- "इसमें हम पौधा लगाएँगे... पर्यावरण के लिए ज़रूरी है। क्लीन दिल्ली, ग्रीन दिल्ली।"

मनचंदा की उँगलियाँ खिड़की के बटन पर थीं, शीशा धीरे-धीरे ऊपर चढ़ रहा था तभी उसकी नज़र उस भिखारी पर टिक गयी।

कमर झुकी हुई, जैसे ज़िंदगी का बोझ उसके कंधों पर स्थायी रूप से टंग गया हो। पेट अंदर धँसा हुआ, मैले-कुचैले कपड़ों से झाँकती दुबली टाँगें, आँखें... थकी और नशे की धुंध से भरी हुईं, पर अब उनमें कुछ और था- एक खालीपन, एक असहाय चुप्पी।

कुछ अंदर ही अंदर टूट गया, मनचंदा का हाथ बटन से हट गया- "गाड़ी रोक..."

ड्राइवर ने एक झटके में ब्रेक दबा दिया।

मनचंदा ने जेब से नोटों की गड्डी निकाली, कटोरे में डाला और ड्राइवर की तरफ बढ़ा दिया- "ले जा, लौटा दे इसे।"

ड्राइवर ने सिर हिलाकर दरवाज़ा खोलने को था कि पीछे से आवाज़ आयी-

"और सुन, ये भी दे देना।"

मनचंदा ने कुछ और नोट निकालकर उसकी तरफ बढ़ा दिए।

अब गाड़ी के भीतर सन्नाटा था।

मनचंदा ने सामने लगे छोटे से शीशे में ख़ुद को देखा। उसी चेहरे के भीतर कुछ नया दिख रहा था।

कुछ मिनट बाद ड्राइवर वापस लौटकर बताने लगा- "ले नहीं रहा था, ज़बरदस्ती देना पड़ा।"

मनचंदा की नज़र फिर शीशे पर गयी।

"हम बुरे आदमी हैं क्या?"

ड्राइवर हड़बड़ाकर हँसा, "बिलकुल नहीं सर! एक नंबर आदमी हो आप! इतने बड़े-बड़े अधिकारियों की गाड़ी चलाई है हमने, आप सबसे बढ़िया आदमी हो।"

मनचंदा मुस्कुराया नहीं। उसकी आँखों में सवाल अभी भी अटका हुआ था।

मनचंदा बोला, "आँख वाले को अंधा कहो न, तो वह हँसता है, क्योंकि वो जनता है कि वो अंधा नहीं है, अंधा कहने पे बुरा सिर्फ़ अंधे को लगता है। हमको अच्छा आदमी बनना है यार। सोशल मीडिया पर वीडियो डालते हैं तो वहाँ भी लोग यही सब लिखते हैं, करप्ट कॉप... ये-वो। हमारी बेटी भी यही मानती है कि उसका बाप बुरा आदमी है।"

“अपनी अन्या बेबी? सर आजकल स्कूल के बच्चे बहुत हरामी- खराब हो गए हैं, किसी ने कुछ सिखा-पढ़ा दिया होगा अन्या बेबी को।” ड्राइवर इस बात को बड़े लोगों की बड़ी बातें मानकर वैसे ही जवाब दे रहा था।

मनचंदा ने पूछा, “पिताजी कैसे व्यक्ति थे तुम्हारे?”

ड्राइवर से आज तक किसी ने कहाँ से हो भैया के अलावा कुछ नहीं पूछा था, इसलिए वो हिचकिचाया, “बढ़िया आदमी थे। पुलिस ही थे।” ड्राइवर के पास कहने के लिए और भी बातें थीं, मगर मनचंदा को सुनना नहीं था, कहना था, “हमारे पिताजी कमज़ोर आदमी थे। सब उन्हें अच्छा आदमी-अच्छा आदमी कहते थे। जिन परिस्थितियों में एक व्यक्ति को नितांत बुरा आदमी बन जाना चाहिए, उन परिस्थितियों में भी वो ‘अच्छा आदमी’ ही बने रहे। क्योंकि असल में वह कमज़ोर आदमी थे। उनके पास बुरा आदमी बनने का विकल्प नहीं था। इसीलिए जब आठवीं कक्षा में हमसे टीचर ने पूछा, बड़े हो के क्या बनोगे तो हमने कहा था ‘बुरा आदमी।’ मनचंदा जब ऐसी बातें करता तो उसके रोंगटे खड़े हो जाते थे, आँखों के अंदर की नसें लाल हो के तन जातीं, उसका चेहरा क्रूर हो जाता और लाल आँखों में वहशत नाचने लगती, “मगर तब हम बेटे थे, अब बाप बन गए हैं। सोशल मीडिया, जो चाहे कहे, अपनी बेटी की नज़र में हम हीरो बनना चाहते हैं, एक अच्छा आदमी।”

एक सेकेंड के लिए उसकी आँखें किसी शरीफ़ आदमी की तरह साफ़ हो गयी थीं। फिर, जैसे कोई नकाब दोबारा पहन लिया हो, चेहरा वापस उसी ठंडे, कठोर रंग में लौट आया।

गाड़ी के कोने में रखा छोटा-सा फ्रिज खुला- व्हिस्की की एक छोटी बोतल।

ढक्कन खुला।

सिगरेट सुलगायी।

पहला कश... धुआँ ऊपर उठा।

पहला घूँट... गले से नीचे उतरा है।

फिर एक और घूँट।

बोतल खिड़की से बाहर फेंक दी गयी।

काँच के टुकड़े धूप में चमकने लगे।

मनचंदा पीछे सीट से टिककर आँखों को बंद कर फिर हल्की आवाज़ में गाने लगा-

'मैं भी शराफ़त से जीता मगर, मुझको शरीफ़ों से लगता था डर... सबको पता था मैं कमज़ोर हूँ, बस इसलिए आज कुछ और हूँ।'

गाड़ी फिर से रफ़्तार पकड़ चुकी थी।

'बचपन ने लिखी कहानी मेरी, कैसे बदलती जवानी मेरी, सारा समंदर मेरे पास है, इक बूँद पानी मेरी प्यास है, मेरी प्यास है।'

◈◈◈

मयूर विहार पुलिस स्टेशन के सामने राघव की गाड़ी से उतरकर मन्नू ने एक लंबी साँस ली। उसके क़दम थाने की तरफ़ पलटे और धड़ाम!

कोई टकराया। नहीं, वो ख़ुद ही किसी से टकरा गया था। ख़ाकी वर्दी! उसने सिर उठाया।

एक पुलिसवाला उसे घूर रहा था।

मन्नू के मन का चैनल फिर चेंज हो गया। चेहरे पे एक ख़ुशामदी मुस्कान उभर आयी।

मनचंदा!

मनचंदा पुलिस की वर्दी में, धूप का चश्मा लगाए, अभी-अभी अपनी गाड़ी से उतरा था।

मन्नू के अंदर बिजली-सी दौड़ गयी।

"अरे सर! मैं पीछे देख ही नहीं पाया... ग़लती हो गई, सर!"

मनचंदा हिला भी नहीं।

एक पल की ख़ामोशी के बाद, मनचंदा के हाथ का दबाव मन्नू के कंधे पर पड़ा- हल्का, मगर ठहराव लिए।

"कोई बात नहीं।"

पर मन्नू का दिमाग़ अब भी हड़बड़ाहट में उलझा हुआ था। उसे यकीन ही नहीं हुआ कि मनचंदा ने सच में कह दिया... कोई बात नहीं?

उसका डर अब भी पिघला नहीं था। उसके होंठ कुछ और माफ़ियाँ माँगने को तैयार थे, मगर मनचंदा की आँखों में उस वक़्त बदला लेने वाली कोई बात नहीं थी।

"तुम ठीक हो?"

मन्नू ने सिर झटककर ख़ुद को संभाला।

"नमस्ते सर! आप कैसे हैं?"

मनचंदा अपनी रफ़्तार से स्टेशन के भीतर की ओर बढ़ने लगा।

"हम तो बुरे हैं यार।"

मन्नू को समझ नहीं आया कि इसका क्या जवाब दिया जाए।

मनचंदा ख़ुद ही आगे बोला, बिना रुके, "खैर, बताओ, कैसे याद किया? भाभी कैसी हैं?"

यही तो बात करनी थी।

मन्नू एकदम आगे बढ़कर बोला-

"क्या बताऊँ, सर! बहुत परेशान हैं। ऐसा लगता है, घर में नहीं, किसी चौराहे पर रह रहे हैं। कोई भी, कभी भी घुस आता है, और हम कुछ कर भी नहीं सकते!"

मनचंदा ने हल्की-सी साँस छोड़ी, जैसे पहले ही जानता हो कि ये सुनने वाला है।

"मगर उस पर केस चल रहा है न? कोर्ट फ़ैसला करेगी... और हमें यक़ीन है, तुम ही जीतोगे।"

मन्नू, मनचंदा को यूँ ही नहीं छोड़ने वाला था।

"जीत तो जाएँगे, सर... मगर तब तक मम्मी नहीं रहेंगी। फिर क्या करूँगा?"

उसकी आवाज़ में झनझनाहट थी।

"इसलिए आपके पास आया हूँ, सर। आप चाहें तो क्या नहीं हो सकता?"

मनचंदा ने सुनकर भी अनसुना कर दिया।

वह अपने केबिन के पास पहुँच चुका था। चारों तरफ़ भीड़ थी। हाथों में फ़ाइलें, केस के पेपर, रिपोर्ट्स- सब अपनी बारी का इंतज़ार कर रहे थे।

मनचंदा ने एक फ़ाइल हाथ में ली, एक नज़र मार लेना चाहता था।

मन्नू को मनचंदा का केबिन आता हुआ दिख रहा था। उसे पता था कि केबिन आते ही मनचंदा मन्नू को भगा देगा इसलिए मन्नू के पास बहुत समय नहीं था, "आपको मेरी माँ की दुआएँ लगेंगी सर।"

मनचंदा ठहर गया, 'दुआ' शब्द सुनते ही उसके चेहरे पर एक कोमलता तैर गयी, जैसे वो किसी से माफ़ी माँगना चाहता था, किसी चीज़ का प्रायश्चित करना चाहता था।

मनचंदा अपने कैबिन के सामने से पलटा और बोला- "चलो।"

गाड़ी सरकने लगी।

मनचंदा ने सीट के सामने लगे छोटे-से फ्रिज का दरवाज़ा खोला, भीतर हाथ डाला, और कोक की एक ठंडी बोतल निकालकर मन्नू की तरफ़ बढ़ायी।

"पियोगे?"

मन्नू अपनी जगह ऐसे सिकुड़ा बैठा था जैसे सीट पर बैठकर भी वो वहाँ होने की गुस्ताख़ी कर रहा हो। उसने जल्दी से सिर हिलाया।

"नहीं, सर... मैं कोल्ड ड्रिंक नहीं पीता। गला खराब हो जाता है।"

मनचंदा हँसा। उसकी हथेली मन्नू की पीठ पर हल्के से पड़ी, एक दोस्ताना झटके के साथ-

"अरे, हम तो भूल ही गए थे, तुम तो आर्टिस्ट आदमी हो!"

फ्रिज़ से उठते बुलबुलों के साथ उसने अपनी कोल्ड ड्रिंक का घूंट लिया। गाड़ी का इंजन एक लय में गुनगुना रहा था।

मन्नू ने सीट के कोने में और गहराई से ख़ुद को धँसा लिया।

"सर, वही पुरानी मुश्किल... आज फिर गुंडे आ गये थे। मम्मी ने जैसे-तैसे भगाया उनको। पापा होते, तो ये सब होता ही नहीं, सर... आप तो जानते हैं।"

मनचंदा ने कोल्ड ड्रिंक बगल में रख दी। उसकी उँगलियाँ एक पल के लिए बोतल के किनारे पर ठहर गयीं, फिर हटा लीं, उसने सामने देखा, मगर आँखों में वो दृश्य तैर आया जो वो सालों से अपने पीछे छोड़ने की कोशिश कर रहा था।

"बहुत बहादुर ऑफिसर थे, शर्मा साहब..."

उसका लहजा पहले जैसा ही था, मगर उसमें कहीं एक महीन दरार थी, जिसे सिर्फ़ वही सुन सकता था।

"मैं बचा सकता था उन्हें, यार... मगर वो बहादुर थे। अकेले घुस गए।"

उसने एक छोटी-सी हँसी छोड़ी, जो कहीं ज़्यादा भारी थी।

"मैं पीछे रह गया। और उनकी बहादुरी ही उन्हें खा गयी।"

गाड़ी के भीतर हल्की-सी चुप्पी पिघलने लगी।

मनचंदा ने जेब से फ़ोन निकाला। स्क्रीन पर गोस्वामी का नाम चमका।

उसकी उंगलियाँ नाम पर रुकीं। कॉल का बटन बस एक हल्के स्पर्श की दूरी पर था।

उसने फ़ोन नीचे रख दिया।

◈◈◈

मनचंदा मकान के सामने खड़ा था।

पीछे उसकी इनोवा शांत खड़ी थी। उसकी नज़र मकान की अजीब बनावट पर थी- नीचे ग्राउंड फ़्लोर पर एक आधी धँसी हुई पुरानी MARUTI 800, ऊपर बरसाती में राघव रहता था, और बीच का सेकंड फ़्लोर... खाली था।

"यहाँ कौन रहता है?"

मन्नू ने एक थकी हुई हँसी के साथ जवाब दिया, "यही तो दिक़्क़त है, सर। रहता कोई नहीं, लेकिन गणेश पहलवान के गुंडों ने कब्ज़ा कर रखा है। अब पूरी कोठी हड़पना चाहते हैं।"

मनचंदा ने मकान का मुआयना किया। उसकी नज़र बेडरूम में आधी फँसी कार पर अटक गयी। बिना कुछ कहे, वो आगे बढ़ा, कार की पिछली सीट

से अंदर गया और ड्राइवर सीट से निकलकर बेडरूम में दाखिल हो गया।

मन्नू घबराकर पीछे-पीछे गया।

"इस बायपास से तो कोई भी घुस जाएगा," मनचंदा ने कार के कटे-फटे हिस्से को देखते हुए कहा।

मन्नू ने मामले की गंभीरता बढ़ाने की कोशिश की, "और वो भी सीधे बेडरूम में, सर! इसी चक्कर में मेरी शादी नहीं हो रही!"

वो हँसा, मगर उसकी हँसी में संकोच था।

मनचंदा वापस उसी रास्ते से बाहर आया और सीधे पूछा, "इसका जो केस चल रहा उसमें क्या प्रोग्रेस है?"

मन्नू ने प्रार्थना की, "अरे सर, हमने तो एफआईआर भी नहीं की थी। जिन गुंडों ने कार घुसाई थी, उन्होंने ही मम्मी पे एफआईआर लिखवा के प्रॉपर्टी को डिस्प्यूटेड बना दिया। जिस ऐक्सिडेंट में मम्मी की हिप बोन टूटी थी, उस केस में उनका कहना है की मम्मी सड़क पर सो रही थीं, जिसकी वजह से कार की उनसे टक्कर हुई और कार घर में घुस गयी। उल्टा हम पे केस। जब घर है तो कोई सड़क पर क्यूँ सोएगा और वो भी मम्मी।"

मनचंदा ने मकान के दरवाज़े, टूटी हुई दीवार और छत पर पड़ी दरारों को देखा। एक पल सोचा, फिर कहा, "यार, ये घर बेच दो। हम सही पैसे दिलवा देंगे।"

मन्नू ने जवाब नहीं दिया। उसकी जगह एक और प्रार्थना हवा में घुल गई- "सर, आप ही उम्मीद हैं। ज़्यादा दिन नहीं बचे मम्मी के पास, बस मरने ही वाली हैं।"

मनचंदा ने झिड़का, "बड़े घटिया आदमी हो यार तुम। ऊपरवाला लंबी उम्र दे भाभी को।"

मनचंदा ने एक लंबी साँस ली, फैसला हो चुका था।

"उनसे कहना, हमारे लिए दुआएँ शुरू करें। काम हो गया समझो।"

तभी वहाँ लहराती हुई सीता प्रकट हुईं। सफ़ेद साड़ी का पल्लू कंधे पर झूलता हुआ, आँखों में एक अलग ही धधकती हुई आग।

"लो, कल गुंडे आए थे, आज पुलिस आ गयी! चाहे प्रधानमंत्री आ जाएं, मैं घर नहीं बेचूँगी! जाओ, कह दो उस गणेश पहलवान से!"

मन्नू ने माँ का विरोध नहीं किया, बस उनकी बात ख़त्म होने का इंतज़ार करता रहा। फिर छोटे बच्चे जैसी मासूमियत के साथ कहा "अरे यार मम्मी, ये पुलिस नहीं है! पहचाना नहीं? अपने मनचंदा सर हैं।"

मनचंदा ने हल्की मुस्कान के साथ हाथ जोड़कर नमस्ते किया।

सीता का स्वर पल भर में बदल गया। उसकी आवाज़ में वही लाचारी थी, जो हर बेबस माँ के पास होती है।

"मनचंदे, हम बहुत परेशान हैं... मैं अकेली रहती हूँ इस घर में, बिल्कुल सुरक्षित नहीं हूँ। तुम कुछ करो, वरना कल को मेरे साथ कुछ ऊपर-नीचे हो गया तो पुलिस क्या जवाब देगी?"

सीता बेकार में ओवरस्मार्ट बन रही थी, मनचंदा ठिठका। क्या वो ग़लत इंसान से दुआएँ इकट्ठी कर रहा है?

उसने ख़ुदको संभाला, "आपके साथ... पुलिस क्यों जवाब देगी? हमने मन्नू से कह दिया है, हो जाएगा। चिंता मत कीजिए।"

मन्नू ने मनचंदा का हाथ पकड़ लिया। जैसे किसी डूबते को तिनका मिल गया हो।

"अरे, धन्यवाद, सर। धन्यवाद!"

सीता की आँखों में राहत की चमक आयी।

"तो कितना पैसा लोगे तुम?"

मन्नू का चेहरा पीला पड़ गया।

मनचंदा के भीतर कुछ सुलग उठा, मगर उसने ख़ुद को संयमित रखा। वो एक अच्छा आदमी बनने की कोशिश कर रहा था

"पैसे?" उसने संयम से जवाब दिया, "आपकी दुआएँ लेंगे, बस।"

एक सेकंड के लिए सीता की आँखों की आक्रामकता पिघल गयी। उसकी जगह कुछ और आ गया- शायद वास्तविक आशीर्वाद।

"तेरी हर मनोकामना पूर्ण हो," उसने धीमे स्वर में कहा।

मनचंदा ज़्यादा सोचे बिना वहाँ से निकल गया।

◈◈◈

संकरी सड़क में घुसते ही कार का रास्ता मुश्किल हो गया।

छोटी-छोटी दुकानों के आगे भीड़ मक्खियों की तरह भिनभिना रही थी। दुकानदारों ने अपनी कारें और बाइक्स ऐसे टिका रखी थीं जैसे सड़क उनकी निजी संपत्ति हो। ड्राइवर ने शीशे से बाहर झाँकते हुए सलाह दी, "मालिक, आप पैदल निकल जाएँ तो जल्दी पहुँच जाएँगे।"

गोस्वामी की नज़र उसके चेहरे पर गई- बेमतलब की अक्लमंदी दिखाने वाला एक आम ड्राइवर। उसने ठंडी आवाज़ में कहा, "चुपचाप गाड़ी चला।"

ड्राइवर का चेहरा लटक गया। उसने झुंझलाकर हॉर्न पर हाथ रख दिया और कार को इंच-इंच घसीटते हुए आगे बढ़ाने लगा।

गोस्वामी को ड्राइवर का चेहरा देख के मनहूसियत महसूस हुई और गोस्वामी ने एक लंबी साँस लेकर, धीरे से कहा, "जहाँ जा रहा हूँ, वहाँ आते-जाते कोई मुझे देखे, ये मैं नहीं चाहता।"

ड्राइवर के चेहरे पर हल्की चमक आ गयी। सीक्रेट मिशन! लेकिन ठीक उसी वक़्त, कार पूरी तरह रुक गयी।

गोस्वामी ने आगे झाँककर देखा। एक ट्रैक्टर रास्ता रोके खड़ा था।

पीछे खड़ी कारों के हॉर्न गूँज रहे थे, मगर ट्रैक्टर अडिग था। उसकी ट्रॉली में कुछ रखा था, जिससे हल्की-हल्की रौशनी छनकर बाहर आ रही थी।

गोस्वामी ने बिना कुछ कहे कार का दरवाज़ा खोला और पैदल आगे बढ़ गया।

गोस्वामी ने मकान के सामने ठिठककर एक पल सोचा, 'क्या ये ज़रूरी है?'

वो ये फ़ैसला करता मगर मनचंदा की धमकी ने उसके लिए कोई रास्ता नहीं छोड़ा था।

सीढ़ियों से ऊपर पहुँचते ही उसके सामने एक बड़ा हॉल खुला, जहाँ गणेश पहलवान और उसके लोग खड़े थे।

सबके जिस्म स्टील जैसे, चुस्त टी-शर्ट में बंधे, मगर पेट आलू की बोरियों की तरह बाहर निकले हुए थे।

गोस्वामी को देखते ही गणेश ने उठकर उसका अभिवादन किया और हाथ पकड़ के अपनी बगल में बिठाया।

आज से लगभग 20 साल पहले जब गणेश पच्चीस साल का था, लोग मानते थे कि वो एक दिन देश के लिए गोल्ड मेडल जीतेगा, वो कॉमनवेल्थ गेम्स में गोल्ड मेडल जीत चुका था, ये मेडल वो आज भी सारा दिन पहन के ही घूमता है। मगर उसके बाद गणेश को पॉवर और पैसे का चस्का लग गया और उसने पहलवानों की एक गैंग बना ली, जहाँ वो छोटी-मोटी

धमकी, सुपारी, किडनैपिंग और फ्लैट कब्ज़े के काम करने लगा, मगर उसे पता था, असली पैसा प्रॉपर्टी के धंधे में है। उसे बिल्डर बनना था और इसी के लिए वो पिछले साल भर से गोस्वामी के चक्कर काट रहा था।

गोस्वामी को प्रेम से बिठाने के बाद गणेश फिर गुस्से में अपने दो आदमियों पर बरस पड़ा।

ये वही दोनों थे- राज और नितिन सिंह गुज्जर।

जो मन्नू के घर गये थे, उसका घर खाली करवाने।

गणेश ने लगभग गिड़गिड़ाते हुए कहा, "वापस कर आ देवता, ये मशीन वापस कर आ।"

नितिन को समझ नहीं आया, भाई साब पीठ थपथपाने की जगह ऐसा क्यों कह रहे हैं!

"क्यों? क्या दिक्क़त हो गई, भाई साब? कोने में पड़ी रहेगी, ज़रूरत के हिसाब से पैसे निकाल लेंगे।"

राज ने सिर हिलाया।

गणेश ने चारों तरफ़ नज़र दौड़ाई। बाकी सारे पहलवान भी इस बात से सहमत थे।

एक ठंडी लहर गणेश के सिर से पैर तक दौड़ गई। "अरे प्रोटीन शेक के डब्बों," वह गुर्राया, "ये पैसे छापन की मशीन नहीं है। इसमें पहले पैसे डाले जावे हैं, फिर निकले हैं।"

राज ने सोचा ये कौन सी बड़ी बात हो गयी, "तो भाई साब कौन डाले है पैसे इनमें, बताओ, उसे भी धार लाते हैं।"

गणेश ने सोचा एक बार इन्हें समझा के देख ले, "अरे बैंक वाले गाड़ी ले के आवें हैं और नोटन भर के जावें हैं।"

गोस्वामी ने हॉल की खिड़की से बाहर झाँका।

नीचे, जिस ट्रैक्टर ने उसका रास्ता रोका था, उसकी ट्रॉली में एक ATM मशीन पड़ी थी- रस्सियों से बँधी हुई।

नितिन को लगा भाई साब समझ क्यों नहीं रहे हैं, "तो भाई साब जे ही तो राज कह रो है। वो और मैं बैंक वाले नु धर लावेंगे। जो ही मशीन फिट करेगा और जो ही पैसा डाला करेगा, पैसे ही पैसे।"

गणेश ने अपना सिर पीट लिया, "भाई मैं समझा ना पाऊंगा तुम लोगों को, मुझे माफ़ करो। तुम जे मशीन यहाँ से ले के जाओ- जो मर्ज़ी आये करो- घर ले जाओ- सड़क पे फेंक दो- नदी में बहा दो- जो चाहे वो करो- यहाँ से ले के जाओ।"

नितिन और राज को तो बस गणेश से एक साबाशी की दरकार थी, वो निराश हो गये, "भाई साब आपने नाराज नहीं होना है। आपने मशीन नहीं चाहिए हम वापस छोड़ आते हैं।"

वहाँ खड़े हर पहलवान गणेश की दिल से इज़्ज़त करते हैं और उसके लिए कुछ भी कर सकते हैं, क्योंकि अगर इनके जीवन में गणेश पहलवान नहीं आता, तो इनमें से ज़्यादातर या तो जेल में होते, या किसी क्लब के बाहर काली सफारी पहने बाउंसर बने होते और लोगों की उल्टियाँ साफ़ कर रहे होते।

राज ने गणेश को साहस देने की कोशिश की, "हाँ भाई साब, आप नाराज ना हों।"

नितिन ने राज को हल्का-सा धक्का दिया, इशारा किया, चलो निकलते हैं।

फिर मुड़कर देखा, नितिन की आँखों में एक अजीब-सा जुनून झलक रहा था।

"भाई साब, एक दिन आपको प्राउड फ़ील कराऊँगा।"

राज ने भी सिर झटका, "मैं भी!"

राज को लगा अगर नितिन करवाएगा तो वो भी करवाएगा।

दोनों बाहर निकल गए।

कमरे से बाहर आते ही राज ने गहरी साँस ली, "हमें भाई साब को नाराज़ नहीं करना चाहिए था।"

नितिन का सिर झुका था। उसकी आवाज़ में पछतावा था, मगर उससे भी ज़्यादा इज़्ज़त, "मैं तो भाई साब को भाई साब बस कहने को कहता हूँ। होने को तो वो मेरे बाप समान हैं। दूसरा जनम दिया है उन्होंने मुझे।"

राज ने भौंहें टेढ़ी कीं, "सच में?"

नितिन कड़वाहट से हँसा, "तुझे नहीं मालूम? पूरी टीम जानती है।"

राज ने कंधे उचकाए, "मैं अपने काम से काम रखता हूँ।"

नितिन के चेहरे पर एक पुराना ज़ख़्म उभर आया।

"मेरे चाचा के लौंडे सब हरामी थे। मेरे बाप के मरने के बाद, दिवाली में हमारे घर की दीवार में लगा के पटाखे फोड़ते थे।"

राज की समझ में नहीं आया। अपने ही चाचा के लड़के? वो भी बाप के मरने के बाद?

"दिक्क़त पटाखे फोड़ने से नहीं थी। दिक्क़त थी कि उन्हें लगता था हम सब भाई नल्ले हैं- और हम थे भी।"

फिर उसकी आवाज़ ठंडी हो गयी। बर्फ़ जैसी ठंडी।

"एक रात, न जाने दिमाग़ कैसे घूमा, कुल्हाड़ी उठाई और उनके घर चला गया। सब सो रहे थे। पाँच भाइयों के सिर खोल दिए। फिर घर जला दिया।"

राज की आँखों में कोई भाव नहीं आया। सर खोलना? सहज बात थी।

ग्रेटर नोएडा में वैसे भी उसके चाकू के चर्चे थे।

"सही किया।"

नितिन की आँखों में पुरानी आग जल उठी। "लेकिन जब कोर्ट-कचहरी शुरू हुई, भाइयों ने हाथ खींच लिया। तब लगा, ज़िंदगी ख़त्म।"

उसकी मुट्ठियाँ कस गईं।

"फिर एक दिन ज़मानत हो गयी। भाई साब ख़ुद लेने आए थे। गाड़ी में अपने बगल में बिठाया, खाना खिलाया, प्यार दिया, परिवार दिया। उस दिन समझ आया कि मैं तो मर चुका था, जब भाइयों ने मुँह मोड़ा था। अब जो जी रहा हूँ, वो मेरी ज़िंदगी नहीं- ये गणेश भाई साब का अहसान है।"

"अब बस एक दिन वो आए... जब गणेश भाई साब के लिए जान देकर ये क़र्ज़ चुका सकूँ।"

राज ने धीरे से सिर हिलाया।

सहमति में। सम्मान में।

टेबल के दोनों ओर दो अलग-अलग दुनिया थीं।

गोस्वामी की नज़रें गणेश पर जमी थीं, और गणेश की निगाहें उसके फ़ोन की स्क्रीन पर। फ़ोन की चमकती स्क्रीन पर मनचंदा की तस्वीर। गोस्वामी ने अपना फ़ोन गणेश की तरफ़ धकेला- स्क्रीन पर वर्दी में, रौब से भरा मनचंदा मुस्कुरा रहा था।

गणेश ने एक लंबी साँस ली, फिर फ़ोन को धीरे से गोस्वामी की ओर सरका दिया। गणेश का सर हल्की-सी झिझक के साथ हिला- "नहीं, ये काम नहीं होगा।"

गोस्वामी ने फ़ोन उठाया, होंठों पर हल्की मुस्कान थी, पर आँखें सख़्त।

"समझो पाइप में फँसा कचरा है," उसकी आवाज़ में वज़न था, "जिसकी वजह से नया पानी नहीं आ पा रहा। ये हटेगा, तो तुम आओगे।"

गणेश के चेहरे पर डरी हुई टेढ़ी मुस्कान उभरी, "गोस्वामी साहब, ये तो सीधा मुक्ति का मार्ग है। एक तो आदमी ख़ुद ख़तरनाक, और अगर मार भी दिया तो पूरा प्रशासन सिर पर चढ़ जाएगा।"

डरे हुए ख़ामोश कमरे में गोस्वामी ने बेबाक़ ठहाके के साथ ताली बजाकर ये तय कर दिया कि इस कमरे की लगाम उसके हाथ में है, वो तय करेगा कि यहाँ क्या होगा, "बस यही समझदारी मुझे पसंद है! मरना तो इसे है ही, पर इसकी लाश देखकर ऐसा लगना चाहिए कि किसी ने कोई पुरानी रंजिश निकाली है।"

गणेश ने सिर हिलाया, "हाँ और इनके तो दुश्मन भी भतेरे होवेंगे।"

पर फिर भी, गणेश का मन नहीं माना। उसने कुर्सी पीछे खिसकाई, सिर झटक दिया, "नहीं, ये काम मैं नहीं करूँगा। चाहो तो आगे से काम मत देना, पर ये नहीं होगा।"

गोस्वामी की मुस्कान सिकुड़ने लगी, उसने गणेश को पढ़ने की कोशिश की।

गणेश ने आँखों में देखकर कहा, "मनचंदा तो आपका पार्टनर है, गुरुदेव। सालों का साथ है। आप अगर उसे मारने का सोच सकते हो, तो मुझे साफ़ करने में तो पलक भी नहीं झपकाओगे।"

एक पल को कमरे में भारी सन्नाटा छा गया।

गोस्वामी ने ठंडी साँस छोड़ी। फिर एक अजीब-सा साइकोपैथ जैसा ठंडापन उसके चेहरे पर तैर गया।

"बचपन में मुझे चींटियों से बहुत डर लगता था," उसने धीरे से कहा, "इससे पहले कि वो मेरे पास आयें, मैं उन्हें मसलकर मार देता था।"

गणेश ने भौंहें सिकोड़ीं। एक बिल्डर की इस तरह की मानसिकता ने उसे चौंका दिया था।

"आज मनचंदा ने मुझे डरा दिया है," गोस्वामी ने निश्चिंत भाव से गणेश की तरफ़ देखा और लंबी साइलेंसर वाली गूंगी गन निकालकर टेबल पर रख दी। गणेश ने देखा, गन की मूठ पे एक दौड़ता हुआ घोड़ा बना था। गणेश ये देख ही रहा था कि गोस्वामी ने एक काली पॉलिथीन उसकी तरफ़ सरकाते हुए कहा, "दस लाख हैं इसमें। काम होने के बाद ग्यारह और।"

गणेश ने पैसों की ओर देखा, लेकिन हाथ नहीं बढ़ाया, गणेश को प्रैक्टिकली सब सही लग रहा था, मगर उसका इंस्टिंक्ट उसे रोक रहा था। तभी फ़ोन की घंटी बजी।

स्क्रीन पर नाम चमका- मनचंदा।

गणेश के दिल की धड़कन हल्की-सी बढ़ गयी। उसने नजरें ऊपर कीं, कहीं मनचंदा को पता तो नहीं चल गया, यहाँ ये सब प्लानिंग चल रही है?

गोस्वामी के चेहरे पर एक तयशुदा साज़िश की झलक थी। अगर गणेश नहीं, तो कोई और, पर मनचंदा मरेगा ज़रूर।

गोस्वामी ने फ़ोन उठाया, "हाँ सर?"

गणेश ने झपटकर फ़ोन स्पीकर पर डाल दिया। उसे शक हुआ- अगर ये दोनों मिले हुए हों तो?

मनचंदा की गहरी आवाज़ कमरे में गूँजी।

"सुनो, हाईवे के नीचे लक्ष्मी नगर में जिस घर में कार घुसी है, वो हमारी प्रॉपर्टी है न?"

गोस्वामी मुस्कुराया, "हाँ सर, हमने ही विवादित कराया है।"

"हमें इसके बारे में पहले क्यों नहीं बताया?"

"बताया तो था, सर। बल्कि मैंने तो घर की तस्वीर भी भेजी थी।"

मनचंदा के फ़ोन पर कुछ सेकंड का सन्नाटा। फिर हल्की स्क्रॉलिंग की आवाज़।

"ओह... सच में भेजी थी।"

एक क्षण की चुप्पी के बाद, मनचंदा का ठहाका पूरे कमरे में गूँज गया।

"तुम्हारी चाटने की आदत की वजह से मिस हो गया होगा। सुबह-शाम इतने 'गुड मॉर्निंग, गुड इवनिंग' भेजते हो कि हमने तुम्हारा मैसेज देखना ही बंद कर दिया है!"

गोस्वामी कोई चांस नहीं लेना चाहता, "सर, आप हमारे भगवान हैं। आप जो भी कहें हम तो भक्ति करेंगे!"

मनचंदा ख़ुश हुआ, "अच्छा सुनो, वो कब्ज़ा हटा लो। पुलिसवाले की विधवा का घर है, हमने ज़ुबान दे दी है।"

गोस्वामी जानता है, ताक़तवर आदमी अपने प्रतिद्वंदी से नहीं हारता, अपने ईगो से हारता है। "पर सर, नुकसान हो जाएगा! और वो ज़मीन का काम गणेश पहलवान देख रहा है... वो तो मेरी भी नहीं सुनता," गोस्वामी ने गेम सेट कर दिया।

मनचंदा की आवाज़ गरजी, "तो तुम्हें अपना नाम लेने की ज़रूरत भी नहीं! उससे कहना कि मनचंदा साहब का हुकुम है। मूत देगा वो!"

फ़ोन कट गया।

गणेश ने अपने आदमियों की ओर देखा, उन सबकी आँखों में वही था जो उसके मन में था। गोस्वामी गणेश की तरफ देखा और मुस्कुराया। गणेश की आँखों में अब वैसा ही गुस्सा था, जैसा उसके आदमियों के चेहरे पर।

गणेश ने काली पॉलिथीन उठाई, अपने पास रख ली। फैसला हो चुका था।

उसने जेब से फ़ोन निकाला, एक नंबर डायल किया।

क्लिक...

"हैलो?"

दूसरी तरफ़ से आवाज़ आयी- जेलर, दिल्ली जेल।

जेलर ने फ़ोन को कान और कंधे के बीच फँसाकर टीवी का वॉल्यूम कम किया, "दो लाख आपके। बाबू को समझा दूँगा।"

जेलर को कोई आपत्ति नहीं थी। फिर भी कन्फर्म किया, "कोई गड़बड़ तो नहीं होगी?"

गणेश की आवाज़ ठंडी थी, नपे-तुले शब्द, "आज तक हुई है के?"

जेलर आश्वस्त था।

गणेश ने निर्देश दिया, "गन और पैसे भिजवा रहा हूँ। वही चार घंटे का सीन रहेगा?"

"हाँ।"

फ़ोन कट गया।

गणेश ने पैसों में से कुछ गिनकर अपने आदमी को दिए। फिर गूंगी गन उनकी ओर बढ़ाई।

गोस्वामी ने राहत की साँस ली। गणेश ने उसे देखा और कहा, "काम हो जाएगा।"

गोस्वामी ने सिर हिलाया, लेकिन आँखों में अब भी बेचैनी थी।

"होना ही चाहिए," वह बुदबुदाया, "वरना मैं बुरी तरह फँस जाऊँगा।"

गणेश ने उसकी आँखों में देखा, फिर हल्की मुस्कान दी।

"फँसे हुए तो आप पहले ही हो, अब निकल जाओगे।"

गोस्वामी ने मुस्कुराने की कोशिश की, लेकिन अब भी उसके चेहरे पर अनिश्चितता थी।

◈◈◈

14 अगस्त, 2024 | रात लगभग 9 बजे

जेलर कुर्रे ने बैरक के अंदर एक कमरे का दरवाज़ा खोला। उसने देखा अंदर सहरावत नाम का एक क़ैदी बाबू को शर्ट पहना रहा था। बाबू बाहर जाने को तैय्यार था। जेल के कॉरिडोर से होता हुआ जेलर, बाबू के साथ एक छोटे से दरवाज़े के पास पहुँचा। चाबी के गुच्छे में से एक चाबी निकाली और दरवाज़ा खोला। दरवाज़ा खोलने के बाद उसने पहले दाएँ झाँका, फिर बाएँ, फिर सामने दूर तक देखा- कोई नहीं था। संतुष्ट हो जाने के बाद, कि वहाँ कोई नहीं है, कुर्रे दरवाज़े के सामने से हट गया। फिर उसके पीछे से किसी तेलगू डब्ड हिंदी फ़िल्म का हीरो दिखने वाला एक सस्ता चोर, बाबू दिलवाला अवतरित हुआ। पैंतीस के लगभग उम्र, धारीदार ढीली शर्ट, नीली जीन्स, हल्की से ज़्यादा दाढ़ी वाला आदमी, जिसे देख के लगता था कि अगर इसे नारियल की बूच से रगड़ो तो अंदर से कोई सुंदर मर्द निकेलगा। जेलर कुर्रे ने, बाबू को वैसे देखा जैसे आप रास्ते पर पड़े 500 के लावारिस नोट को देखेंगे 'ये सच है या कोरा ख़्याल'। बाबू ने सिगरेट जलाई, धुएँ का एक बादल उठा, बारिश की बूँदों से लड़ा और बैठ गया। बाबू के चेहरे पे खौफ़नाक़ शांति थी। जेलर कुर्रे ने बाबू दिलवाला की तरफ़ एक 9MM की पिस्तौल बढ़ायी, जिसमें सामान्य से लंबा साइलेंसर लगा हुआ था और ग्रिप पर भागता हुआ घोड़ा बना था।

कुर्रे ने अपने दाएँ हाथ की चार उँगलियों से इशारा किया, "सच बता, मनचंदा साहब को तू चार घंटे में मार देगा?" कुर्रे अपना कौतूहल रोक नहीं पाया था।

बाबू ने गूंगी गन पैंट में खोंची और इशारा किया- '1'

कुर्रे की आँखें बाहर आ गयीं, "एक घंटे में!... असंभव।"

कुर्रे एक पल को सनाका खा गया फिर पूछा, "और बाकी के 3 घंटे?"

बाबू ने अपनी मुट्ठी बंद की और आगे-पीछे हिला दिया।

"सेक्स!" कुर्रे चौंका।

कुर्रे पे और वक़्त ज़ाया किए बिना, बाबू बेपरवाही से चलता हुआ दूर निकला गया। कुर्रे बाबू की कही बातें गुनता रहा और उसके बदन में एक सिहरन दौड़ गयी। उसने किसी को कॉल कर के नॉटी अंदाज़ में पूछा "आइसक्रीम खाओगी?"

कुर्रे बात करते हुए जल्दी में अंदर गया और अपने पीछे दरवाज़ा इतनी ज़ोर से बंद किया कि दीवार हिल उठी।

दरवाज़े के ऊपर लगा लैंप ये सब देख के काँप गया।

◈◈◈

बाबू, बेबी की तरफ़ सरका, उसे लगा कि उसने सारी बाधाएँ पार कर ली। बेबी अभी भी पिछली बात पर डटी हुई थी, "कितने पैसे? इतने पैसों में नेपाल में एक कोठी आ जाएगी?'

"गधी की गांड में गई कोठी।" बाबू बिस्तर से फट के फ़्लोर पे आ गया। उसने अपना फ़ोन उठाया, कमरे में चारों तरफ़ देखा कि कुछ छूट तो नहीं रहा और गूंगी गन अपनी पैंट में खोंसते हुए बोला, "प्यार करता हूँ इसलिए तेरे पास आता हूँ, वरना सेक्स करने के लिए लड़कियों की कमी नहीं है। समझी।"

बेबी आवक रह गयी, "मतलब?"

बाबू ने चिढ़ाते हुए कहा, "72 और गर्लफ्रेंड हैं मेरी। मतलब।"

बेबी, बेचैन हो के इधर उधर कुछ ढूँढने लगी, अंत में बौखला कर हाथ में जो आया तकिया, टेडी बेयर, मोबाइल, वो बाबू पर फेंकने लगी। बाबू लगभग भागता हुआ कमरे से बाहर निकल गया।

◈◈◈

लगभग 20 मिनट बाद बाबू, बेबी के घर से बाहर आया, पैंट की ज़िप चढ़ाया और निकल गया। पर गूंगी गन, हॉल में बनी ऊपर जाने वाली सीढ़ियों की मूठ पर अब भी पड़ी हुई थी।

◈◈◈

बाबू एक हाइवे के किनारे बने फ़ुटपाथ पर गुनगुनाता हुआ एकाग्रचित अपनी मंज़िल की तरफ़ बढ़ रहा था। हाइवे के दोनों ओर लगातार तेज़ वाहन चल रहे थे मगर जैसे भीड़ में आपकी बगल में खड़ा व्यक्ति आपके साथ नहीं खड़ा होता है, हाईवे पे गाड़ियों के होने से भी हाईवे की वीरानी दूर नहीं होती। और इस वीराने में बाबू ने महसूस किया कि शायद कोई उसका पीछा कर रहा है। बारिश थोड़ी बढ़ चुकी थी। पानी बाबू के बालों में इकट्ठा हो कर, उसकी माँग को नदी बनाता हुआ, बह के उसकी भावों में आ रहा था और उसकी पलकों से होता हुआ उसकी आँखों में उतरकर उसकी नज़र को कमजोर कर रहा था। वैसे जेल में बाबू जितना गाँजा पीता था, ऐसे भी उसकी नज़र थोड़ी कमज़ोर तो होनी ही थी। बाबू आँखें साफ़ कर फ़ौरन हाइवे से नीचे एक गली में घुस गया। कुछ गलियों से होता हुआ वो एक अँधेरी-सी गली में मुड़ गया। गली में कीचड़ था और कीचड़ से बचने के लिए लोगों ने गली में ईंटें रखी हुई थीं। पीछा करने वाला बाबू के पास आ चुका था, बाबू पीछा करने वाले के पैरों की छप छप सुन सकता था। बाबू ने अपने चलने की स्पीड बढ़ायी, पीछे चलने वाले की स्पीड भी बढ़ गयी।

एक मोड़ पर पहुँच के बाबू को लगा कि यहाँ इतना सन्नाटा है कि वो उस पीछा करने वाले का काम-तमाम कर देगा। बाबू की उँगलियाँ गूंगी गन उठाने के लिए बेक़रार थीं, उसने अपनी पैंट में हाथ डाला, लेकिन उसे अहसास हुआ कि गूंगी गन उसके पास नहीं है।

बाबू पलटा, सामने एक लड़की खड़ी थी, अंधेरे में साफ़ नज़र नहीं आ रहा था लेकिन लड़की को देखकर बाबू की आँखें आश्चर्य से फटी रह गयीं, जैसे बाबू उसे जानता हो। लड़की ने बाबू पर तीन गोलियाँ चलायीं, बंदूक से आवाज़ नहीं निकली, मगर चिंगारी उठी, जिससे वो कुपोषित, पतली-सी गली कुछ देर के लिए चमक उठी। जिस वक़्त बाबू की लाश ढह के सिमेंटेड गली में पड़े कीचड़ को लाल कर रही है, तभी उस लड़की ने महसूस किया कि उसके पास आ कर कुछ गिरा है! एक टूटी हुई चप्पल, जो कि सामने स्ट्रीट लैम्प के नीचे खड़े एक लड़के ने फेंकी है। लड़की ने उसकी तरफ़ देखा, उसे पहचाना और फिर उसकी तरफ़ चलना शुरू कर दिया। वहाँ से निकलने की मंशा से लड़के ने उस से दूर चलना शुरू कर दिया। लड़का तेज़ चलने लगा। लड़की भी उसकी तरफ़ तेज़ी से चलने लगी, लड़का भागने लगा, लड़की उसे दौड़ने लगी। लड़का गलियों से होता हुआ एक लोहे के दरवाज़े के सामने पहुँचा, बेपरवाही से दरवाज़ा खोला और ज़ोर से बंद कर लिया। आवाज़ पूरी गली में गूँज उठी। लड़की वहीं बारिश में दरवाज़े के सामने खड़ी रह गयी। तभी अंदर से एक दबंग बुढ़िया की आवाज़ आयी- "कौन है रे मादरचो...।"

◈◈◈

"वो हमें उतार लेगी यार।" वरना क्या, मन्नू को पता है।

◈◈◈

04

द येलो कार फेनोमिनन

17 अगस्त, 2024

कुछ घरों पर 15 अगस्त का तिरंगा लहरा रहा था, काग़ज के झंडे सड़क से चिपके हुए भीग गये थे मगर रात की नमी अब तक सड़कों पर जमी हुई थी। पर वहाँ ऐसा कुछ भी अलग नज़र नहीं आ रहा था, जिसे देखकर कोई यकीन से कह पाए कि दो रात पहले, इसी मोड़ पर किसी की हत्या हुई थी। राघव और मन्नू खड़े थे- वही जगह, वही गली, वही मोड़ जहाँ मर्डर हुआ था।

पराठे-कुलचे वाले की रेहड़ी से उठती पराठों की महक हवा में तैर रही थी। गुमटी के किनारे लोग चाय सुड़क रहे थे। कुछ ग्राहक पत्तों पर पराठे रखकर मक्खन रगड़ रहे थे। कुछ कढ़ाई में छनते ब्रेड पकौड़ों को घूरते हुए फ़ोन पर बातें कर रहे थे। राघव के लिए ये अविश्वनीय था।

मन्नू अपनी जींस की जेब में हाथ डाले खड़ा था, उसकी आँखों में अविश्वास था, "यार, कहीं तूने किसी फ़िल्म की शूटिंग तो नहीं देख ली?"

राघव ने उसकी तरफ़ देखा- एक ठंडी, गहरी नज़र, जिसमें रोष भी था और यकीन भी, लेकिन राघव के पास अपने यकीन का कोई सबूत नहीं था।

राघव ने उस मोड़ का इंच-दर-इंच देख डाला; गली के किनारे जमे कीचड़ को, नाली के पानी में तैरते प्लास्टिक को, यहाँ तक कि बिजली के खंभे के पास पड़ी अधजली बीड़ी को भी। मगर वहाँ ख़ून का कोई धब्बा नहीं मिला।

"उस रात काफ़ी बारिश हुई थी," राघव धीरे से बोला, जैसे ख़ुद को ही समझा रहा हो, "सब धुल गया होगा।"

मन्नू हल्का-सा मुस्कराया। उसने अपना मोबाइल जेब में डाला और सीधा पराठे वाले की तरफ़ बढ़ गया।

"एक आलू का पराठा लगाइयो, करारे कर देना," उसने कहा।

पराठे वाले ने उसकी बात सुन ली, समझ ली, मगर हाँ-ना कुछ नहीं कहा।

मन्नू ने परवाह नहीं की। "दो पराठे इसके लिए भी लगा दियो," उसने सिर झटककर राघव की तरफ़ इशारा किया, "बिना प्याज़ के। ये प्याज़ नहीं खाता।"

राघव की निगाहें अब भी सड़क पर थीं। कहीं न कहीं उसे ख़ुद पर शक हो रहा था। क्या सच में उसने मर्डर होते देखा था, या जो कुछ हुआ वो कोई सपना या भूख की वजह से हुआ हेलुसिनेशन था? इस बीच उसकी निगाहें सीधे पराठे वाले के पैरों पर जा टिकीं।

उसे याद आया- उसकी चप्पल।

उस रात जब चप्पल टूटी थी तो उसने झुंझलाकर उसे दूर फेंक दिया था, यह तो हक़ीक़त थी, क्योंकि अब भी उसके पैरों में वो चप्पल नहीं थी।

पराठे वाले ने वही टूटी हुई चप्पल पहन रखी थी।

राघव का दिल तेज़ धड़कने लगा। वो आगे बढ़ा और बिना एक शब्द कहे घुटनों के बल बैठ गया। मन्नू ने भौंहें चढ़ाईं- "अब क्या हुआ तुझे?"

राघव ने गौर से देखा। चप्पल जोड़ी हुई थी, मगर ग़लत जगह से।

राघव का हाथ आगे बढ़ा और उसने पराठे वाले के पैर से चप्पल खींच ली।

"ये मेरी चप्पल है। उस रात यहीं टूटी थी, जिसे मैंने फेंका था और ये उस औरत के ठीक सामने जा कर गिरी, जिसकी वजह से उस औरत ने मुझे देख लिया।"

पराठे वाला अपनी चप्पल खींचने लगा।

"भैय्या, क्या बात कर रहे हो? हमारी चप्पल है ये!"

मन्नू ने अब पराठे वाले के दोनों पैरों की तरफ़ देखा, और फिर उसकी बेवकूफ़ी पर सिर हिला दिया।

"अबे चूतिए, तेरी चप्पल है तो दोनों अलग-अलग क्यों पहन रखी है?"

पराठे वाले की आँखें हड़बड़ा गईं, "स्टाइल है भैय्या।"

राघव ने उसकी आँखों में झाँका, "मेरी चप्पल वापस कर।"

मन्नू ने कहा, "भाई ये चप्पल एक मर्डर केस में यूज़ होनी है, उसी की FIR लिखवाने हम जा रहे हैं, चप्पल दे दे, वरना हमारे साथ थाने चल और बता तू ने ये चप्पल कहाँ से ख़रीदी है।"

शरीफ़ लोग मौत से कम डरते हैं, थाने से ज़्यादा। पराठे वाले ने चुपचाप चप्पल उतारकर राघव की ओर बढ़ा दी।

राघव ने मन्नू को चप्पल दिखायी, "अब यक़ीन आ गया?" उसकी आवाज़ में एक ठंडापन था।

मन्नू ने चप्पल को देखा, फिर राघव को, "हाँ। मगर अब करना क्या है?"

राघव कुछ सोचने लगा-

खेल शुरू हो चुका है।

◈◈◈

पुलिस स्टेशन का FIR कक्ष- मटमैली सफ़ेद दीवारें, कोनों में पान की पीक, छत के पंखे से झूलता जाला, और पीछे लाइन से लटकी हमारे बड़े नेताओं की मटमैली तस्वीरें। पुरानी लकड़ी की टेबल पर फ़ाइलों का ढेर, जिनपर धूल जम चुकी थी।

कुर्सी पर आलथी-पालथी मारकर बैठा पुलिस ऑफिसर खेत्रपाल था। ख़ाकी वर्दी पर पसीने के दाग़, और बटन के बीच से झाँकता पेट बता रहा था कि उसे ड्यूटी से ज़्यादा खाने में दिलचस्पी है। राघव और मन्नू उसके सामने एक बेंच पर बैठे हुए ध्यान से उसे ही देख रहे थे।

राघव बोल चुका था, उस रात उसने क्या-क्या देखा!

खेत्रपाल ने धीरे-से फ़ाइल बंद की, एक गहरी साँस ली, और लड़कों को ऐसे घूरा जैसे इन दोनों ने उसे मूर्ख साबित करने की कोशिश की हो। फिर उसकी आवाज़ ख़ामोशी के बीच हथौड़े की तरह गिरी-

"किसने मारा? पता नहीं। किसको मारा? पता नहीं। लाश कहाँ है? पता नहीं।" खेत्रपाल कुर्सी से थोड़ा आगे की तरफ़ झुका, चेहरे पर तिरस्कार उभर आया, "तो एफआईआर में क्या लिखूँ? घंटा?"

राघव को लगा था कि जो उसने बताया, वही काफ़ी होगा। उसने हथियार के बारे में बताया था, हत्या की रात की बारिश के बारे में, उस लड़की के बारे में, जिसने ट्रिगर दबाया था। उसने बताया था कि गोलियाँ चली थीं- तीन।

खेत्रपाल ने टेबल पर दोनों हाथ पटके, "गांडुओं, निकलो यहाँ से।"

राघव पीछे हटने को तैयार नहीं था, उसकी आँखों में ग़ुस्से की चमक उभर आयी। "परसों रात हत्या हुई है," उसने ज़ोर देकर कहा, "गोली चली थी- तीन। एक लड़की ने मारा था। एक लड़के को मारा था। इतना काफ़ी नहीं है जाँच करने के लिए? आप एफ़आईआर लिखिए, इन्वेस्टिगेट कीजिए। सही नहीं निकला तो आप मुझे जेल में डाल देना।"

खेत्रपाल को राघव का एटीट्यूड पसंद नहीं आया। उसकी मूँछों के पीछे का चेहरा सख़्त हो गया।

"तू पुलिस वाला है?" उसने मेज़ पर उँगलियाँ बजाते हुए कहा, "पुलिसवाले हम हैं। हम बताएँगे कि कितने में एफआईआर लिखी जाएगी और कितने में जाँच होगी।"

खेत्रपाल हँसा, उसकी हँसी में कड़वाहट थी, "और दो दिन पहले हत्या हुई है तो पूरे क्षेत्र में किसी ने तो देखा होगा? कोई लाश होगी? कुछ नहीं तो ख़ून के धब्बे तो होते!"

उसने सिर झटका, जैसे ये पूरा मामला ही मज़ाक हो, "नशा आज के यूथ को ख़राब कर रहा है। सूखे नशे करने से ऐसे डरावने सपने आते हैं।"

मन्नू ने धीरे से राघव को कोहनी मारी और फुसफुसाया, "चप्पल दिखा ना।"

राघव ने उसे खा जाने वाली नज़रों से देखा।

खेत्रपाल ने भौंहें चढ़ाईं "ये क्या है?" उसने चप्पल की ओर इशारा किया "ख़ूनी की चप्पल?"

राघव की आँखों में एक पल को झिझक तैर गयी। उसने धीरे से सिर हिलाया- "नहीं।"

खेत्रपाल हँस पड़ा, "तो क्या ये चप्पल मार खाने के लिए लाया है?"

राघव का चेहरा तमतमा गया। उसका जबड़ा कस गया, उँगलियाँ मुट्ठी में भिंच गयीं। एक पल को लगा, जैसे वो मेज़ उठाकर इस आदमी के सिर पर दे मारेगा। मगर उसने ख़ुद को रोका, गहरी साँस ली और बिना एक शब्द कहे कुर्सी पीछे धकेलकर उठ खड़ा हुआ।

स्टेशन का कॉरिडोर- लंबा, सुनसान और पेशाब की हल्की बदबू से भरा हुआ था। दीवारों पर कुछ पुराने पोस्टर चिपके थे- 'अपराध मुक्त भारत'- लेकिन हर तरफ़ जमी गंदगी उन्हें खोखला बना रही थी।

राघव बाहर निकलते ही गालियाँ देने लगा, "इसीलिए क्राइम रेट बढ़ रहा है इस देश में, क्योंकि ये सब के सब, कामचोर हैं साले। अगर ये काम करें, तो आधे चोर-गुंडे अभी सलाखों के पीछे हों!"

मन्नू चुपचाप उसके साथ चल रहा था। फिर उसने धीरे से कहा, "एक बार मनचंदा साहब से मिल लेते हैं।"

"अब किसी से कोई उम्मीद नहीं है। कोई कुछ नहीं करेगा।" राघव की आवाज़ में ठंडक थी। फिर उसने गहरी नज़र से मन्नू को देखा- "आप मरे बिना स्वर्ग नहीं मिलता।"

मन्नू ने जेब से सिगरेट निकाली, होंठों में दबाई और हल्की मुस्कान के साथ जवाब दिया, "मरना ही तो नहीं है यार।"

◈◈◈

मनचंदा का केबिन

कमरा छोटा था, मगर दीवारों पर लगे लकड़ी के पैनल उसे पुराने ज़माने की गरिमा दे रहे थे। एक ओर पुलिस मेडल्स से भरी अलमारी थी, जिन पर महीनों की धूल चढ़ी थी। दूसरी ओर एक खिड़की थी, जिससे बाहर पुलिस स्टेशन का अहाता दिख रहा था। आहाते में वर्दी में बैठे कुछ जवान, एक कोने में टूटी हुई चारपाई, और उसके पास ही एक चाय वाले की रेहड़ी, जहाँ एक सिपाही कुल्हड़ में चाय फूँक रहा था।

मन्नू ने राघव की ओर देखा, फिर मनचंदा की तरफ़। उसकी आँखों में वही परिचय करवाने वाली झलक थी- "यही हैं अपने मनचंदा साहब, एनकाउंटर स्पेशलिस्ट।"

मनचंदा ने अपनी कुर्सी पर थोड़ा आगे झुकते हुए हाथ जोड़ लिए, जैसे कोई पुरानी बात याद आ गयी हो, "तुम्हारे घर के क़ब्ज़े की बात कर ली है,"

मनचंदा ने कहा, उसकी आवाज़ में उस आदमी की निश्चिंतता थी, जो अपनी तरफ़ से मामला सुलझा चुका हो, "अब कोई परेशान नहीं करेगा तुम्हें।"

मन्नू के चेहरे पर राहत की एक हल्की लहर आयी, मगर अगले ही पल उसकी भौंहें सिकुड़ गईं। उसे याद आया कि आज वो इस मसले के लिए नहीं आया था।

"क्या फ़ायदा, सर," उसने फीकी हँसी के साथ कहा, "घर को एंजॉय करने के लिए मैं ही नहीं रहूँगा।"

मनचंदा ने कुछ पल तक उसे देखा, फिर उसकी नज़र राघव पर गयी। एक अनुभवी अफ़सर की तरह वो आँखों में बहुत कुछ पढ़ चुका था।

मन्नू ने बिना भूमिका बनाये सीधे कहा, "सब इसकी ग़लती है सर, दोस्त है मेरा, हमारे घर की बरसाती में ही रहता है। इस साले ने लाइव मर्डर देख लिया है।"

मनचंदा ने लंबी साँस ली। आगे कुछ भी जानने में दिलचस्पी नहीं थी मगर मन्नू ने उसे पूरी कहानी सुनाई- गोलियों की आवाज़, बारिश की गीली ज़मीन, वो भागती हुई लड़की और वो टूटी हुई चप्पल, जो अब उनके पास थी।

"सर इतने हैं, एक अहसान और कर दीजिए," मन्नू ने कहा, आवाज़ में धुंधली पड़ती उम्मीद थी, "ये एफआईआर लिखवा दीजिए। हम गए थे, खेतरपाल नाम का बंदा था, उसने हमें भगा दिया।"

मनचंदा की निगाहें अब कठोर हो चुकी थीं। उसने सीधा जवाब दिया- "एफआईआर तो नहीं लिखी जाएगी। उसके अलावा कोई मदद हो तो बताओ।"

राघव ने बेमन से मन्नू की ओर देखा, जैसे पूछ रहा हो- "हो गया तेरा?" फिर उसने सीधा मनचंदा की ओर देखा और ठहरी हुई आवाज़ में कहा, "सर, प्रॉब्लम ये है कि अगर हमने जल्दी से पता नहीं लगाया कि क़ातिल कौन है, हो सकता है कि वो क़ातिल हमें चुप करने के लिए हम पर हमला करे।"

मनचंदा कुछ देर चुप रहा, फिर मुस्कराया, मगर उसकी आँखों में हल्की गंभीरता थी, "हाँ, ठीक तो है। इससे पहले कि वह तुम लोगों पर हमला करे, तुम उसके बारे में पता लगाओ।" उसने मेज़ पर रखी काँच की ऐशट्रे में आधी बुझी सिगरेट घुमाते हुए कहा, "जैसे ही कुछ पता लगे, हमसे मिलो। हम लड़के लगा देंगे। केस सॉल्व होते ही एफआईआर भी लिख देंगे।"

राघव के जबड़े की नस खिंच गई। उसकी आँखें सवाल पूछ रही थीं- "सर, लेकिन तब तक देर हो गई तो?"

मनचंदा ने अपनी कुर्सी की बाँहों को कसकर पकड़ा, आँखों में वही पुलिसिया सख़्ती थी। "नहीं होगी देर," उसने कहा, आवाज़ में ऐसी दृढ़ता थी कि राघव को आगे कुछ कहने की ज़रूरत नहीं पड़ी।

कमरे में भारीपन आ चुका था। मन्नू और राघव एक-दूसरे की ओर देखे बिना कुर्सियों से उठ गये। वे दरवाज़े की ओर बढ़ ही रहे थे कि मनचंदा की आवाज़ फिर गूँजी-

"रुको।"

वे दोनों वहीं ठिठक गए।

"मुझे मेरे ऑफ़िसर्स ने एफआईआर लिखने से मना किया है," उसकी आवाज़ अब पहले से धीमी थी, मगर लहजा वही आदेश वाला, "इसलिए मैं एफआईआर तो नहीं लिख सकता, मगर चाहो तो तुम्हारे एरिया में गश्त बढ़वा सकता हूँ। और अगर तुम्हें कोई भी सुराग़ मिले, तो बताओ। मैं यहाँ बैठा हूँ, तुम लोगों की मदद के लिए। डरो मत, कुछ नहीं होगा।"

मन्नू ने सिर झुकाकर धन्यवाद दिया। राघव मनचंदा के आश्वासन से थोड़ा निश्चिंत हुआ; मनचंदा ने एफआईआर भले न लिखी लेकिन उन्हें अकेला नहीं छोड़ा था।

◈◈◈

राघव की बरसाती के बाहर

अगस्त की इस हल्की नम हवा में पड़ोस में बन रही सब्ज़ी और सीलन की मिली-जुली गंध थी। राघव और मन्नू पुराने, जर्जर मकान की संकरी गीली सीढ़ियों पर खड़े थे और देख रहे थे कि राघव की बरसाती का दरवाज़ा आधा खुला है, अंदर कोई है।

मन्नू को यकीन था कि ये वही क़ातिल औरत होगी। वो भागने को पलटा, उसके मुँह से धीरे-से निकला- भागो। मगर राघव ने उसके बाजू को कसकर पकड़ लिया। राघव भी डरा हुआ था परंतु उसकी आँखों में सतर्कता थी।

"रुक," राघव फुसफुसाया और धीरे से दरवाज़े को धकेला।

मन्नू ने राघव को रोका, फिर बिना कुछ कहे कोने में पड़ा जंग लगा लोहे का पाइप उठा लाया। वो अब कोई और रिस्क नहीं ले सकता था।

राघव ने दरवाज़ा पूरी तरह खोल दिया, दोनों अंदर घुस गए।

अंदर हल्के अँधेरे में एक धुंधली परछाई सामने खड़ी थी।

दोनों कुछ पल के लिए ठिठक-से गए, साँसें थमी रहीं।

लड़की ने सिर उठाया और धीमे से मुड़ी।

मायरा!

राघव के कंधे एकदम से ढीले पड़ गये। "यार, डरा ही दिया था," उसने हँसने की कोशिश की, मगर उसकी आवाज़ में राहत से ज़्यादा थकान थी।

उसने मन्नू की तरफ़ देखा, जो अब भी पाइप को कसकर पकड़े खड़ा था। उसकी आँखें मायरा पर टिकी थीं- संदेह से भरी हुईं।

"अरे मन्नू भाई, ये बंदी है मेरी- मायरा।" राघव ने उसका परिचय करवाने की कोशिश की, मगर मन्नू की शक भरी नज़रें एक इंच भी नहीं हिलीं। वह अब हर लड़की को एक ही नज़र से देखता था- ख़तरे की नज़र से।

मायरा ने गहरी साँस ली, जैसे वो पहले से तय कर चुकी हो कि इस मुलाक़ात का अंजाम क्या होगा।

"तुम्हें मेरा पता कहाँ से मिला?" राघव ने पूछा।

मन्नू चौकन्ना हो गया। उसने पाइप नीचे रखने की सोची, मगर फिर कसकर पकड़ लिया।

मायरा के होंठों पर हल्की-सी व्यंग्य भरी मुस्कान आयी। उसने सवाल का जवाब देने के बजाय अपना ही सवाल दाग़ा- "तू मेरे यहाँ पार्टी में क्यों नहीं आया?"

राघव ने लंबी साँस खींची। उसका दिमाग़ तेज़ी से भागने लगा- क्या कहे, कैसे समझाए?

"बहुत सारी बातें हैं, दो मिनट तुम बैठो, आराम से बताता हूँ।"

मायरा की नज़र मन्नू पर पड़ी, जो अब भी पाइप लिए खड़ा था। उसने एक भौं उठाई।

राघव ने इशारा किया- "अब तो नीचे कर ले।"

मन्नू ने धीमे से पाइप ज़मीन पर टिका दिया, मगर उसकी उँगलियाँ अब भी उसके इर्द-गिर्द लिपटी हुई थीं।

"बहुत सारी बातें हैं, या बहुत सारे झूठ?" मायरा ने सीधा सवाल किया।

राघव ने मुँह खोला, वो कुछ कहना चाहता था, मगर मायरा ने हाथ उठाकर उसे रोका और अपना फ़ोन उसकी ओर बढ़ा दिया।

स्क्रीन देख के राघव के पसीने छूटने लगे। उसने सोचा, तभी मेरे फ़ोन में इतने नोटिफिकेशन आ रहे थे।

अंकुर व्लॉगर, जिसने राघव के कैब में सवारी की थी, और राघव से बहुत प्रभावित हुआ था, वो एक पेज़ चलाता था- 'Humans of Noida'। इसके फॉलोअर्स मिलियन में थे।

अंकुर ने राघव की हेल्प करने के लिए पूरा एक ब्लॉग बनाया था, जिसमें उसने राघव के साथ की अपनी फ़ोटो डाली थी और राघव के स्ट्रगल के बारे में डिटेल में लिखा था कि कैसे एक इंजीनियर और मास कॉम ग्रेजुएट, जिसके सपने बड़े हैं, वो कैब चलाने के लिए मज़बूर है। *इंजीनियर और मास कॉम ग्रेजुएट राघव, जो अपने सपनों के लिए लड़ रहा है। क्या इस शहर में सपने इतने महँगे हैं?*

"यार, ह्यूमेंस ऑफ़ नोएडा पर डाल दिया? पूछ तो लेता!" राघव बुदबुदाया।

लाखों लाइक्स, हज़ारों कमेंट्स, दर्जनों शेयर।

"तुझे इस बात का दुःख है कि छप गया?" उसकी आवाज़ में ठंडक थी, "तूने इतना धोखा दिया है मुझे, उसका कोई अफ़सोस नहीं है?"

मायरा नाराज़ तो पहले ही थी, अब निराश भी हो चुकी थी।

वो यहाँ कुछ जानने-समझने नहीं आयी थी, वो बस, आख़िरी धागा तोड़ने आयी थी, जो उम्मीद का था और राघव से बँधा था। राघव की प्रतिक्रिया से साफ़ था कि वो धागा टूट चुका था।

राघव ने कुछ कहने की कोशिश की, मगर अगले ही पल ख़ुद को रोक लिया। अभी कुछ भी कहना गर्म तवे पर पानी डालने जैसा होगा- बस भाप उठेगी।

"मुझे थोड़ा टाइम दे दो," उसने धीरे से कहा, "मैं अभी फँसा हुआ हूँ।"

कुछ भी कहना मायरा को बेमानी लग रहा था, मगर वो फट पड़ी।

"तो फँसे ही रहना!" उसकी आँखें धधक उठीं, "अगर आज के बाद मेरे आसपास भी दिखा तो एफआईआर करवा दूँगी! 'शादी का झांसा देकर करता रहा...' समझा?"

राघव के मुँह से आवाज़ तक नहीं निकली।

मायरा घूमी और बिना रुके बरसाती के दरवाज़े से बाहर चली गयी।

राघव के दुःखों में एक दुःख और जुड़ गया। मगर इससे पहले कि राघव अपनी मनोदशा को समझ पाए उसका फ़ोन बज उठा- माँ का वीडियो कॉल था।

"कैसा है बेटा?" सुप्रिया ने पूछा।

राघव टूट चुका था मगर उसके मुँह से फिसला- "मस्त हूँ मम्मी।"

"आज ऑफ़िस नहीं गया बेटा?" सुप्रिया के पूछने में गहराई थी।

ये सुनते ही राघव के मन में कौंधा, "दोपहर का समय है और वह अभी घर पर है।"

राघव की आँखें भर आयीं। वो माँ से सच कहना चाहता था, मगर उसके मुँह से यही फिसला- "आज तबियत ठीक नहीं लग रही थी तो छुट्टी पर हूँ।"

कुछ देर की ख़ामोशी और सुप्रिया ने वो कहा जो वो कहना चाहती थीं, "वो आज शारदा के बेटे ने फैमिली ग्रुप में तेरा कुछ डाला है। कि तू वहाँ टैक्सी चलाता है, स्ट्रगल करता है।"

राघव सनाका खा गया। उसे लगा कि बैठ जाना चाहिए।

सुप्रिया का गला भर आया, राघव के फ़ोन पे रूँधी हुई सी आवाज़ सुनाई पड़ी, "मैंने तो वहीं सुना दिया। मैंने कहा मेरे बेटे को भगवान ने विशिष्ट पैदा किया है, वह विशिष्ट काम करने को ही बना है। समझा ना। फिर बाद में माफ़ी माँगने लगा, मगर मैंने ग्रुप छोड़ दिया।"

अगर कोई राघव को अब समेट लेता तो बेहतर होता, वो बिखर चुका था।

राघव अपनी मेहनत से अपने माँ-बाप को वो दिन दिखाना चाहता था जैसा उसके परिवार में किसी ने नहीं देखा और आज अपनी हरक़तों की वजह से उसने अपने माँ-बाप को वो दिन दिखा दिया था, जैसा उसके परिवार में किसी ने नहीं देखा था।

माँ थोड़ी देर के लिए चुप रही, फिर गला साफ़ किया, वो रोयी होगी, मगर उसने रोने या शिकायत करने के लिए कॉल नहीं किया था, अपने बेटे को हौसला देने के लिए कॉल किया था, "अगर उसकी बात सच भी होती तो मैं बता रही हूँ बेटा, मैं सुना देती। कोई काम छोटा बड़ा नहीं होता।" माँ फफक पड़ी, इतना मज़बूत कलेजा भी नहीं था उसका कि एक साथ सारे सपने चकनाचूर हो जाएँ और वो हँसती रहे, "जो मन से करो, जिसमें इज़्ज़त की रोटी आ जाए, वही अच्छा काम है।"

राघव ने चाहा वो भाप बन के उड़ जाए, किसी महक की तरह हवा में खो जाए। उसने कॉल कट किया और सो गया।

18 अगस्त, 2024

जब दिन ख़राब हो तो दिल्ली की सुंदर सड़कें परायी लगती हैं। लगता है ये किसी बड़े बंदे के लिए बनायी गयी हैं, किसी ऐसे के लिए जिसकी ज़िंदगी में कोई परेशानी नहीं है, जो हमेशा ख़ुश रहता है।

राघव के हाथ स्टीयरिंग पर जमे हुए थे, मगर उसकी आँखें धुँधली थीं। राघव की असहाय आँखों में आँसू उग आए थे, जिन पर सड़क के किनारे लगीं, भागती स्ट्रीट लाइटें डिस्को कर रही थीं।

गाड़ी के टायर चीख उठे। ख्यालों में खोये राघव ने ज़ोर से ब्रेक दबाया। कार झटके से रुकी। ग़लती से राघव के हाथों से रेडियो एफएम चल गया और गीत गूँज उठा- *'मौत आनी है, आएगी इक दिन, जान जानी है जाएगी इक दिन। ऐसी बातों से क्या घबराना, यहाँ कल क्या हो किसने जाना।'*

सामने ईश्वर का गराज था

राघव ने लंबी साँस खींची। डैशबोर्ड से पानी की बोतल उठाई, एक घूँट पिया और सामने देखा- ज़हर पी के भी शिव जी मुस्कुरा रहे हैं, उसने तो बस ज़िल्लत के कुछ घूँट पिए हैं। वो ऐसा मुँह लेकर गराज नहीं जा सकता। यहाँ किसी को नहीं पता कि उसके साथ क्या हुआ है। वो यहाँ अपना झूठ अभी भी जी सकता था। राघव ने होंठों पर एक नक़ली मुस्कान चिपकायी, आँखों की थकान छिपाने के लिए पलकें तेज़ी से झपकाईं, फिर गहरी साँस ली और कार का दरवाज़ा खोला।

गराज के भीतर वही पुराना माहौल था- मशीनों की गंध, तेल से सने हाथ, ज़मीन पर इधर-उधर फैले औज़ार, हँसी-ठिठोली में मशगूल वही पुराने लोग। राघव शराब नहीं पीता इसलिए वो सच से भागने के लिए ख़ुद को काम में डुबा लेना चाहता था।

"भैया, तेरा आसामी मरने वाला है," अरुण ने कंधे पर ज़ोर से हाथ मारा।

राघव ठिठका, फिर चौंककर पूछा, "कौन?"

अरुण ने ताली बजाते हुए हँसकर कहा, "अरे लगता है, ईश्वर को ईश्वर ने याद कर लिया है!"

राघव का चेहरा सख़्त हो गया।

"तीन दिन से गराज नहीं आया," अरुण ने गर्दन झटकते हुए कहा, "उसके जैसा चिंदी चोर गराज हमारे भरोसे छोड़ के बैठा है-सोच!"

"मौज तो आप लोगों की ही है," राघव ने हल्की हँसी के साथ कहा, मगर उसकी आवाज़ में ठंडक थी। आज जो कुछ हुआ था, उसे भूलना इतना आसान नहीं था।

चायवाला छोटे-छोटे ग्लास थमाता गया। गराज के लोग अपने-अपने काम में मशगूल थे। मगर जब अरुण ने ईश्वर के नाम से चीयर्स किया, तो सबने हँसते हुए अपने ग्लास उठा लिए।

राघव भी मुस्कुराया लेकिन उसके अंदर सब कुछ किसी जमी हुई बर्फ़ीली नदी की तरह ठंडा था। अरुण भैया ने राघव का चेहरा पढ़ा और उसकी पीठ थपथपायी। वो स्नेहभरा स्पर्श राघव की नसों में घुल गया। एक गहरी साँस खींचते हुए वह बुदबुदाया, "यार, अच्छा नहीं लग रहा। मैं निकलता हूँ। कुछ सवारी बिठाऊँगा, थोड़ी बहस करूँगा, कुछ पैसे कमाऊँगा... शायद अच्छा लगे, बस...।"

अरुण ने संजीदगी उसकी आँखों में झाँकते हुए पूछा, "घरवालों ने 'Humans of Noida' देख लिया क्या?"

राघव का गला सूख गया।

"बस क्या, स्टीव?" अरुण ने हल्की हँसी के साथ कहा, "तू अकेला थोड़ी है यहाँ जो झूठा है। सब अपने-अपने हिस्से का छोटा-बड़ा झूठ जी रहे हैं।

हमारे घरवाले भी तो आधा सच बोलते हैं- लोगों को कहाँ बताते हैं कि बेटा दिल्ली में मैकेनिक है? कहते हैं- इंजीनियर है, मैकेनिकल।”

राघव ने एक गहरी साँस ली। दिल में आया इस आदमी को गले लगाकर ज़ार-ज़ार रो ले, मगर पैर थमने को तैयार नहीं थे।

बिना कुछ कहे वो मुड़ा और गराज से बाहर निकल आया।

बाहर जैसे ही उसने अपने कैब की ओर क़दम बढ़ाया, उसकी नज़र कार के पास खड़ी एक लड़की पर पड़ी।

उसका दिल हल्का-सा धड़का।

अचानक उसे याद आया- उसकी ज़िंदगी सिर्फ़ खराब ही नहीं, ख़तरे में भी है।

◈◈◈

दिल्ली-एनसीआर की सड़कों पर राघव की कैब भाग रही थी। राघव के मनोभावों की तरह स्ट्रीट लाइट्स की मद्धम रोशनी उसके चेहरे पर गिरती और ओझल हो जाती। एक सवारी उतरती, अगली बैठ जाती। एंग्ज़ाइटी में जैसा होता है, अनजाने ही राघव की उंगलियाँ स्टीयरिंग व्हील पर काँप रही थीं।

कैब में जब भी कोई लड़का बैठता, राघव के कंधे थोड़े ढीले पड़ जाते। मगर किसी लड़की के कार की पिछली सीट पर कदम रखते ही राघव की रीढ़ में ठंडी झुरझुरी दौड़ जाती। राघव को मालूम था, पीछे बैठी कोई भी लड़की वो क़ातिल हो सकती है- वही, जिसने उसकी दुनिया पलट कर रख दी थी। अगर उसने झटके से छुरा निकाल कर राघव के गले पर फिरा दिया तो? राघव कल्पना करता कि कैसे उसकी गर्दन से ख़ून बह निकलेगा और वह कुछ नहीं कर पाएगा।

राघव ने एक लड़की को कनॉट प्लेस से पिक किया। सफर लंबा है- आईपी, ग़ाज़ियाबाद तक। गले में उभरी घबराहट को निगलते हुए वह रियर-व्यू मिरर से लड़की की हलचल पर नजरें टिकाए हुए था।

"मैम, आप प्लीज़ आगे बैठ जाएँ," राघव ने धीमी, मगर गिड़गिड़ाती आवाज़ में कहा।

लड़की की भौंहें चढ़ गयीं। हल्की झुंझलाहट उसके चेहरे पर झलक आयी। वह बिना कुछ कहे पीछे ही बैठी रही। दिल्ली की कैब्स में महिलाओं के साथ होने वाली घटनाएँ वेल डॉक्युमेंटेड हैं।

कार सड़क पर भाग रही थी मगर राघव का ध्यान रियरव्यू मिरर पर ही था। जब-जब लड़की अपना बैग खोलकर उसमें हाथ डालती, राघव के दिल की धड़कन बढ़ जाती, क्या वह हथियार निकाल रही है? राघव की उंगलियाँ स्टीयरिंग पर और कस जातीं।

लड़की ने राघव की बेचैनी नोटिस की, कुछ देर तक लड़की की निगाहें भी राघव पर टिकी रहीं, फिर उसने फ़ोन निकालकर किसी को कॉल किया "सुन, तेरे साथ राइड डिटेल्स शेयर कर दी है। चेक करते रहियो।"

"मैडम, आपको मुझसे डरने की कोई ज़रूरत नहीं हैं, मैं ख़ुद लड़कियों से डरता हूँ। देखिए, मुझे पसीना भी आ रहा है!" राघव ने समझा कि लड़की उसे घिनौना आदमी समझ रही है, उसने सफाई देने की कोशिश की।

लड़की के माथे पर लकीरें उभर आयीं, उसकी आँखों में शंका का रंग गहरा हो गया, "भैया, गाड़ी साइड में रोकिए।"

"प्लीज़, मेरी बात सुनिए," राघव ने मिन्नतें करते हुए कहा "मुझे कुछ प्रॉब्लम हो गयी है, इसलिए मैंने आपसे कहा था आगे बैठने को... मैं वैसा इंसान नहीं हूँ।"

लड़की ने फ़ोन पर ज़ोर से कहा, “मैं ट्रिप एंड कर रही हूँ और तेरे साथ लाइव लोकेशन शेयर कर रही हूँ।” फिर तेज़ आवाज़ में बोली, “भैया, तुरंत गाड़ी साइड में लगाइए वरना मैं पुलिस बुलाऊँगी।”

राघव को बुरा लगा की सवारी ने उसे ग़लत समझा और राहत महसूस हुई कि ये लड़की वो मर्डरर नहीं है। उसने लड़की को बेवजह डरा दिया।

“प्लीज़, ऐसा मत कीजिए,” राघव ने धीरे से कहा, “मैं सिर्फ़ माफ़ी माँगना चाहता हूँ। राइड कंटिन्यू कर लीजिए।”

मगर लड़की अब नहीं सुनने वाली थी। उसने अपने बैग को कसकर पकड़ लिया और अचानक चिल्लाने लगी- “बचाओ! बचाओ!”

राघव के दिमाग़ का सारा ऑक्सीजन काफ़ूर हो गया। घबराहट में उसने हैंडब्रेक खींचा और गाड़ी किनारे लगा दी। लड़की लगभग भागती-सी उतरी, रोड क्रॉस कर के दूसरी तरफ़ चली गयी।

राघव ने स्टेयरिंग पर सिर टिका दिया, उसकी साँसें अब भी उखड़ी हुई थीं, मगर हल्की-सी हँसी छूट गयी। उसके कानों में बाहर अब भी चीख रही लड़की की आवाज़ पड़ रही थी।

राघव की तरफ़ से आज का दिन पूरा हो चुका था, उसने अपनी कैब की ऐप पर, होम की रिक्वेस्ट डाली, लंबी साँस ली, पानी की बोतल उठाकर एक घूँट लिया, आँखें बंद करके सोचना चाहा कि आज हो क्या रहा है तभी फ़ोन की तेज़ रिंगटोन गूँजी। स्क्रीन पर एक नाम चमका- मोहम्मद आरिफ़। उसने हल्की राहत महसूस की, चलो, महिला तो नहीं है।

राघव लोकेशन पर पहुँचा और पैसेंजर को कॉल किया, दूसरी तरफ़ से एक भारी, कड़क मगर हल्की-सी जनाना आवाज़ आयी, “हाँ, आ गए क्या?”

बुर्का पहने एक औरत गाड़ी की पिछली सीट का दरवाज़ा खोलकर अंदर बैठ गयी। राघव के माथे पर शिकन थी। उसने रियर-व्यू मिरर से झाँकते हुए पूछा, "पर बुकिंग तो आरिफ़ के नाम से थी?"

"मेरे हसबैंड हैं। तुझे क्या फर्क पड़ता है? गाड़ी चला न! औरतों को नहीं बैठाता क्या?" औरत की आवाज़ में हल्की मर्दानगी थी, जैसे कोई जान-बूझकर गला खँखारकर बोल रहा हो।

राघव ने इंजन स्टार्ट करने की जगह अपना स्टेयरिंग कसकर पकड़ लिया, "हाँ नहीं बिठाता मैं औरतों को।" राघव की आवाज़ सख़्त थी।

बुर्केवाली मुस्कुरायी। आँखों में एक अजीब-सा नज़ा था, "तू वो है क्या जिनकी लुगाई भाग जाती है और फिर वो सारी औरतों से नफ़रत करता है?"

राघव ने झुझलाहट में सर हिलाया, "मुझे औरतों से ख़तरा है... मुझे डर है कि एक औरत मुझे मारना चाहती है।"

औरत एक पल को चुप रही, फिर पेट पकड़कर हँसने लगी। उसकी हँसी गाड़ी के छोटे-से केबिन में गूँज उठी, "और तू फिर भी कार चला रहा है? तुझे सच में लगता है कि कोई औरत तेरी गाड़ी में बैठेगी और तुझे मार देगी?"

राघव की पकड़ ढीली हुई, "हाँ।"

बुर्केवाली की आँखों में शरारत थी। "अगर कोई सच में तुझे मारना चाहता है...," उसने रियर-व्यू मिरर में उसकी आँखों में झाँकते हुए कहा, "तो क्या वो ऐसी कोई बात तुझसे बोलेगी?" वह फिर से हँस पड़ी, इस बार सीट पर लोटपोट होते हुए।

राघव ने झल्लाकर गाड़ी के ब्रेक दबाए, "उतर जाओ आप।"

औरत ने सिर हिलाया, “बेवकूफ़, चलती कार में अपने ड्राइवर को मरूँगी तो कार पलट नहीं जाएगी? मुझे ज़िंदा रहना है भाई। चुपचाप गाड़ी चला। लक्ष्मी नगर, लेट हो रही हूँ।”

राघव को इस औरत का लॉजिक सही लगा और संयोग से वो भी लक्ष्मी नगर ही जा रही थी।

जब कार लक्ष्मी नगर के उस गलीनुमा मोड़ पर पहुँची, जहाँ पिछला मर्डर हुआ था, राघव के अंदर कुछ सिहर गया। वहाँ अब भी वैसा ही अंधेरा पसरा था, जैसे फिर से किसी दुर्घटना के लिए स्टेज सजा हो।

"इधर रोक दे," बुर्केवाली की आवाज़ आयी।

राघव ने ब्रेक दबाया और ठंडे पसीने की एक बूँद उसकी कनपटी से फिसल गयी। पीछे बैठी औरत ने कैश राघव की तरफ़ बढ़ाया, "कार बेफ़िक्र होकर चला। असली ख़तरा तब है, जब कोई तेरा पीछा करने लगे। 'सावधान इंडिया' नहीं देखता क्या?"

राघव ने सतर्क आँखों और सुन्न हाथों से कैश लिया।

गाड़ी पार्क करके वह बाहर निकला, दिल में मायरा की याद कुलबुलाने लगी। उसने फ़ोन निकाला, कॉल किया, कॉल कट गया। गहरी साँस लेते हुए उसने वॉयस नोट रिकॉर्ड किया:

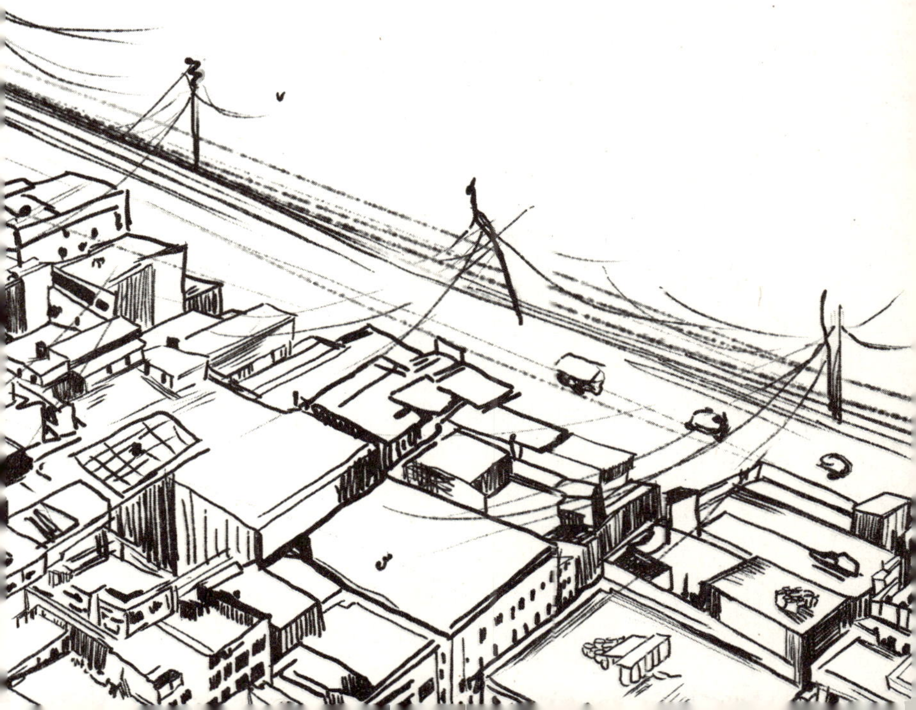

"यार, परियों को हमेशा राजकुमारों से प्यार होता है, बंजारों से नहीं। मैं बंजारा हूँ और तुम परी। मैंने सोचा था कि मेहनत से तक़दीर बदलकर राजकुमार बन जाऊँगा। फिर सब सच बता दूँगा, सब ठीक हो जाएगा... मगर मैं भूल गया था कि बंजारों की क़िस्मत में सफ़र होता है, हमसफ़र नहीं।"

◈◈◈

मायरा न्यूज़ रूम में सैकड़ों टीवी के सामने अपने लैपटॉप पर कुछ लिख रही थी और सामने बैठे एंकर को चिढ़-चिढ़ के देख रही थी। वह एंकर एक क्राइम न्यूज़ को बहुत बुरी तरह पढ़ रहा था और बार-बार अटक रहा था। एंकर कई बार ग़लती करने के बाद खीझकर पेपर फेंकते हुए बोला, "किस गधे ने लिखी है ये रिपोर्ट।" एक असिस्टेंट भागता हुआ आया और पेपर समेटते हुए मायरा की तरफ़ इशारा करते हुए बोला- "गधा नहीं, गधी ने लिखी है।" एंकर चिल्ला पड़ा, "यार इंटर्न्स से रिपोर्ट क्यों लिखवाते हो?" असिस्टेंट बोला, "सर, इंटर्न नहीं है, असिस्टेंट प्रोड्यूसर है।" एंकर को आश्चर्य हुआ, "यार क्राइम बीट में लड़कियों का क्या काम? जाओ तुम ये ठीक करके लाओ, वैसे लिखना जैसे हम पढ़ते हैं, थोड़ी उर्दू अदब के साथ।" असिस्टेंट पेपर लेकर वहाँ से मायरा को क्रॉस करते हुए निकला। मायरा उसके साथ लग गयी।

बाहर कॉरिडोर में असिस्टेंट ने मायरा को हाथ दिखा के रुकने को कहा और अपने केबिन में लिखने चला गया। मायरा ने दूसरी तरफ़ देखा, न्यूज़रूम में एंकर एक इंटर्न से फ़्लर्ट कर रहा था। मायरा को ज़ोर का गुस्सा आया। इसी समय उसे राघव का मैसेज मिला, जिसे उसने बिना सुने ही डिलीट कर दिया। उसे बिल्कुल भी इल्म नहीं था कि कोई साया राघव का पीछा कर रहा है।

इधर राघव अपनी आँखें मोबाइल स्क्रीन पर चिपकाए, ब्लू टिक का इंतज़ार कर रहा था।

एक क़दम की आहट से राघव की नींद टूटी, उसके दिमाग़ का कोई तार झन्ना गया।

पलटे बिना राघव ने क़दम तेज़ कर दिया।

जैसे गर्मी की दोपहर में बिजली के मीटर में नंबर बदलते हैं वैसे राघव के मन में विचार बदल रहे थे। क्या ये वही औरत है? क्या इसने उस दिन राघव का घर देख लिया था? ये सीधे घर में घुस के मुझे क्यों नहीं मार देती? -राघव झटके से मुड़ा।

सामने वही बुर्केवाली औरत थी।

उसके हाथ में कुछ चमक रहा था। छोटा चाकू जैसा?

राघव के शरीर ने दिमाग़ से तेज़ काम किया- वह दौड़ पड़ा।

बुर्केवाली भी दौड़ी।

गली के अंदर मुड़ते ही राघव ने देखा, आगे रास्ता बंद है, वो डर के मारे ग़लत गली में मुड़ गया था। उसने पीछे देखा- औरत हाँफ़ते हुए नज़दीक आ रही थी। दोनों तरफ़ ऊँची दीवारें और पीछे भी दीवार। भागने का कोई रास्ता नहीं था। राघव ने गिरगिट की तरह दीवार पर चढ़ने की कोशिश की पर असफल रहा।

बुर्केवाली औरत पास आ रही थी, राघव को कुछ सूझ नहीं रहा था। राघव ने जल्दी से ज़मीन से एक बड़ा पत्थर उठाया और घूमा।

बुर्केवाली औरत ठिठक गई।

"दूर रह!" राघव गरजा।

औरत ने हाथ ऊपर उठाया और कुछ उसकी ओर फेंका।

वह चीज़ ज़मीन पर गिरी- हल्की चमकती हुई, वही छोटे चाकू जैसी।

राघव ने नज़रें गड़ाई... उसकी कार की चाबी। शायद पैसे लेते देते समय वहाँ गिर गई होगी।

राघव का दिमाग़ घूम गया।

बुर्केवाली औरत अब ग़ुस्से से चिल्ला रही थी, "पागल है क्या? इलाज करा अपना!"

राघव के अंदर कुछ दरक गया। हड़बड़ाकर उसने पत्थर गिरा दिया और धीरे-धीरे चाबी उठाई।

उसके होंठों पर एक फीकी हँसी आयी, ख़ुद पर हँसी, ये उसका अपना गढ़ा हुआ डर था। फिर राघव ने जाती हुई औरत को देखा और सोचा अगर ये सच में वो क़ातिल होती और सच में राघव ने पत्थर उठा लिया होता तो क्या वो भी नहीं डर जाती?

गहरी साँस लेते हुए राघव ने फैसला किया- अब वह और नहीं भागेगा। क़ातिल उसके पास पहुँचे इससे पहले, वह क़ातिल तक पहुँचेगा। और अगर सामना हुआ... तो अगली बार भी वो पत्थर उठाएगा। राघव ने तय किया, जब भी डर से उसका सामना होगा, वो डरेगा नहीं, पत्थर उठाएगा।

ये सोचते हुए राघव ने मन्नू के घर का दरवाज़ा बेआवाज़ खोला। बल्कि अभी उसने आधा ही दरवाज़ा खोला था, उसने जो देखा वो देख के वो दंग रह गया। सामने सीता फ्रिज से कुछ निकाल रही थी और बिल्कुल सामान्य तरह से चल रही थी। उसकी चाल में कोई खोट नहीं था, वो लंगड़ाने का नाटक करती थी। राघव का शरीर ठंडा पड़ गया। वो अब भी दरवाज़े पर खड़ा था। उसे डर था कि कहीं सीता उसे देख न ले। इस बार वह दरवाज़ा बा-आवाज़ बंद कर के अंदर आया। सीता ने उसे देखा और लँगड़ाती हुई अपने कमरे में चली गयी।

राघव अपने फ्लोर की सीढ़ियाँ चढ़ता हुआ भी वही सोचता रहा कि सीता ये नाटक क्यों करती है? राघव ने सोचा कल सुबह होते ही वो मन्नू को ये बात बताएगा, फिर उसे ख़याल आया, कहीं मन्नू भी इस नाटक का हिस्सा हुआ तो? फिर उसने सोचा कि कहीं ये सब उस रात हुए मर्डर में शामिल तो नहीं हैं? लेकिन ये सोचते ही राघव मुस्करा उठा। मन्नू जैसा डरपोक आदमी कभी ऐसा नहीं कर सकता। ये सोचते हुए राघव कब अपनी बरसाती में पहुँचा, कब उसने पानी की पूरी एक बोतल ख़त्म कर ली, उसे पता ही नहीं चला। राघव थककर अपने बिस्तर पर गिरा और सोचा, एक दिन के हिसाब से आज काफ़ी कुछ हो गया। तभी उसका फ़ोन बजा। राघव को उम्मीद थी कि ये मायरा का फ़ोन होगा मगर उसने देखा स्क्रीन पर ईश्वर लिखा हुआ है। ईश्वर की तबीयत ख़राब थी। राघव डरा, कहीं ईश्वर, अल्लाह को प्यारा तो नहीं हो गया।

डरते हुए राघव ने फ़ोन रिसीव किया। उधर से ईश्वर की आवाज़ आयी, “बेटा कहाँ है तू?”

राघव ने जवाब से पहले सवाल पूछा, “तबियत कैसी है आपकी?”

ईश्वर की साँसें काफ़ी बोझिल लग रही थीं, वो बीमार था। उसने राघव से कहा, “कुछ नहीं बेटा, वही कुछ साइड इफ़ेक्ट है। तू आ जा, डॉक्टर के पास जाएँगे। और मुझे तुझसे कुछ बात भी करनी है...”

राघव के मन में अन्तिम वाक्य गूँजने लगा- तुझसे कुछ बात भी करनी है। एक मरते हुए आदमी को किसी होनहार लड़के से, जिसके पास एक बेहतरीन आईडिया है, उससे क्या बात करनी होगी। क्या पता ईश्वर मरने से पहले मेरे आइडिया में इन्वेस्ट कर दे या फिर अपनी सारी जायदाद मेरे नाम करने वाला हो, या फिर कुछ और।

राघव ने फुर्ती से मेज़ पर पड़ी कार की चाबियाँ उठायीं, जिस पर अभी भी हल्की मिट्टी लगी थी। वह भागता हुआ बाहर निकला, मगर बाहर निकलते

ही डर का एक झोंका लगा। डरते हुए भी वो अपनी कार तक पहुँचा। जैसे ही कार स्टार्ट की, कार के शीशे पर दस्तक हुई- 'ठक–ठक'। राघव ने देखा उसके कार की खिड़की से एक चेहरा चिपका हुआ है। राघव का दिल धक् से रह गया। उधर से आवाज़ आयी, "अरे दरवाज़ा खोल यार।" मन्नू की आवाज़ आज पहली बार राघव को संगीत जैसी लग रही थी।

मन्नू फुर्ती से राघव की साइड में आकर बैठ गया।

"सुबह से तुझे ढूँढ रहा हूँ यार, ऐसे अकेला छोड़ के मत जा। मुझे डर लगने लगा है कि ऐसे तू बाहर घूमता रहेगा और पीछे वो आ के मुझे उतार लेगी।"

राघव को लगा मन्नू उससे फ़ालतू चिपक गया। उसे ईश्वर से मिलने अकेले जाना था। उसे लग रहा था कि ईश्वर उससे कोई काम की बात करने वाला है, "भाई अपने घर से ज़्यादा और कहाँ सेफ़ रहोगे। आप रुको मैं आता हूँ।"

मन्नू ने नर्वस हँसी हँसते हुए कहा, "अबे तूने मेरा घर नहीं देखा क्या? बेडरूम में फँसी कार के चार द्वार से कोई भी अंदर आ के मुझे हरिद्वार पहुँचा सकता है यार।" मन्नू ने अचानक हँसना बंद किया और कहा, "अब तो भाई जहाँ भी जाएँगे, साथ जाएँगे।" राघव ने हाँ में सर हिलाया और मन्नू को ही अपनी क़िस्मत मानकर गाड़ी आगे बढ़ा दी।

स्ट्रीट लाइट्स की रौशनी से रंगे रास्तों पर गाड़ी चलती रही और राघव सोचता रहा कि मन्नू से कैसे पीछा छुड़ाए, "देख भाई, ईश्वर के घर के अंदर मैं अकेला ही जाऊँगा। आप गाड़ी के अंदर रहना, किसी औरत के लिए दरवाज़ा मत खोलना।" मन्नू साफ़ मुकर गया। राघव ने गाड़ी रोक दी, "फिर आप यहीं उतर जाओ। इतना डर के जीने से अच्छा है, आप मर ही जाओ।" मन्नू ने मुँह फुला लिया और राघव ने गुस्से में गाड़ी आगे बढ़ा दी।

राघव की कार ईश्वर के घर के बिल्कुल दरवाज़े पर रुकी। राघव ने बाहर देखा– आसपास के घर सो चुके थे। ईश्वर के मकान के नीचे पहले शायद कोई किराने की शॉप रही होगी, जिसका नाम अभी तक लिखा हुआ है। शायद ये मकान 2002 का बना हुआ है, जिसका बुझा हुआ निचला तल बता रहा है इसमें रिहाइश नहीं है। ऊपर वाले तल में अच्छी रौशनी है। शायद यहाँ ईश्वर रहता होगा।

राघव के बाहर आते ही, मन्नू भी कूद पड़ा, "मैं भी साथ चलूँ?"

"बूफे खाने आए हैं? मालिक है मेरा वह। चुपचाप अंदर बैठो," राघव ने झिड़का।

मन्नू को इतना तो पता ही था कि राघव सही कह रहा है मगर वो बेचैन था, "तूने तो शकल भी नहीं देखी है यार, कोई भी औरत मार के निकल जाएगी।" राघव मन्नू की बात पे ध्यान दिए बिना ईश्वर के घर की ओर बढ़ रहा था। मन्नू पीछे से चिल्लाया, "सुन, एक रिंग में फ़ोन उठा लियो। ऐसा न हो वो मुझे मार के चली जाए और तेरा रिंगटोन ही बजता रहे।"

राघव रुका, पलटा, मन्नू के मुँह के सामने आ के बोला, "भाई मैं नहीं कह रहा हूँ कि वही है, मगर शक तो मुझे तेरी माँ पे भी हो रहा है। तुझे पता है वो इतने सालों से लहरा-लहरा के चलने का नाटक कर रही है। कल रात मैंने देखा कितने आराम से उसने फ्रिज से खाना निकला और अंदर चली गयी। कहीं... "

मन्नू ग़ुस्से से बावला हो गया, "अबे ओओओओओ... माँ है मेरी, जानता हूँ नाटक करती है। उसको लगता है कि वो नाटक नहीं करेगी तो मैं उससे घर के काम करवाऊँगा। समझा। ज़्यादा दिमाग़ मत चला। निकल।"

राघव फौरन ही मान गया। उसे लगा भी नहीं था कि सीता भी किसी का मर्डर कर सकती है। सॉरी-सा मुँह लिए राघव वापस ईश्वर के घर की तरफ़ चल दिया।

मन्नू कार से टिक के खड़ा हुआ था, सामने राघव ने डोर बेल बजायी।

राघव ने ईश्वर के घर में प्रवेश किया। वही घर, जहाँ बाबू दिलवाला, बेबी से मिलने आया था।

ईश्वर ने दरवाज़ा खोला, बीमारी उसके चेहरे पर लिखी थी।

दोनों उन्ही सीढ़ियों से होते हुए ऊपर गए, जिनसे होता हुआ बाबू नीचे उतरा था। ऊपर पहुँच कर ईश्वर ने राघव को बैठने को कहा और अपनी पत्नी को आवाज़ लगायी, "सुनो, कुछ पीने का लाओ। हम हॉस्पिटल हो के आते हैं।"

ईश्वर धीरे-धीरे, कमरे में घूम-घूमकर हॉस्पिटल के अपने काग़ज़ इकट्ठे कर रहा था। पन्ने इकट्ठे होते ही उसने अपनी हाफ़ पैंट के ऊपर ही जींस पहन ली और राघव की बगल में आ कर बैठ गया।

राघव ने ईश्वर के घर की रसोई में झाँका, जो उसके हॉल से साफ़ नज़र आ रही था। वहाँ ईश्वर की वाइफ़ ने अपने फ्रिज से निकाल के पीने की कोई चीज़ दो ग्लास में डाली और फिर एक ग्लास में कुछ मिला के घोला।

वाइफ लगातार किसी को कॉल कर रही थी, "जिस नंबर को आपने डायल किया है, वह बंद है।"

ईश्वर ज़ोर से चिल्लाया, "बहरी हो गयी हो क्या? जल्दी लाओ भाई। लेट हो रहे हैं।"

बेबी दो गिलास शरबत लेकर राघव के सामने खड़ी थी; ईश्वर की वाइफ़ बेबी, बाबू दिलवाला की गर्लफ्रेंड बेबी।

ईश्वर ने एक घूँट में शरबत ख़त्म करने के बाद राघव से कहा, "गंगाराम ले चल यार। वहाँ मेरा डॉक्टर है।"

राघव ने हाँ तो कह दिया मगर उसने सुना नहीं कि ईश्वर क्या कह रहा है। उसका पूरा ध्यान इस बात पर था कि जिस ग्लास में बेबी ने कुछ मिलाया था वो ग्लास बेबी ने उसी को दिया है।

ईश्वर, राघव का चेहरा देख रहा है कि वो शरबत ख़त्म करे तो हॉस्पिटल के लिए निकलें।

बेबी भी सामने खड़ी मुस्कुराते हुए राघव को देख रही है, 'पियो'

राघव के दिमाग़ का मीटर भाग रहा है कि ऐसा क्या कह दे जिससे ये शरबत न पीना पड़े।

◈◈◈

रात गहरी हो रही है और हवा में ठंडक भी। डेल्ही न्यूज़, अपने ऑफिस बिल्डिंग के बाहर खड़ी, मायरा बेचैनी से अपनी कैब के आने का इंतजार कर रही थी। लोकेशन ट्रैकर पर नज़रें गड़ाये, उसकी उंगलियाँ बार-बार फ़ोन स्क्रीन पर स्क्रॉल कर रही थीं।

तभी, चमकदार जूते की हल्की आहट उसके करीब आकर रुकी। सूट पहने, पेट लटकाए, चश्मा लगाए, साल्ट एंड पेपर लुक वाला, चालीसेक साल का असभ्य बॉस।

"हैलो सर," मायरा ने औपचारिक मुस्कान के साथ कहा और वापस फ़ोन स्क्रीन पर खो गयी।

बॉस ने हल्की मुस्कान के साथ उसे देखा, फिर चिंतित स्वर में बोला, "मायरा, टेंशन में लग रही हो, सब ठीक है?"

मायरा ने सिर उठाकर बॉस की ओर देखा, फिर हल्के से सिर हिलाते हुए कहा, "सब ठीक है सर।" वही औपचारिक जवाब जो हम सब बिना सोचे देते हैं, जब कोई पूछता- 'कैसे हो?'

बॉस ने गहरी साँस ली, एक क्षण मायरा को देखा, जैसे कुछ महत्त्वपूर्ण कहने वाला हो, “सुनो मायरा... आज बॉसेज़ की मीटिंग में हमने तुम्हें बचाया है।”

मायरा को उसके बॉसेज़ कब से कह रहे हैं कि सुंदर लड़की हो, योगा, फैशन या फिर बॉलीवुड जैसी कोई बीट ले लो, वो सब लड़कियों के लिए है। क्राइम बीट में लड़के चाहिए। जबकि मायरा की ज़िद थी कि ऐसा कुछ नहीं है जो लड़कियां नहीं कर सकतीं। मायरा इसीलिए रात-रातभर स्टोरीज़ की तलाश में पुलिस स्टेशन, मोर्चरी, श्मशानघाट, हॉस्पिटल, जेल के चक्कर काटती रही थी। उसे पता था कि वो अपने ख़ुद के प्राइम टाइम क्राइम शो से बस एक ब्रेकिंग न्यूज़ दूर है। मगर ऑफिस में कोई उस पर भरोसा करने वाला नहीं था। किसी को किसी का टैलेंट या लगन नहीं देखनी, सबको बस रिजल्ट्स चाहिए, टीआरपी चाहिए। मायरा इस सब की वजह से इतनी कुंठित हो चुकी थी कि उसने बिना सोचे कहा, “थैंक यू सर”।

“और अब तुम्हें हमें बचाना है।” बॉस ने धीरे से कहा, मानो किसी सौदे की पेशकश कर रहा हो।

मायरा की भौंहें हल्की-सी तन गयीं, “हाँ, सर?”

बॉस ने बॉस वाली कमांडिंग आवाज़ में कहा, “रेटिंग्स ज़ीरो हैं तुम्हारे शो की। बॉसेस कह रहे थे निकाल देते हैं। हमने कहा मायरा होनहार लड़की है, वो जाएगी तो हम भी जाएँगे। सब हड़बड़ा गए।”

मायरा को रत्ती भर भरोसा नहीं था कि उसके चापलूस बॉस ने ऐसा कुछ कहा होगा, वो भी अपने बॉसेज के सामने। झापड़ मारना बड़ा हो जाता है, मगर उससे कुछ छोटा मारने का जी तो किया मायरा का। पर उसने एक ठंडी मुस्कान के साथ सिर हिलाया- “इस एहसान के लिए शुक्रिया!”

“अरे, ऐसे जाने थोड़ी देंगे तुम्हें। हमने कह दिया कि चार हफ़्ते में रेटिंग आ जाएगी। मायरा से हमने बात कर ली है, वो अब फ़ैशन बीट पर काम

करेगी। सही किया न मायरा?" बॉस ने वज़न डालते हुए अपना प्रस्ताव रखा।

एक झटके में मायरा के चेहरे की शांति की धज्जियाँ उड़ गयीं। उसकी उँगलियाँ फ़ोन स्क्रीन पर तेज़ी से चलने लगीं। गूगल सर्च बार में उसने टाइप किया- 'Meanest resignation letter.'

◈◈◈

मनचंदा ने गोस्वामी की कॉलर झटके से खींची। गोस्वामी ने मनचंदा की आँखों में झाँका, वही बर्फीली धार।

"पैसे?"

गोस्वामी का वही केबिन जहाँ पिछली बार मनचंदा ने धमकी दी थी, वही कुर्सी, वही टेबल और वही डरा हुआ गोस्वामी। गोस्वामी की साँस उखड़ रही थी। माथे पर पसीने की बूँदें मोतियों की तरह चमक उठी थीं

"अ... अभी सात दिन पूरे नहीं हुए?" वह हकलाया, जबरन हँसने की कोशिश भी की।

पहले मनचंदा के होंठ टेढ़े हुए, फिर नापसंदगी उसकी आँखों में तैर गयी, "तो पूरे सात दिन लेगा क्या?"

मनचंदा ने अपना रूमाल निकाल के गोस्वामी को दिया, गोस्वामी ने अपना माथा पोंछा, "बस तीन दिन... और।"

मनचंदा सिर हिलाते हुए पीछे हटा, मगर उसकी उँगलियों की पकड़ अब भी कॉलर में धँसी हुई थी।

◈◈◈

कॉलर वही था, बस गर्दन बदल गयी थी; गर्दन गणेश पहलवान की और हाथ गोस्वामी का "काम क्यों नहीं हुआ?" गोस्वामी गरजा।

गणेश का वही कमरा, जहाँ आ कर गोस्वामी ने सुपारी दी थी और वही गणेश के आदमी, जिनसे उस दिन भी ये कमरा भरा था, आज भी भरा हुआ था।

गणेश के आदमी नाराज़ थे। गोस्वामी की हरक़त से मगर किसी की हिम्मत नहीं हुई आगे बढ़ के गोस्वामी को दबोचने की। क्योंकि उन्हें मालूम था, ग़लती उनकी है, काम उनसे नहीं हुआ है।

गणेश ने ख़ुद को छुड़ाने की कोशिश नहीं की। "थोड़ा समय और लगेगा," उसने मजबूती से कहा।

गोस्वामी की आँखें संकरी हो गयीं। "बंदूक़ दी है ना तुझे? एक ट्रिगर दबाने में कितना वक़्त लगता है?" गोस्वामी ने गणेश को समझाया कि ये कितना आसान काम है।

गणेश ने एक नज़र अपने लोगों पर डाली। उनके चेहरे साफ बता रहे थे कि उन्हें चिंता इस बात की नहीं थी कि गोस्वामी की हिम्मत कैसे हुई गणेश का कॉलर पकड़ने की, बल्कि उनकी तकलीफ़ थी कि दुनिया में ऐसा कौन सा काम है, जो गणेश भाई साहब नहीं कर पा रहे हैं। गणेश भाई साब ने आज तक कोई काम अधूरा नहीं छोड़ा। पुलिस की चलती गाड़ी पे फायरिंग कर के गणेश भाई साब ने एक नामी क़ैदी को भगाया था।

गोस्वामी कॉलर छोड़ के पीछे हटा, मगर उसकी आवाज़ में अब भी वही गुर्राहट थी, "मेरे पास 72 घंटे हैं, तेरे पास 48, उसके बाद मुझे इस काम के लिए एक नया आदमी ढूँढना पड़ेगा और एक आदमी तुम्हारे लिए भी।"

गोस्वामी ने गणेश को घूरा और घूरकर चला गया, मगर गणेश के जबड़े अब भी भिंचे हुए थे। उसे गुस्सा गोस्वामी पर नहीं, ख़ुदपर आ रहा था।

◈◈◈

अब कॉलर जेलर की थी और हाथ गणेश के। सवाल था, "बाबू कहाँ है?"

एक कम्प्यूटर, ढेर सारी फ़ाइलें, एक डस्ट बिन और दीवार पर जेलर कुर्रे के घर के कपड़े के अलावा, बेतरह आवाज़ करता ए.सी., नेताओं की फोटो और नियम क़ायदे वाली तख़्ती टँगी हुई थी। जेलर ऑफिस में अपनी कुर्सी के ऊपर अपने टेबल पर झुका हुआ था, क्योंकि गणेश ने कॉलर से उसे खींच रखा था। गणेश को समझ नहीं आ रहा था कि चूक कहाँ हुई।

जेलर की आवाज़ में एक अजीब-सी निश्चिंतता थी, "आप बताइए। मैंने तो, जैसा आपने कहा था, उसे जाने दिया था। उसके बाद वो वापस ही नहीं आया।"

गणेश की उँगलियाँ आश्चर्य से जेलर कुर्रे की गर्दन पर कस गईं, "फिर काम क्यों नहीं हुआ!"

जेलर ने शोल्डर झटककर गणेश की पकड़ से ख़ुद को छुड़ाया, "मुझे क्या पता? मैंने अपना काम कर दिया था। वो तो कहकर निकला था कि... 1 घंटे में मनचंदा को मार देगा और फिर 3 घंटे सेक्स।"

गणेश की पकड़ ढीली पड़ी, "सेक्स? लड़की के साथ? कहाँ?"

जेलर कुर्रे ने पल्ला झाड़ते हुए कहा, "मुझे क्या पता? तुम्हारा आदमी है, तुम मुझे बताओ कहाँ गया? मुझे तो रिकॉर्ड में दिखाना पड़ेगा ना कि अंदर जेल में एक आदमी कम है तो क्यों है?"

गणेश ने वापस जेलर कुर्रे का गला पकड़ा, "मैं बाहर ढूँढूँगा। तू अंदर। 24 घंटे हैं तेरे पास। कुछ नहीं मिला तो मैं IG को बता दूँगा कि तेरी जेल से मेरा एक आदमी गायब है। फिर तू देते रहना जवाब। और अगर उसके बाद भी बाबू नहीं मिला, तो मैं FIR भी लिखवाऊँगा।"

जेलर कुर्रे की आँखें बाहर आ गयीं, "लेकिन इसमें मेरी क्या ग़लती है? मुझे क्यों घिस रहा है?"

गणेश ने उसे छोड़ा और बाहर निकलने लगा, “पता नहीं किसकी ग़लती है, मगर जो भी है, शुरू यहीं से हो रहा है।”

जेलर कुर्रे तेज़ी से जेल के भीतर भागा, जैसे अभी कुछ खोद के निकालने वाला हो।

◈◈◈

ईश्वर के घर के बाहर, राघव के आने का इंतज़ार करते मन्नू का धैर्य अब उसका साथ छोड़ने लगा था। मन्नू की उँगलियाँ कार की छत पर तबला बजा रही थीं।

टेन्शन इतनी हो गयी कि मन्नू को पेशाब लग आयी। मन्नू ने इधर-उधर देखा- सन्नाटा। उसने कार के पीछे जाने का सोचा मगर वहाँ स्ट्रीट लाइट की सीधी रोशनी पड़ रही थी। मन्नू ने देखा बगल वाली गली में अँधेरा है।

मन्नू तेज़ी से चलते हुए गली में पहुँचा और ज़िप खोल दी। बारिश की पहली बौछार दीवार से टकरायी ही थी कि मन्नु को गली के दूसरे छोर पर कुछ आहट सुनाई पड़ी।

मन्नू की धड़कनें तेज़ हो गईं। मन्नू ने रोकने की कोशिश की, मगर पेशाब रुकने का नाम ही नहीं ले रही थी।

गली में एक लंबी परछाई हिली और मन्नू की ओर सरकने लगी।

सामने मौत थी, उसने दोबारा ज़िप बंद करना चाह, मगर प्रेशर इतना था कि उसने सोचा अगर अभी रोक लिया, तो भी मर ही जाना है। परछाई जहाँ थी वहीं हिलती रही और दूसरी तरफ़ मन्नु ने देखा- राघव आ रहा है, साथ में ईश्वर भी है। मन्नू ने ध्यान दिया ईश्वर लड़खड़ा रहा है, काफ़ी बीमार लग रहा है। उसे ध्यान आया गली के दूसरे कोने की तरफ़ परछाई अब भी

हिल रही है। परछाई मन्नू की तरफ़ बढ़ने लगी और झटके से मन्नू के सामने आ गयी और भौंकने लगी। मन्नू के सामने एक आवारा कुत्ता था।

मन्नू ने पत्थर उठाया, पर ठिठक गया। कान पकड़कर आसमान की ओर देखा, "क्या पता ये वही क़ातिल लड़की रही हो, जिसे भगवान ने मुझे बचाने के लिए कुत्ता बना दिया हो। करम खराब नहीं करते!"

मन्नू ने पत्थर फेंक दिया, पैंट की जेब में हाथ डालकर उन्हें पोंछा और कार की ओर बढ़ गया।

◈◈◈

ईश्वर पिछली सीट पर धँस गया।

उसकी साँसें छोटी हो रही थीं, मगर उसने ख़ुदको संभाला, "राघव, तुझे कुछ बताना है। माफ़ी माँगनी है।"

राघव के माथे पर बल पड़ा। उसे शक हुआ कि शायद ईश्वर उसके आइडिया में इन्वेस्ट करने से मना करने वाला है, "भाई, इन्वेस्ट करना ही पड़ेगा। वरना मैं आपको कभी माफ़ नहीं करूँगा!"

ईश्वर हँस दिया।

ईश्वर ने अपनी पतलून में खोंसी हुई गूंगी गन की ओर देखा; मैगजीन चेक की, तीन गोलियाँ झाँक रही थीं। उसने एक लंबी साँस ली, "देख स्टीव, आज मैं माफ़ी के मूड से निकला हूँ। या तो तू मुझे माफ़ करेगा... या मैं तुझे साफ़ करूँगा।"

राघव फिर हँसा, "अरे भाई, इतना वॉयलेंट क्यों हो रहे हो?"

ईश्वर ने आदेश दिया, "निजामुद्दीन फ़्लाइओवर के नीचे रोक लेना, वहीं बात करेंगे।"

राघव ने मुँह बिचकाया, "वहाँ तो अभी सन्नाटा होगा भाई।"

ईश्वर ने अपनी चढ़ी हुई साँस के बीच कहा, "इसीलिए। खुल के बात हो पाएगी।"

दोनों मुस्कुराए। राघव, ईश्वर की बेवक़ूफ़ी पर और ईश्वर, राघव की बेवक़ूफ़ी पर।

राघव ने गाड़ी में रखे सभी भगवानों की ओर देखा। आज उसे सच में आशीर्वाद की ज़रूरत थी।

मन्नू ने ज़ोर-ज़ोर से खिड़की पीटना शुरू कर दिया।

राघव ने लॉक खोला, मन्नू सामने वाली सीट पर घुस आया, "अरे मरते-मरते बचा हूँ यार! "कहाँ रह गया था तू?" मन्नू बोला।

ईश्वर ने मन्नू का ध्यान आकर्षित करने के लिए चुटकी बजायी, "क्या हुआ?"

मन्नू ने ईश्वर को देखा और ख़ारिज करते हुए कहा, "रहने दो, लंबी कहानी है। हम दोनों के बीच की बात है।"

ईश्वर ने जिद की, "मेरे पास वक़्त है।"

मन्नू ने उसे सिर से पाँव तक घूरा, फिर मुस्कुराया, "देख के लग तो नहीं रहा है कि तुम्हारे पास वक़्त है!"

ईश्वर की आँखें सख्त हो गईं, उससे कोई ऐसे बात नहीं कर सकता।

मन्नू ने बिना उसकी ओर देखे कहा, "अबे, शॉर्ट कट में बात ये है की हम दोनों में से कोई एक मरने वाला है! इसने एक मर्डर देख लिया है, और अब वो लड़की जिसने मर्डर किया है, हमें मारने को घूम रही है। इससे पहले वो लड़की हमें ढूँढे, हमें उसे ढूँढना है!"

ईश्वर ने पूछा, "और वो लड़की तुम्हें मिल गई तो?"

मन्नू ने चिढ़ के बोला, "तो ये राघव का ब्याह करा देंगे उसके साथ, इसको मार के ख़ुद विधवा तो नहीं ही बनेगी ना?"

ईश्वर को मन्नू का मज़ाक समझ नहीं आया, "सच में?"

मन्नू ने पलट के ईश्वर को घूरा, "तू लाटरी जीत के बड़ा आदमी बना है क्या? अकल नहीं है? अरे मिल गई तो सीधे पुलिस में देके जान छुड़ाएँगे भाई।"

ईश्वर डर रहा था, उसे बेइज़्ज़ती महसूस ही नहीं हुई। राघव ने मन्नू को चुप रहने का इशारा ज़रूर किया, लेकिन जो आदमी सीधी बोली हुई बात नहीं समझता वो इशारा क्या समझता।

ईश्वर ने पूरी संजीदगी से पूछा, "और अगर कहीं वो लड़की सही निकली? अगर उसने वो मर्डर करके कोई अच्छा काम किया हो, किसी बुरे आदमी को मारा हो तो?"

मन्नू चिढ़ा, "तो क्या? मर्डर तो किया ना! और हमें भी डरा रखा है। एन्काउंटर स्पेशलिस्ट मनचंदा साहब हैं ना, हमारे दोस्त हैं। उनसे बात हो गई है। हथकड़ियाँ लगवाएँगे अपराधी को। इतनी फटी में घूम रहे हैं, कुछ मेडल-शेडल मिले यार।"

उसने फिर वही हँसी छोड़ी, मगर ईश्वर अब उसे ध्यान से देख रहा था। जैसे तौल रहा हो- ये आदमी बेवकूफ़ है या घटिया?

और फिर, ईश्वर ने आदेश दिया, "याद से निजामुद्दीन फ्लायओवर पर रोक लियो।" पीछे सीट पर धँसा, अपनी गन पर हाथ रखा और आँखें मूँद लीं। फैसला हो चुका था।

◈◈◈

राघव की आँखें सड़क पर जमी थीं, हाथ स्टेयरिंग पर- ढीले मगर सतर्क। हल्की झपकी में झूमते मन्नू की ठुड्डी छाती से टिकी हुई थी।

पीछे सीट पर हलचल हुई।

ईश्वर का शरीर धीरे-धीरे ढुलकने लगा, जैसे जान उसमें से रिस रही हो।

राघव ने ब्रेक दबाया, टायर हल्के-से चीखे, गाड़ी रुक गयी।

मन्नू की झपकी टूटी। उसने पलटकर देखा- ईश्वर का शरीर एक तरफ़ लुढ़क रहा था।

“अबे!” मन्नू तेज़ी से पीछे झपटा, अपनी उँगलियाँ ईश्वर की गर्दन की नब्ज़ पर टिका दीं और कुछ सेकेंड की ख़ामोशी और मन्नू ख़ुशी से चिल्लाया -“ज़िन्दा है यार!”

राघव ने लंबी साँस छोड़ी, जैसे कोई बोझ हट गया हो।

मन्नू सीट पर वापस धँसते हुए हँसा, “भाई, जल्दी चला ले! कहीं रास्ते में मर गया तो एक मर्डर मैं भी देख लूँगा...”

पीछे, ईश्वर के चेहरे पर शांति थी। मानो उसने अपनी तरफ़ से सब तय कर रखा हो।

◈◈◈

05

बाबू, बेबी और वह

14 अगस्त, 2024 | दोपहर

हाथ में गंगाराम हॉस्पिटल की फ़ाइल लिए ईश्वर गराज से बाहर निकल रहा था। पीछे अरुण ने राघव से कहा, "क्या स्टीव, ये तुझे चला रहा है रे। कौन मालिक देख पाएगा कि उसका नौकर उसकी बराबरी में बैठा है..."

◈◈◈

सफ़ेद रोशनी से नहाया डॉ. नरूला का कमरा। ए.सी. की ठंडी हवा में भी ईश्वर की हथेलियाँ पसीने से चिपचिपा रही थीं।

डॉ. नरूला ने सिर झुकाकर सीरिंज भरी, फिर सधे हाथों से इंजेक्शन उसकी नस में उतार दिया, "डरने वाली कोई बात नहीं है। बस, इसके बाद कुछ सर्जरी बचेंगी। कहीं भी करा सकते हो। खर्चा... ज़्यादा से ज़्यादा तीस लाख।"

ईश्वर ने गर्दन हिलाकर हामी भरी, होंठ भींचे और दर्द को निगल गया।

नरूला ने सामने रखी फ़ाइल उठाई, जिसके काग़ज़ों पर ईश्वर की क़िस्मत दर्ज थी। पेन की नोक चलाई और बोला, "लेसिक से कान से नीचे के सारे बाल हटा देंगे। ब्रेस्ट इम्प्लांट होगा। बाकी ऑर्गन्स... सब सेट हो जाएगा।"

ईश्वर की उंगलियाँ तकिये के कोने को मरोड़ने लगीं, "कितने साल?"

नरूला हँस पड़ा, "साल नहीं लगेंगे। असली टाइम हार्मोन्स बदलने में जाएगा। बाकी... तीन महीने में नया जन्म ले लोगे।"

ईश्वर की साँसें थोड़ी गहरी हो गईं, आँखों में भविष्य की धुंधली तस्वीर उभरने लगी, "वीज़ा लगा दूँ?"

"हाँ, हाँ! अब तो और भी ज़रूरी हो गया है," नरूला की आवाज़ में उत्तेजना थी।

ईश्वर धीरे से उठने लगा।

पीछे से नरूला की आवाज़ आयी, "आज जो हार्मोन्स इंजेक्ट किए हैं, उनके साइड इफेक्ट्स हो सकते हैं। हल्का बुखार आए तो झेल लेना। लेकिन अगर तबीयत ज्यादा बिगड़े तो फौरन आकर मिलना।"

ईश्वर ने बिना मुड़े सिर हिला दिया।

◈◈◈

बाहर रात गहरी हो चुकी थी। हल्की बारिश से सड़कें गीली थीं और स्ट्रीटलाइट्स के रिफ्लेक्शन में चमक रही थीं।

एक परछाई ईश्वर के घर के बाहर रुकी। बाबू।

बाबू की आँखें दरवाज़े पर जमीं हुई थीं, जैसे तय कर रहा हो कि यही सही है या नहीं। एक पल की झिझक के बाद, उसने दरवाज़े को धक्का दिया और भीतर चला गया।

ऊपर, बेबी का कमरा अँधेरे में डूबा था, सिर्फ़ खिड़की के पास लगे बल्ब की हल्की रोशनी अँधेरे से लड़ रही थी।

बिस्तर पर बाबू, बेबी के ऊपर झुका मगर अगले ही पल बेबी ने उसे धक्का दे दिया, "हट!"

बाबू ज़मीन पर गिरा, धड़ाम। माथे पर शिकन, मगर होंठों पर वही धीमी, अहंकारी हँसी थी।

धड़ाम की आवाज़ सुनकर नीचे से ऊपर आता ईश्वर सीढ़ियों के पास ठिठक गया।

साड़ी का हल्का पल्लू ईश्वर के कंधे से सरकने लगा था। ईश्वर का चेहरा दर्पण-सा चमक रहा था, काजल गहरा था, होठों पर हल्की गुलाबी रंगत। सर से पाँव ख़ूबसूरत औरत लग रहा था ईश्वर।

ऊपर से आवाज़ आ रही थी।

"प्यार करता हूँ, इसलिए तेरे पास आता हूँ। वरना सेक्स करने के लिए लड़कियों की कमी नहीं है। समझी?"

बेबी की आवाज़ आयी, "मतलब?"

बाबू हँसा, "72 और गर्लफ्रेंड हैं मेरी। मतलब।"

ईश्वर के चेहरे पर कड़वी हँसी तैर गयी। अगले ही पल ऊपर से चीज़ों के गिरने की आवाज़ें आने लगीं।

बाबू सीढ़ियों से लगभग भागते हुए नीचे आया।

उसकी आँखें ईश्वर पर पड़ीं- सर से पाँव तक देखा।

फिर बाबू हँसा, "अरे शिखंडी?"

ईश्वर के अंदर कुछ टूटकर बिखर गया।

मगर बाबू की आँखों में कुछ और था, एक भूख। वो ईश्वर को घूर रहा था- शिकारी जैसे शिकार को घूरता है। फिर एकाएक उसकी आँखों के डोरे लाल हो गये।

उसने ईश्वर को दबोच लिया, अपनी गूंगी गन सीढ़ियों की मूठ पर रख दी और ईश्वर के साथ ज़बरदस्ती ओरल सेक्स किया।

सब कुछ से बेपरवा बारिश लगातार ज़ारी थी।

पूरा शांत होने जाने के बाद बाबू पैंट की ज़िप ऊपर बंद करते हुए ईश्वर को धक्का देकर घर से बाहर निकल आया।

ईश्वर कुछ देर तक वहीं सीढ़ियों पर पड़ा रहा। टूटा हुआ और अपमानित। उसके अंदर कहीं कुछ मर गया था।

उसे रोना चाहिए था लेकिन आँखों में आँसू नहीं थे- बस ग़ुस्सा था।

ईश्वर ने ख़ुद को किसी मलबे की तरह उठाया, कपड़े ठीक किए और आस-पास देखा। सीढ़ियों की मूठ पर गन अब भी पड़ी थी। बाबू अपनी गूंगी गन वहीं सीढ़ियों की मूठ पर भूल गया था– गूंगी गन, जो हमेशा इंसाफ़ करती थी।

वह ग़ुस्से में सीढ़ियाँ चढ़ने लगा मगर फिर कुछ सोचकर नीचे आ गया। इधर-उधर देखा और कुछ सोचकर उस दिशा में चल पड़ा, जिधर बाबू गया था।

फ़ैसला हो चुका था।

◈◈◈

बारिश की बूँदें काली सड़क पर गिर रहीं थीं। स्ट्रीटलाइट्स का धुँधला प्रकाश लहरा रहा था।

बाबू अपने लक्ष्य की ओर तेज़ी से चल रहा था। यह अहसास कि कोई उसका पीछा कर रहा है, उसकी रीढ़ में सिहरन बनकर दौड़ रहा था- कौन है? एक औरत!

ईश्वर को बाबू के रुकने का या किसी ऐसी जगह पहुँचने का इंतज़ार था, जहाँ वो आराम से बाबू का काम तमाम कर सके।

बाबू एक अँधेरी गली में मुड़ा। उसे लगा यहाँ वो इस पीछा करने वाली को मार सकता है। बाबू रुका, उसने अपनी पॉकेट में हाथ डाला-

गन...!

बाबू ने सिर उठाया।

भीगी हुई साड़ी लपेटे सामने ईश्वर खड़ा था और गूंगी गन उसके हाथ में थी।

बाबू के होंठ खुले, कुछ कहने के लिए।

धाँय...

पहली गोली बाबू के पेट में समा गयी।

धाँय...

दूसरी।

धाँय...

तीसरी।

बाबू का शरीर ज़मीन पर गिरा और उसके सामने एक चप्पल आकर गिरी।

ईश्वर की नज़र ऊपर उठी-

स्ट्रीटलाइट के नीचे एक परछाई खड़ी थी।

ईश्वर ने पहचान लिया, 'राघव।'

ईश्वर के दिल की धड़कन रुक गयी।

राघव ने एक नज़र बाबू के शव पर डाली, फिर ईश्वर की तरफ़ देखा।

फिर मुड़ा और भागने लगा।

ईश्वर, राघव को रोकने के लिए हड़बड़ाकर उसके पीछे भागा।

राघव गलियों में घूमा, तेज़ी से भागता रहा।

राघव भटक गया, लेकिन कीचड़ इतना ज़्यादा था कि ईश्वर उसे रोक नहीं पाया। वो चाहता तो गोली चला सकता था, मगर ईश्वर बात कर के अपना पक्ष रखना चाहता था। उसे यकीन था कि राघव समझेगा।

जब हाँफते हुए ईश्वर रुका तो सामने एक मकान था। जिसकी दीवार में MARUTI 800 आधी धँसी हुई थी। मन्नू का मकान, राघव का घर।

दरवाजा धड़ाम से बंद हो गया।

बारिश में भीगता ईश्वर बाहर खड़ा रहा।

◈◈◈

06

लाश की तलाश

जब वैगन-आर ने गंगाराम हॉस्पिटल के आहाते में प्रवेश किया, तबतक रात काफ़ी हो चुकी थी। अस्पताल की सफ़ेद इमारत पर लगी लैंप पर कीट पतंगे भिनभिना रहे थे। पार्किंग में इक्का-दुक्का गाड़ियाँ थीं। कार रुकी। पहले मन्नू बाहर निकला, लंबी साँस खींची, फिर राघव बाहर आया। दोनों ने मिलकर पिछला दरवाजा खोला और अंदर लेटे ईश्वर को उठाया।

ईश्वर की आँखें झपकती रहीं, जैसे कुछ समझने की कोशिश कर रहा हो। उसने सिर घुमाया, चारों ओर देखा, फिर गुस्से से मन्नू की तरफ़ देखा और झटके से राघव की ओर मुड़ा, "तुम लोगों ने निज़ामुद्दीन क्यों नहीं रोका?" उसकी आवाज़ में गुस्से की झुंझलाहट थी, मगर जिस्म में ताकत नहीं बची थी।

राघव ने महसूस किया कि ईश्वर अपने बल पर चल भी नहीं पाएगा। राघव ने उसका हाथ थामकर चलने में मदद की, "आप बेहोश हो गए थे और वहाँ पूरा सन्नाटा था, रोक के क्या करते।"

ईश्वर के चेहरे पर झुँझलाहट की लकीरें गहरी हो गयीं। कुछ कहना चाहा, मगर साँस थमी नहीं। उसने कंधे झटकारे और अस्पताल की ओर चल पड़ा।

राघव और मन्नू भी उसके पीछे बढ़े, मगर ईश्वर ने झिड़का, “यहीं रुको। मैं आता हूँ। वापसी में निज़ामुद्दीन रुकते हुए जाना है, समझे?”

राघव ने सिर हिलाया।

ईश्वर को लड़खड़ाते देख उसने फिर से हाथ बढ़ाया, “अरे, मैं साथ चलता हूँ-”

“जितना कहा जाए, उतना ही किया करो।” ईश्वर की आवाज़ में झल्लाहट थी, आँखें लाल।

राघव ने असमंजस में मन्नू की ओर देखा। मन्नू हँसी दबाते हुए बोला, “गुप्त रोग... बवासीर-ववासीर कुछ होगा। अपने ड्राइवर के सामने कौन डॉक्टर को पिछवाड़ा दिखाएगा?” फिर ज़ोर से हँस पड़ा।

ईश्वर बिना पीछे देखे अस्पताल के दरवाज़े के भीतर गुम हो गया।

◈◈◈

ऑफिस में छत से झूलती फ्लोरोसेंट लाइटें मायरा की आँखों के नीचे हल्की परछाइयाँ बना रही थीं। कंप्यूटर स्क्रीन की रोशनी उसकी थकी हुई आँखों से टकरा रही थी।

बॉस की आवाज़ मायरा के कानों से टकराई, आत्मविश्वास से सराबोर और चुभती हुई, “तुम मौक़ा गँवा रही हो, मायरा।”

ये कहने के बाद वह कुछ देर रुका, अपनी बात का असर देखने के लिए, फिर बात का वज़न बढ़ाते हुए बोला, “दूसरे न्यूज़ चैनल में कैमरे के सामने खड़े होने को तरस जाओगी।”

मायरा के होंठों पर फीकी मुस्कान उभर आयी, “पता है, सर। लेकिन यहाँ रेटिंग्स... नंबर नहीं आ रहे, ना?” मायरा ने नाटक किया।

बॉस ने राहत की साँस ली। उसे लगा, यही असली वजह है। मुस्कराया, "आएँगे। तुम ज़रा बोल्ड कपड़े तो पहनो।"

मायरा के चेहरे से मुस्कान गायब हो गयी। उसका जबड़ा कस गया, उंगलियाँ मेज़ पर थम गयीं, "सर, यही सब करना होता तो फिटनेस या एंटरटेनमेंट बीट न कर लेती? क्राइम मेरा पैशन है।"

उसकी आँखें अब फ़ोन स्क्रीन पर थीं।

राघव की चैट खुली थी।

बॉस कुछ और कहने ही वाला था कि मायरा ने सिर उठाया, "एक कॉल कर लूँ?"

बॉस को लगा, वो किसी से सलाह लेना चाहती है। वह उदारता से मुस्कुराया, "हाँ हाँ, आराम से। फिर सोच-समझकर फैसला लो।"

मायरा फ़ोन लेकर ऑफिस के कोने में चली गयी। उंगलियाँ स्क्रीन पर फिसलीं।

कॉल कनेक्ट हुई।

"तुझे बिल्कुल याद नहीं आती ना मेरी?"

गंगाराम अस्पताल के बाहर खड़े राघव के कंधे अचानक भारी हो गये। उसकी नज़रें फर्श पर गड़ी रहीं।

"याद तो उनकी आती है, जिन्हें हम भूल जाते हैं।"

फ़ोन के उस तरफ़ मायरा की भौंहें सिकुड़ गईं, "फिर फ़ोन क्यों नहीं किया?"

राघव ने गहरी साँस ली। एक पल में उसके सामने बीते दिनों की पूरी फ़िल्म चल गयी- बिखरे चेहरे, धुंधली सड़कें, ख़ून के छींटे, क़ातिल की परछाई।

"क्या बताऊँ, यार?"

"मत बता। फिर कोई झूठ बोलेगा।" मायरा की आवाज़ में झुंझलाहट थी।

राघव ने बहस नहीं की। एक पल का सन्नाटा। फिर मायरा के गुस्से से उसका प्यार जीत गया "तुझे पता है, आज मैंने रिजाइन कर दिया।... रिजाइन करने का तो पहले भी सोचा था। सोचा था तुझसे शादी के बाद अपना एक यूट्यूब चैनल बनाऊँगी।... उसपर मैं क्राइम की कहानियाँ सुनाया करूँगी। ... तूने सब गोबर कर दिया यार।"

राघव ने आँखें बंद कर लीं। गले में एक भारीपन उतर आया। उसके पास बहुत कुछ था कहने को, मगर अब कुछ कहने का कोई मतलब नहीं था।

"बहुत फँसा हुआ हूँ, यार।"

राघव का गला भर आया।

"अपने कैब ओनर को गंगाराम लेकर आया हूँ।"

वो रुका।

"कुछ दिन पहले एक मर्डर देखा था... मगर क़ातिल को नहीं। अब वो मुझे मारना चाहती है।"

फिर थोड़ा ज़्यादा देर रुका।

"पता नहीं, कितने दिन बचे हैं मेरे। जब तक हूँ, अच्छे से बात कर ले।"

फ़ोन के उस तरफ़ मायरा ने अपनी साँसें रोक रखी थी।

फिर ग़ुस्से में फट पड़ी, "झूठ! और एक झूठ!"

राघव ने माथा मसला, "यकीन नहीं हो रहा तो गंगाराम आ जाओ, यार।"

मायरा के अंदर कुछ हिला। भरोसे और अविश्वास के बीच वह कहीं अटकी हुई थी-

"यकीन तो नहीं है... पर आऊँगी।"

वो रुकी।

"कम से कम बाद में यह सोचकर बुरा तो नहीं लगेगा कि क्या पता जितना मैं समझती थी, राघव उतना मक्कार न रहा हो।"

फ़ोन कट गया।

अंदर ऑफिस में बॉस अब भी उसका इंतज़ार कर रहा था।

जब मायरा लौटी, बॉस को लगा उसने मायरा को कन्विंस कर लिया है, "वापस आओगी?"

लेकिन मायरा के दिमाग़ में सिर्फ़ राघव था-

"पता नहीं, सर।"

बॉस ने मायरा को ध्यान से देखा, मायरा क्षण भर में बदल गयी थी। शायद इसलिए कि अब वह ऑफ़िस पॉलिटिक्स से नहीं, अपने प्यार के लिए लड़ने वाली थी।

◈◈◈

नरूला, ईश्वर का चेकअप कर चुका था।

"अगर हार्मोनल होता तो और भी लक्षण होते। मगर हैं नहीं। शायद कुछ और है। आप जनरल फिजीशियन से मिल लीजिए।"

ईश्वर सिर हिलाता हुआ धीरे-धीरे बाहर निकला, सामने राघव और मन्नू कैबिन के ठीक बाहर खड़े थे।

मन्नू ने डॉक्टर का नाम पढ़ा 'पी.के. नरूला' और ज़ोर से हँसा। हँसी के बीच, इससे पहले वो लोग ये पढ़ पाएँ की नरूला किस प्रकार का डॉक्टर है, ईश्वर ने झिड़का, "बाहर खड़े रहने को कहा था ना?"

"क्या कहा डॉक्टर ने?" राघव को सच में ईश्वर की चिंता थी।

ईश्वर का चेहरा सफ़ेद पड़ गया, कहीं राघव और मन्नू ने समझ न लिया हो कि वो सेक्स चेंज ऑपरेशन करवा रहा है।

मन्नू ने अपनी आदतन लापरवाही के साथ कहा, "अरे दवाइयाँ दी होंगी ढेर सारी और क्या, ये सब डॉक्टर लोगों का कट बँधा रहता है, मेडिकल स्टोर वालों से?... है न सर?"

ईश्वर ने ध्यान से मन्नू को देखा जैसे बेवकूफ़ से क्या ही बकवास करना और हाँ में सर हिलाया "वापसी में निज़ामुद्दीन रुकना ही है।" ईश्वर के चेहरे पर दृढ़ता थी।

राघव और मन्नू ने हैरान होकर एक-दूसरे को देखा कि इसके दिमाग़ में अभी भी निज़ामुद्दीन ही चल रहा है। तभी मायरा राघव के सामने आकर खड़ी हो गयी। मायरा को देखकर ईश्वर को राघव से चिढ़ हुई क्योंकि जिस ग़ुस्से से मायरा, राघव को देख रही है, उससे साफ़ था कि वो राघव के बुलाने पर ही यहाँ आयी है।

राघव ने मायरा की सवालिया आँखों से कहा, "चलो, रास्ते में सब बताता हूँ।"

◈◈◈

गंगाराम से निकलती वैगन-आर को राघव ड्राइव कर रहा था, मायरा उसके बगल में लाखों सवाल लिए बैठी थी। पीछे मन्नू ने हल्के से ईश्वर को कोहनी मारी, आँखों से इशारा किया और फुसफुसाया, "देख, सामने पिक्चर चल रही है।" फिर ज़ोर से हँसा।

ईश्वर ने अपनी जेब में पड़ी गूंगी गन को हल्के से टटोला।

गाड़ी में बैठे चारों लोग अपनी अपनी वजह से बेचैन थे।

गाड़ी चलती रही, राघव मायरा को सब बताता रहा कि अब तक क्या-क्या हुआ। ईश्वर ये सब ध्यान से सुन रहा था। उसकी दिलचस्पी यह जानने

में थी कि राघव उस क़ातिल लड़की के बारे में क्या सोचता है। सब कुछ सुनने के बाद मायरा ने कहा, "चिंता मत करो, मैं तुम्हारी मदद करूँगी। इसलिए नहीं कि मुझे तुम्हारी फ़िक्र है या मुझे तुम्हारी बातों पर यक़ीन है, बस इसलिए कि मुझे ये कन्फ़र्म करना है कि मैंने ग़लत आदमी चुना है। ग़लती हुई है मुझसे।"

मन्नू ज़ोर से हँसा, "अरे पुलिस थोड़ी हो तुम, तुम क्या मदद करोगी यार?"

मायरा का चेहरा तमतमा गया। उसने घूरकर राघव से पूछा, "कौन है ये चूतिया?"

राघव ने सिर झुकाकर कहा, "मेरा लैंडलॉर्ड। और इसे भी जान का ख़तरा है, इसलिए साथ घूम रहा है।"

'चूतिया' सुनकर मन्नू का मुँह मुरझा गया।

मायरा उसकी ओर झुकी, "पुलिस नहीं हूँ, मगर तुम लोगों का सबसे अच्छा चांस हूँ ज़िंदा रहने का।"

फिर राघव की ओर मुड़ी, उसकी आँखें तेज़ थीं।

"अभी तक मर्डर की कोई ख़बर नहीं आयी है। यानी लाश किसी को मिली नहीं है। अगर मिली नहीं है, तो कहाँ जा सकती है?"

राघव ने कुछ बोलने के लिए मुँह खोला मगर मायरा ने ख़ुद ही जवाब दे दिया-

"कहीं सड़ रही होगी? नहीं, अगर सड़ रही होती तो अब तक बदबू फैल गयी होती।"

वह रुकी, फिर ख़ुद से बुदबुदाई, "या कहीं दबा दी गयी होगी? लेकिन दबाई हुई लाश भी मिल ही जाती है। मिल ही जाएगी।"

उसकी आँखें सिकुड़ीं- "कोई मर्डर के बाद लाश को क्रेमेटोरियम तो नहीं ले जाएगा, वहाँ फॉर्म वगैरह भरते हैं। हो सकता है लाश अभी भी मॉर्चरी में पड़ी हो?"

उसने राघव की तरफ़ देखा।

राघव ने ख़ुद पर तरस खाया, "मैं तो लाश को पहचानता भी नहीं हूँ।"

मायरा ने उसे ऐसे देखा जैसे वह सबसे बड़ा मूर्ख हो, "पर ऐसी कितनी लाशें होंगी जिनमें तीन गोलियाँ लगी होंगी?"

अब तक हताश हो चुके मन्नू को मायरा की बातों में तिनके का सहारा दिखने लगा, "ये तो इंटेलिजेंट है, यार।"

मायरा की भौंहें उठीं, "तुमने मर्डर साइट दोबारा विज़िट तो किया नहीं होगा?"

मन्नू को यह सवाल चुभ गया, "अरे, हमें नल्ला समझ लिया है क्या?"

राघव हल्के से खीजा, "गए थे, यार। कुछ मिला नहीं... बस मेरी चप्पल मिली, जो मैंने उस रात फेंकी थी।"

ईश्वर की उँगलियाँ उसकी जेब में गयीं, गन को महसूस किया।

तीनों की बातें अब ख़तरनाक हो रही थीं।

राघव सोच में डूबा था, "इससे पहले कि वो हमें ढूँढे, हमें लाश ढूँढनी पड़ेगी। एक बार लाश मिल गयी, तो समझ आ जाएगा कि उसे किसने मारा होगा। पुलिस को भी एफआईआर लिखनी पड़ेगी।"

ईश्वर चिढ़कर बोला, "क्या बावलेपाने की बातें कर रहा है? तुझे कैसे पता कि वो तुझे ढूँढ रहा है?"

मन्नू ने ईश्वर को मूर्खता के सर्टिफिकेट से नवाज़ा, "पहली बात, वो 'रहा' नहीं, 'रही' है।"

राघव ने सिर हिलाया। "और दूसरी बात, रिस्क न लेना, सबसे बड़ा रिस्क है," उसकी आवाज़ में एक पक्कापन था, "अब हम उसे ढूँढकर ही रहेंगे।"

मायरा का भरोसा गहराया, "अगर राघव झूठ नहीं बोल रहा, तो उसे उसके अंजाम तक भी पहुँचाएँगे।"

ईश्वर ने उनकी आँखों में झाँका।

फिर एक लंबी साँस ली और कहा, "अच्छा हुआ, आज तुम लोगों ने मुझे गीता सार सुना दिया। वरना मेरी हालत अर्जुन जैसी हो रही थी- रिस्क लेने में घबरा रहा था। पर अब मैं भी खुलकर खेलूँगा।"

फिर उसकी आवाज़ शांत, मगर ठंडी हो गयी-

"ये निज़ामुद्दीन के नीचे रोकिए ज़रा।"

मायरा ने उसे घूरा- "इतनी रात में यहाँ क्यों रुकना है?"

ईश्वर के गले की नसें तन गयीं, "काम है मुझे।"

मायरा ने काटते हुए कहा, "ऐसा क्या काम है, जो कल नहीं हो सकता?"

ईश्वर को चुप होना पड़ा। अब उसे अपने मौक़े का इंतज़ार करना था।

◈◈◈

07

गूंगी गन का इंसाफ़

19 अगस्त, 2024 | सुबह

मायरा के दफ़्तर में मॉर्निंग मीटिंग्स की चिल्ल-पों के बाद अब बस कीबोर्ड की टक-टक और फ़ोन कॉल्स की गूँज थी। महँगे सरकारी-से लगने वाले कारपेट पर एक भारी जिस्म, मदमस्त हाथी की तरह लहराते हुए आगे बढ़ रहा था। बॉस।

“सर!” इस तीखी आवाज़ से दफ़्तर की शांति में दरार पड़ गयी।

बॉस घबराकर एकदम से रुक गया। उसका दिल एक सेकंड के लिए उछला, मुँह को आया और मायरा को देख के वापस अपनी जगह लौट गया, “भगवान कसम! मायरा, तुम किसी दिन मेरी डेथ की ख़बर चलाओगी!” बॉस मुड़ा, अपने गंतव्य की ओर वापस चलने लगा, चेहरा अभी भी हल्का पीला था।

मायरा ने बॉस को रिझाते हुए कहा, “सर, मेरे पास एक आइडिया है- शो के लिए, एक गिमिक!”

बॉस रुका, घूरा, फिर उसके चेहरे पर हल्की मुस्कान तैर गयी, वो वाली, जो अक्सर सही साबित होने के बाद पावरफुल लोगों के चेहरे पर होती है। थोड़ा झुका, मायरा के पास आया मानो पहले से जानता हो कि मायरा क्या कहने वाली है, “बोल्ड कपड़े और...”

मायरा की उँगलियाँ मुट्ठी में कस गयीं। उसका मुँह बन गया, जैसे किसी ने कच्चा करेला चखा दिया हो। मन तो हुआ बॉस को सुना दे, मगर आज मायरा को बॉस के सपोर्ट की ज़रूरत थी।

गहरी साँस लेकर, मायरा आगे झुकी, आँखों में एक आग थी, "लाश की तलाश"। इस शहर में जाने कितनी बेनाम लाशें अंतिम संस्कार के लिए भटक रही हैं। मैं मॉर्चरी, क्रीमेशन सेंटर्स और अनजान गलियों तक जाऊँगी। लाइव टीवी पर दिखाऊँगी कि कोई लाश ठिकाने तक कैसे पहुँचती है।"

बॉस अपनी कुर्सी में धँसा और उसे पीछे धकेला, चेहरा सपाट- "अच्छा... ।" बॉस ने सोचा, या सोचने का नाटक किया। टेबल पर उँगलियाँ बजाईं, सिर खुजलाया, बोला, "एक्सीलेंट। लेकिन कैमरा नहीं मिलेगा, मोबाइल से रिकॉर्ड करना है तो बताओ।"

मायरा के चेहरे पर जोश फैल गया। उसे सिर्फ़ परमिशन चाहिए थी, न कि कोई लक्ज़री सेटअप, "कैमरा चाहिए भी नहीं, आप बस परमिशन्स...."

बॉस ने हँसते हुए छाती चौड़ी की, जैसे बड़ा दानवीर हो, "परमिशन्स के लिए तो मेरा नाम ही काफ़ी है। गो अहेड। अच्छा आइडिया है।"

मायरा ने चुपचाप सिर हिलाया, लेकिन उसके अंदर कौतूहल का बाँध टूट पड़ा- मिशन शुरू।

बॉस ने ठंडे अंदाज़ में पूछा और मायरा की उत्तेजना के गुब्बारे पे पिन चुभा दिया, "फिर रेज़िग्नेशन का क्या करना है?"

उड़ती हुई मायरा ज़मीन पर आ गिरी, "वो सर – सर"। बॉस हँसा, "समझता हूँ, हम लोगों का काम हाई प्रेशर काम है, जहाँ एक ग़लती पर फ़ौरन गाली मिलती है और सालों साल अच्छा काम करते रहो, ताली कभी नहीं मिलती। मिलती है, तो सिग्नल पर।"

◈◈◈

मायरा, राघव और मन्नू, शहर की हर मॉर्चरी में जा रहे थे। मायरा, हर मैनेजर को वही कहानी सुना रही है जो उसने अपने बॉस को सुनायी थी। साथ में वो ये जोड़ना भी नहीं भूलती थी कि 'मैनेजर साहब इससे आपका भी बहोत नाम होगा, सोशल मीडिया पे हीरो बन जाएँगे आप। सोशल मीडिया पे हैं न आप?'

वे लाशें देखते। मायरा उन लाशों का विवरण अपने चैनल पर भेजती। शिनाख्त की जाती। समय बर्बाद होता मगर हासिल कुछ नहीं।

सड़क पर लंबी ट्रैफिक को चीरती हुई एक एम्बुलेंस निकली। राघव स्टीयरिंग पे, मायरा बगल में और मन्नू पीछे बैठा ग्लास विंडो से सामने झाँक रहा था। राघव ने अपनी चिंता ज़ाहिर की, "वक़्त कम है यार, जैसे हम उसे ढूँढ रहे हैं, वो क़ातिल औरत भी हमें ढूँढ रही होगी। हमें कुछ रेडिकल आइडियाज़ सोचने होंगे।"

मन्नू ने विंडो के पीछे से ही गहरी साँस भरी और कहा, "हमें श्मशान घाट भी देख लेना चाहिए।"

राघव ने मायरा की तरफ़ उसकी राय के लिए देखा, मायरा ने फ़ोन की स्क्रीन पर उँगलियाँ नचाईं और सहमति में सर हिलाया, "स्मार्ट। जितनी देर होगी, लाश के मिलने की संभावना और भी कम होती जाएगी। हम दो टीम बना लेते हैं- राघव और मैं हर मॉर्चरी में देखते हैं, तुम श्मशान घाट जाकर पता लगाओ, इन दिनों में ऐसी कोई लावारिस लाश जलायी या दफ़नाई तो नहीं गयी है?"

मन्नू ने आँखें चौड़ी कीं, फिर ताली ठोंककर कहा, "वाह बेटा! तुम्हारी आशिक़ी के चक्कर में मैं मर जाऊँ?"

राघव ने मुँह बिचकाया, "तुम दोनों स्ट्रॉन्ग लोग साथ जाओगे और मैं अकेला मरघट के चक्कर लगाऊँगा? ताकि वो औरत मुझे वहीं निपटा दे और केस क्लोज़!"

मायरा ने उसे घूरा, “तो तुम्हारे साथ बटालियन भेजें?”

मन्नू ने साफ़ किया, “राघव की ग़लती है, वो अकेला जाएगा।”

मायरा ने राघव की ओर देखा। राघव ने हल्का सिर हिला दिया।

मन्नू और मायरा एम्बुलेंस ले के श्मशान घाट गये और राघव ने अपनी वैगन आर बढ़ा ली मॉर्चरी की तरफ़।

◈◈◈

एम्बुलेंस पूरी रफ़्तार में आगे बढ़ रही थी। हेडलाइट्स ज़मीन पर परछाइयाँ बनाते हुए जैसे उसे चीर रही थीं।

मायरा की बगल में बैठे मन्नू ने खिड़की से बाहर देखते हुए धीरे से कहा, “यार, पहले ना मुझे लगता था कि तुम बहुत स्मार्ट हो।”

मायरा ने मन्नू की तरफ़ देखना भी ज़रूरी नहीं समझा और टर्न पर एम्बुलेंस को घुमाया।

“पहले क्या, थोड़ी देर पहले तक भी लगता था। मगर अब सोचता हूँ- अगर तुम इतनी स्मार्ट होती, तो पता नहीं कितने सालों से राघव तुम्हें चूना लगा रहा है और तुम पकड़ भी नहीं पायी?”

फिर वह ख़ुद ही ज़ोर-ज़ोर से हँसने लगा।

मायरा ने ब्रेक दबाने का मन बनाया, मगर सिर्फ़ मन ही बनाया।

“तुम्हारा हेल्थ इंश्योरेंस है?” उसकी आवाज़ पूरी तरह शांत थी, लेकिन आँखें सड़क से नहीं हटीं।

मन्नू की हँसी रुक गयी।

“क्यूँ?”

“क्यूँकि अगर दोबारा मुँह खोला, तो चलती गाड़ी से फेंक दूँगी।”

मन्नू ने अपनी हिस्टेरिकल हँसी से चेक किया कि मायरा मज़ाक कर रही है या सीरियस है। मायरा सीरियस थी, गाड़ी के भीतर सन्नाटा फैल गया।

मन्नू ने चुपचाप अपनी साइड के डोर का लॉक चेक किया।

सड़क के दोनों ओर मरघट और शमशान; क़ब्रें और लाशें। यहाँ इनके लिए जगह और रोशनी दोनों कम थी। मायरा ने एम्बुलेंस की स्पीड स्लो की। इतनी सारी लाशों के बीच उन्हें सिर्फ़ एक लाश ढूँढनी थी, जो शायद यहाँ थी, या शायद नहीं।

◈◈◈

मॉर्चरी के अंदर अंटार्कटिका जैसी ठंड में मांस और केमिकल्स की पागल कर देने वाली गंध भारी थी। फ्लोरोसेंट लाइट्स की सफ़ेद रोशनी इसे और भी ठंडा और भी बेरंग बना रही थी। दीवारें निस्पंद थीं, अनगिनत मौतें देख लेने के बाद अब उन पर किसी भावना का कोई असर नहीं था।

राघव, भारी पलकों और बुझी आँखों वाले मॉर्चरी के एक कर्मचारी से बात कर रहा था। उसके पीछे दरवाज़ा धड़ाम से खुला, और दो वार्ड बॉय स्ट्रेचर पर ख़ून में सनी हुई एक लाश को घसीटते हुए अंदर लाए।

लाश पर गहरे कट और चीरे थे। चाकू के अनगिनत वारों से चमड़ी जगह-जगह से फट गयी थी। गाढ़ा लाल ख़ून साफ़ किए जाने के बावज़ूद अब तक पूरी तरह साफ़ नहीं हुआ था। कुछ जगहों पर मांस ऐसे उधड़ा हुआ था मानो उसे नाखूनों से नोचा गया हो।

ऐसी वीभत्स लाश देखकर राघव का गला सूख गया। उसने गहरी साँस लेकर वार्ड बॉय से पूछा, “इतने ज़ख्म?”

मॉर्चरी वाला बेरुखी से हँसा, उसके लिए ये रोज़ की बात थी, “जेल में ये लोग कुत्ते-बिल्ली की तरह लड़ते हैं। हर महीने दो-चार ऐसी लाशें आती हैं। बाहर वालों को पता नहीं चलता, गवर्नमेंट सब दबा देती है।” वह ठंडी नज़रों से लाश की ओर देखता रहा, “इनके तो घरवाले भी इनकी लाश लेने नहीं आते।”

राघव ये सब अपनी कहानी में जोड़ने की कोशिश कर रहा था, क्या इसमें से कोई भी जानकारी उसके काम की है?

मॉर्चरी वाले की आँखें संदेह से सिकुड़ीं, “ये सब रिकॉर्ड हो रहा है?”

राघव ने झट से सिर हिला दिया, “अरे नहीं, बिल्कुल नहीं!”

मॉर्चरी वाला फिर से हँसा, लेकिन इस बार उसकी हँसी में बेपरवाही की गहरी परत थी- “कर भी लोगे तो मेरा क्या उखड़ जाएगा? सच ही तो कह रहा हूँ!”

राघव को उसके चेहरे पर कोई डर, कोई ग्लानि नज़र नहीं आयी। उसने एक पुराना दस्ताना पहनते हुए ठंडी आवाज़ में कहा, “कीड़े हैं साले! आम लोगों को लगता है कि इन क्रिमिनलों को सरकार बहुत कम सजा देती है। पर असली सजा वो होती है जो इनके अपने, इनके परिवार वाले भुगतते हैं। उनकी पूरी ज़िंदगी कोर्ट-कचहरी में ख़र्च हो जाती है। समाज से जो धिक्कार मिलती है, वो अलग। इसलिए इन क़ैदियों के जीने-मरने से किसी को फ़र्क नहीं पड़ता। कीड़े हैं साले!”

उसने एक झटके में लाश के हाथों को सीधा किया।

राघव ने बिना कुछ कहे उसकी मदद की। बर्फ की सिल्ली जितना ठंडा जिस्म, धकेल कर बॉक्स के अंदर सरकाया। एक मरे हुए आदमी को सही जगह पहुँचाने के अलावा यहाँ और कोई 'इंसाफ़' नहीं था।

मॉर्चरी वाले ने वार्ड बॉय की ओर देखा, “ये इसका सामान है। रिश्तेदार आएँ तो दे देना। वरना बाद में बहुत बकचोदी होती है।”

वार्ड बॉय ने एक ट्रांसपेरेंट पॉलीथिन में सामान रखना शुरू किया- पुरानी घड़ी, एक टूटा हुआ कंघा, सिगरेट का अधजला पैकेट, और... चप्पल।

चप्पल, जो राघव ने कहीं देखी थी!

राघव की नज़र चप्पल पर अटक गयी।

यही डिज़ाइन। यही ब्रांड। यही कलर। कहाँ देखा था?

राघव का दिमाग़ दौड़ने लगा। आँखों के सामने धुँधली तस्वीरें तैरने लगीं- सड़क किनारे बैठा पराठेवाला, जिसके एक पैर में एक चप्पल थी... और दूसरी चप्पल कोई और। ये वाली चप्पल DJ ब्रांड की चप्पल है। पराठे वाला... कौन पराठे वाला। राघव कनेक्शन बनाने लगा-

"ऊँचे ब्रांड की चप्पल है, सर!" राघव का चैन ऑफ़ थॉट टूट गया। वार्ड बॉय हँसते हुए बोल रहा था, "जेल में बनने वाली चप्पल है। ये ब्रांड पहनने के लिए जेल जाना पड़ता है! DJ ब्रांड, यानी दिल्ली जेल।"

वार्ड बॉय ख़ुद ही ये सोच के हँस पड़ा, "सरकार ने क़ैदियों के लिए क्या-क्या स्कीमें बना रखी हैं। ये क़ैदी लोग चप्पल बनाते हैं, जिसे सरकार विदेशों में बेचती है और ये क़ैदी किसी प्राइवेट नौकरी वाले से ज़्यादा पैसा बनाते हैं।"

राघव बुदबुदाया "टाइम वेस्ट!" और मॉर्चरी से बाहर निकल गया। मायरा को कॉल किया।

मायरा और मन्नू ने उसे बताया कि उन्हें कुछ ऐसा नहीं मिला जिसे काम का कहा जा सके। राघव ने बताया कि उसका भी वक़्त बर्बाद हुआ।

मायरा ने एक सेकंड चुप्पी ली, फिर कहा, "एक आख़िरी कोशिश कर सकते हैं।"

"तेरी होगी आख़िरी कोशिश!" मन्नू की आवाज़ पीछे से आयी, "मैं बहुत दिन जिऊँगा!"

मायरा ने झल्लाकर मन्नू की तरफ़ देखा। पहले सोचा, कुछ कहे, फिर ख़ुद को रोक लिया। वो नींद से लड़ाई में इतनी थक चुकी थी कि अब बहस करने की हिम्मत नहीं थी।

उसने साँस छोड़ी और राघव से कहा, "कल सुबह 7 बजे मर्डर साइट पर मिलते हैं।"

राघव ने कुछ सेकंड जवाब नहीं दिया। निराशा के वजन से दब चुकी उसकी आवाज़ अब पहले से भारी लग रही थी।

"कल सुबह," उसने धीमे-से कहा, "ठीक है।"

◈◈◈

राघव छत की तरफ़ टकटकी लगाए पड़ा था। सीलिंग फैन के ब्लेड्स गोल-गोल घूम रहे थे जैसे कोई अनकही बात बार-बार दोहराई जा रही हो।

रात ठंडी और लंबी थी, लेकिन सुबह बड़ी जल्दी आ गयी और सुबह के साथ नींद ...

ठक-ठक-ठक!

दरवाज़े पर ज़ोरदार दस्तक हुई।

राघव झटके से उठा। दिल ज़ोर से धड़क रहा था। कुछ सेकंड तक समझ ही नहीं आया कि कोई सपना चल रहा है या हक़ीक़त।

"राघव!!" मायरा चिल्लाई।

राघव ने दरवाज़ा खोला, सामने मायरा और मन्नू खड़े थे। मायरा का चेहरा चिढ़ से भरा हुआ था और मन्नू की भौंहें चढ़ी हुई थीं।

"दरवाज़ा खोलने में इतनी देर लगती है?" मायरा भड़की।

"और फ़ोन क्यों नहीं उठा रहा है?" मन्नू ने शक भरी नज़रों से उसे घूरा।

राघव ने झेंपते हुए माफ़ी माँगी, "रात भर नींद नहीं आयी फिर आई तो तुम दोनों भी आ गये।"

"जल्दी करो यार," मायरा झुँझलाते हुए बोली, "हमारे पास टाइम कम है!"

मन्नू मुस्कुराया, "देख बहन मैं फिर कह रहा हूँ, टाइम तेरे पास कम होगा, मैं तो अभी लंबा जिऊँगा!"

राघव ने माथा पकड़ लिया, "इसका मतलब हमारे पास काम के लिए टाइम कम है, भाई!"

मायरा ने राघव को देखा और हल्का-सा सिर झटका, "दीवार में सिर मत मार, जाने दे!"

राघव ने गहरी साँस ली "चलते हैं।"

◈◈◈

20 अगस्त, 2024 | सुबह

वही गली, वही मोड़। मगर अब कुछ अलग था। हवा ठहरी हुई थी, जैसे कुछ छुपा रही हो। राघव, मायरा और मन्नू मर्डर साइट के ठीक बीच में खड़े थे।

मायरा छोटी-छोटी चीज़ों को बारीकी से देख रही थी- कोई टूटा शीशा, कोई बचा हुआ ख़ून का धब्बा, कोई ऐसा निशान जो कुछ बता सके।

मन्नू आते-जाते लोगों को टटोल रहा था, उनकी चाल, उनकी आँखों के हाव-भाव पढ़ने की कोशिश कर रहा था। उसे ऐसा लग रहा था कि क़ातिल औरत भीड़ में कहीं भी छिपी हो सकती है।

राघव थोड़ा झुँझलाया। उसने मायरा से कहा, "उस रोज़ बारिश हो रही थी... सब धुल गया है।"

मायरा ने बिना देखे सिर हिलाया। उसके माथे पर बल पड़े- "एक दाग तक नहीं है? ऐसा लग रहा है जैसे कोई जानता था कि हम यहाँ आएँगे... और उसने पहले आकर सब सबूत मिटा दिया।"

मायरा ने गहरी साँस ली और अपना बैग झटका, "चलो। यहाँ कुछ नहीं बचा।"

मायरा ने राघव को यहाँ से चलने को कहा और उन्होंने देखा मन्नू पराठा खा रहा है।

"भाई, तू पराठे खाने आया है क्या?" मायरा ने भौंहें चढ़ाईं।

मन्नू एक हाथ में पराठा पकड़े, पूरे मज़े से खाता रहा ।

"अरे मम्मी बहुत ख़राब खाना बनाती है यार!" मन्नू ने चबाते हुए मासूमियत से कहा।

फिर बिना कुछ सोचे पूरा पराठा मोड़कर एक ही बार में मुँह में ठूँस लिया।

राघव और मायरा ने सामने खड़े पराठे वाले को देखा।

राघव की नज़र बेवजह उसके पैरों पर गईं।

पराठे वाले ने नयी चप्पलें पहनी हुई थीं।

राघव की नज़रें सिकुड़ गयीं।

पराठे वाले ने राघव की निगाह पकड़ ली और हँसकर बोला, "अब ये मत कह देना भैया कि ये भी तुम्हारी है! अट्टा मार्केट से खरीदी है!"

राघव हल्के से मुस्कुराया, मगर उसकी नज़रें अब भी पराठे वाले की रेहड़ी पर टिकी थीं।

वहाँ, एक चप्पल टंगी हुई थी।

हवा में हल्के-हल्के झूल रही थी, मानो कुछ कहना चाहती हो।

“ये क्यों लटकाई है?”

पराठे वाले ने कंधे उचकाए, “आप जैसे लोगों के लिए लगायी है। बुरी नज़र से बचने के लिए।”

हवा ने चप्पल को घुमा दिया, और उसकी पट्टी पर चमकते अक्षर दिखे- “DJ”

राघव ठिठक गया।

दिल की धड़कन अचानक तेज़ हो गयी।

“DJ...,” उसने हल्के से दोहराया।

कहाँ देखी थी ये चप्पल?

राघव ने सीधा सवाल दागा, “ये चप्पल कहाँ से उठायी?”

पराठे वाला सकपका गया।

“सु... सुबह मिली थी। यहीं पड़ी हुई थी...”

मन्नू ने झटके से उसकी गर्दन पे एक हल्की चपत मारी।

“अबे, जो भी चीज़ गली में गिरी हुई मिलती है, उठा लेता है? कल को स्कूटर से किसी की लुगाई गिर गयी तो?”

पराठे वाला हँस पड़ा, मगर राघव अब भी कुछ याद करने की कोशिश कर रहा था।

“ये चप्पल कहाँ देखी थी?”

मायरा ने आँखें घुमाईं, “भाई, तू जेल-वेल काट के आया है क्या? आया हो तो बता दे!”

मन्नू ने उत्सुकता से पूछा, "जेल की चप्पल?"

मायरा ने चप्पल की पट्टी की तरफ़ इशारा किया।

"लिखा तो है DJ- दिल्ली जेल।"

राघव ने धीरे से मायरा की तरफ़ देखा।

तीनों एक-दूसरे को देख रहे थे, फिर अचानक...

वे कार की तरफ़ दौड़ पड़े।

◈◈◈

दिल्ली जेल के ठंडे, संकरे गलियारे। सीलन भरी दीवारों पर पान-गुटखे की पीक पुराने गुनाहों की परछाइयों-सी महसूस हो रही थी। झींगुरों और क़ैदियों की हल्की-हल्की आवाज़ इस सन्नाटे में ख़लल डाल रही थी।

छन्न! लोहे का एक गेट खुला।

जेलर कुर्रे तेज़ क़दमों से एक मोड़ के बाद दूसरा मोड़ पार कर रहा था। उसके पीछे कई जोड़ी भारी जूतों की आहट गूँज रही थी।

अँधेरे में, जब एक लाल बल्ब के नीचे वे सब एक पल को ठहरे, तो उनके चेहरे साफ़ हुए। राज और नितिन गुज्जर। गणेश पहलवान के लड़के, जो मन्नू का घर खाली कराने गए थे। आँखों में चमक, चाल में ठहराव और अपने साथ सात लड़के लिए तालबद्ध चल रहे थे।

एक बंद सेल के सामने रुककर कुर्रे ने हल्का-सा सिर घुमाया।

"जान से मत मारना," उसने ठंडी आवाज़ में कहा, "बाकी, जो करना है, करो। मुझे कोई दिक्क़त नहीं है।"

राज और नितिन एक-दूसरे को देखकर मुस्कुराए। उनकी आँखों में हिंसा की नुकीली कौंध थी।

लोहे का दरवाज़ा खुला...

राज, नितिन और बाकी गुज्जरों ने एक दूसरे की तरफ़ देखा और कमरे में घुस गये।

ग़लत वर्जिश और गंजेपन का शिकार लगभग 36 साल का सहरावत जेल में नया नहीं था। मगर आज वो जो देख रहा था, ऐसा उसने कभी देखा भी नहीं था। बाहर से आ के लोग क़ैदियों के कमरों में घुस रहे थे।

क़दमों की आहट तेज़ हुई, और इससे पहले कि वह कुछ समझ पाता-

"पैंट उतार रे इसकी!"

नितिन की आवाज़ ठंडी थी, मगर आदेश साफ़ था।

सहरावत ने इतने अपराधी देखे थे, मगर इन गुज्जरों के चेहरे पर दंगों में दुकानें लूटने निकले लोगों सी उत्सुकता थी।

"तुम लोग क्या कर रहे हो!" सहरावत झटके से पीछे हटा।

पर जवाब देने का वक़्त किसी के पास नहीं था।

हाथ बढ़े। पैंट खींचने लगे।

सहरावत ने पूरी ताक़त से संघर्ष किया, मगर पाँच लोगों के हाथ, दो हाथों पर भारी पड़े।

सहरावत की पैंट घुटनों से नीचे सरक गयी।

राज साइड में खड़ा हँस रहा था।

"अबे कच्छा भी खींचो, मेरा औज़ार है, कैंची नहीं!"

झपाक! एक ही झटके में सहरावत नंगा खड़ा था। कंपकंपी साफ़ दिख रही थी।

राज आगे बढ़ा, सहरावत के कंधे पर हाथ रखा, "डर क्यों रहा है भाई?" ठंडी फुसफुसाहट, "पहले कभी गेंड़ नहीं मरवायी क्या?"

सहरावत की साँस अटक गयी।

नितिन ने उसे टोका, "अरे, क्यों डरा रहा है भाई? पहले पुड़िया दे।"

राज ने अपनी जेब से एक छोटी-सी पुड़िया निकाली, "एक नंबर माल है, मलाणा का... काला तेल।"

गर्म, चिपचिपी चरस की गंध हवा में फैल गयी।

नितिन ने दाँत भींचे, "अब मज़े कर, और जब तक तू ये एंजॉय कर रहा है, हम बाबू को पकड़ के आते हैं।"

"बाबू?"

सहरावत के हलक से मुश्किल से आवाज़ निकली।

"बाबू को जानता है ना?"

हवा भारी हो गयी।

सहरावत ने हकलाते हुए कहा, "बाबू तो यहीं रहता है..."

राज ने भौंहें चढ़ाईं।

"हमें तो नहीं दिख रहा। तुझे दिख रहा है?"

नितिन ने धीरे से उसके पीछे आकर कान में फुसफुसाया-

"ख़ुद फ़ैसला कर ले, फ़ेयर चॉइस है- गेंड़ देगा या बाबू का पता?"

सहरावत के माथे की मांसपेशियाँ तन गईं।

राज ने उसे घूरा और धीरे से गिनना शुरू किया, "एक... दो..."

सहरावत का चेहरा सफ़ेद पड़ने लगा।

"ठीक है! बताता हूँ!"

वह तेज़ी से बोलने लगा, जैसे कोई बंद दरवाज़ा अचानक खोल दिया गया हो-

"बाबू यहीं रहता था... दोस्त था मेरा... चार दिन पहले जेलर ने उसे किसी काम से बाहर निकाला था... वो जाता रहता था... मगर इस बार वापस नहीं आया।"

नितिन ने झन्नाटेदार थप्पड़ मारा।

"अबे बावली गेंड़, इतनी जानकारी तो हमें घर से निकलने से पहले ही थी, और कुछ बता, आगे? कम-से-कम इतना बता की हम तेरी ना मारें।"

राज ने अपनी पैंट नीचे की और सहरावत के पीछे जाकर खड़ा हो गया। सहरावत बुरी तरह काँपने लगा।

"और-और... उसकी बहुत सारी गर्लफ्रेंड थीं! किसी के साथ भी भाग सकता है!"

नितिन संतुष्टि से मुस्कुराया।

"बस, अब ये हुई ना बात। सारी लड़कियों के नाम और पते बता।"

सहरावत ने हथियार डाल दिए, "भाई, मुझे कैसे पता होगा?"

राज ने थप्पड़ मारा और पुड़िया छीन ली। "अबे कोई शौक़ीन है तो देख लो," कहते हुए राज, सहरावत के पीछे से हट गया।

सहरावत का चेहरा पसीने से भीग गया, "भाई, जितना पता था, उससे ज़्यादा बता दिया। अब थोड़ा तुम लोग भी मेहनत कर लो..."

राज ने एक पल के लिए उसकी आँखों में देखा। फिर हल्का सिर हिलाया।

नितिन रुका, पलटा और कहा, "इतनी जानकारी पूरी न पड़ी, तो हम फिर आएँगे। हमारे लौटने तक ज़िन्दा रहियो।"

गुज्जर हँसे और धीरे-धीरे जहाँ से आए थे, उन्ही अँधेरे गलियारों में समा गये।

गूजरों के जाने के 20 मिनट बाद तक सहरावत वहीं और वैसा ही खड़ा रहा, वो अब भी काँप रहा था। इतनी देर बाद उसे अहसास हुआ कि वो नंगा है, उसने पैंट चढ़ायी और सोचा उसके साथ क्या हो गया और ये लोग कौन थे?

◈◈◈

लकड़ी की पुरानी टेबल पर धूल की एक पतली परत जमी थी। उसके ठीक किनारे से एक मोटा काग़ज़ का पुलिंदा आकर टकराया और किनारे से फिसलता हुआ गणेश के सामने आ रुका। गणेश ने ऊपर देखा- गोस्वामी खड़ा था, हमेशा की तरह बेतकल्लुफ़, चेहरे पर वही उखड़ा हुआ भाव।

"बाबू की कॉल डिटेल्स," गोस्वामी ने टेबल पर हाथ टिकाते हुए कहा।

गणेश ने धीरे से फ़ाइल की ओर हाथ बढ़ाया, पन्ने पलटे, और मोटे काग़ज़ों के बीच नज़रें दौड़ाईं। कॉल लॉग-मोबाइल नंबर्स का जंगल। "इसमें तो नंबर ही नंबर हैं, नाम एक भी नहीं है। सबको डायल करता रहूँ क्या?" उसने बिना सिर उठाए कहा।

गोस्वामी ने लंबी साँस ली, जैसे अपने धैर्य को सँभाल रहा हो, फिर नज़रें घुमाईं, मानो तलाश रहा हो कि इस कमरे में कोई समझदार इंसान भी है या नहीं। "चूतिए," वह थके हुए लहजे में बोला, "जो आखिरी कॉल बाबू ने की थी, उस पर फ़ोन कर। फिर वहीं से उल्टे नंबर पर जाता जा। सही जगह पहुँच जाएगा।"

गणेश ने गहरी साँस भरी। 'चूतिए' का जवाब देने का मन किया, मगर सच्चाई यह थी कि गोस्वामी सही कह रहा था। मुसीबत उनके सिर पर खड़ी थी, और फिलहाल उसे अपनी नाक नीची रखनी थी।

उसने फ़ोन उठाया, लॉग स्क्रॉल किया, और आखिरी नंबर डायल कर दिया। जैसे ही फ़ोन की स्क्रीन पर नंबर फ्लैश हुआ, गणेश की आँखें ठिटक गईं।

"फ़र्ज़ी पासपोर्टवाला"

गणेश इसे जानता था। उसने गोस्वामी को बताया इसका असली नाम फ़िरोज़ है, मगर ये फ़र्ज़ी पासपोर्ट बनाता है इसलिए लोगों ने इसे फ़र्ज़ी बोलना शुरू कर दिया। ये नाम उसके प्रोफ़ेशन के साथ सही चिपक गया। सस्ते क्रिमिनल्स की दुनिया में अगर किसी को ऑथेंटिक फ़र्ज़ी पासपोर्ट बनवाना होता है तो वो फ़र्ज़ी के पास जाता है।

गोस्वामी ने गणेश को घूरा, "उठा के लाओ भाई इसे, पूछो कहाँ है बाबू?"

गणेश ने हाँ में सर हिलाया और फ़ोन घुमाया।

◈◈◈

आँसू की एक बूँद मटर पनीर की कढ़ाई में गिरी। आँखों में आँसू, हाथ में मोबाइल, बेबी, अपने किचन में खड़ी खाना बना रही थी और रोये जा रही थी।

बेबी ने व्हाट्सएप खोला, माइक के निशान को दबाया, रिकॉर्डिंग शुरू हो गयी, "बाबू, हमसे नाराज़ हो क्या? कहाँ हो? अपना फ़ोन ऑन करो। तुम्हारे बिना हम बहुत अकेले हो गए हैं।" उम्मीद की आख़िरी किरण जैसा ये वॉइस नोट, बेबी ने सेंड कर दिया और वापस रोते हुए खाना बनाने में लग गयी।

ईश्वर अपने बाथरूम से नहा के बाहर आया, कपबोर्ड से कपड़े निकाले और फिर कपबोर्ड बंद करने से पहले चेक किया, गूंगी गन उसके कपड़ों के गट्ठर के बीच ही दबी थी।

ईश्वर ने जूते पहने और चाबी उठा के बाहर निकल गया। बेबी उसके पीछे भागी, मगर जब तक बेबी आयी ईश्वर निकल गया था।

बेबी वापस किचन में आयी और गैस बंद कर दी। अधपके चावल को भी बंद कर दिया। कुछ सोचा और सर पकड़ कर किचन के ही फ्लोर पर बैठ गयी।

◈◈◈

मायरा के क़दम धीमे पड़े, उसकी उंगलियाँ हल्के से मुट्ठी में भिंच गईं, जैसे ख़ुद को यक़ीन दिला रही हो कि यहाँ आना सही फैसला था। वो दबी आवाज़ में राघव से फुसफुसायी, "ये लोग सिर्फ़ अपने लिए चप्पल थोड़ी बनाते हैं, बेचते भी तो हैं।"

राघव ने अंदर जहाँ तक देख सकता था जेल में झाँकने की कोशिश की, "हाँ, मगर इंडिया में नहीं। मैंने पता लगा लिया है, ये अपना सारा माल सीधे विदेश भेज देते हैं।"

मायरा ने अपनी नज़रें भीतर चलती मशीनों की कतार पर टिका दीं, जहाँ क़ैदी नीली वर्दियों में काम कर रहे थे, "और अगर यहाँ के किसी आदमी ने इंडिया में ही किसी को चोरी से बेच दिया हो तो?" उसकी आवाज़ धीमी थी।

राघव ने एक गहरी साँस ली, जवाब उसके सीने से बाहर निकलने से पहले झिझका, "तो फिर हमारी क़िस्मत तो ख़राब चल ही रही है।"

मन्नू ने देखा उनके आगे-आगे, कुर्रे जैसा चौड़ा हो के चल रहा है, ये चाल, इस जेल के अंदर उसकी ताक़त बयाँ कर रही है। फिर हल्की मुस्कान दबाते हुए मायरा से बुदबुदाया, "इसका ऑपटिमिज़्म मरवाएगा हमें।"

गार्ड्स उनके साथ चल रहे थे, और उनके जूतों की आवाज़ कंक्रीट पर गूँज रही थी। मायरा, राघव और मन्नू की नज़रें चारों तरफ़ घूम रही थीं। इस जेल की दीवारों में ना जाने कितने राज़ दबे होंगे।

राघव का फ़ोन बजा। स्क्रीन पर चमकते 'ईश्वर' नाम ने उसके माथे की शिकन गहरी कर दी।

ईश्वर ने फ़ोन को काँधे और कान के बीच दबाकर कार की बैटरी में एसिड भरते हुए कहा, "बेटा वो उस दिन गए थे ना, जहाँ गंगाराम हॉस्पिटल, वहीं एक बार और जाना है, आ जा।"

ईश्वर वापस से एसिड के ड्रम के पास पहुँचा और ढक्कन खोला। उबलते एसिड के ऊपर तैरते कपड़े के चिथड़े और गली हुई हड्डियाँ एक पल के लिए दिखीं फिर ओझल हो गयीं। ईश्वर ने भावहीन नज़रों से उसे देखा, जैसे किसी पुराने दोस्त से मुलाक़ात हो रही हो।

राघव सिर झुकाकर फुसफुसाया, "मैं थोड़ी देर में आता हूँ।" नेटवर्क इशू की वजह से राघव की बात ईश्वर तक नहीं पहुँची। चलते-चलते ये लोग जेल में काफ़ी अंदर आ चुके थे। राघव ने फिर से कहा, "आपको मैं थोड़ी देर में कॉल करता हूँ।" आवाज़ फिर से नहीं पहुँची। राघव ने फिर से कहा, "मैं जेल आया हुआ हूँ।" इस बार आवाज़ साफ़-साफ़ ईश्वर तक पहुँची और फ़ोन ख़राब नेटवर्क की वजह से कट गया। राघव ने फ़ोन को देखा, सिग्नल पूरी तरह से गायब था।

ईश्वर ने एक सेकंड के लिए आँख बंद करके गहरी साँस ली। वो समझ चुका था, अब बहुत कम देर के लिए, बहुत कम चीजें ही उसके हाथ में हैं। उसे जल्दी राघव का कुछ करना होगा।

मशीनें घूम रही थीं, टेबलों पर अधूरे जूते और चप्पलें बिखरी थीं। क़ैदी अपने-अपने काम में मशगूल थे, लेकिन उनकी आँखें हर नये चेहरे को नाप रही थीं। कुर्रे ने तीनों का जेल की शू मेकिंग वर्कशॉप में स्वागत किया।

अचानक कुर्रे की भौहें उठीं, और उसने तीनों को घूरते हुए पूछा, "आप लोग अख़बार से हैं क्या?"

मन्नू और राघव की साँसे एक पल को अटक गयीं। उनके हाथ अनजाने में मुट्ठियों में तब्दील हो गये।

मायरा की मुस्कान ज़रा भी नहीं डगमगाई, "नहीं, टीवी न्यूज़।"

कुर्रे की आँखें संकीर्ण हुईं, "तो कैमरा कहाँ है आपका?"

सवाल तो सही था, राघव और मन्नू की धड़कनें बढ़ गयीं। मायरा ने सिर हल्का-सा झटका और लापरवाही से कहा, "मोबाइल के जनाने में इतना बड़ा कैमरा लटका के कौन घूमेगा, कुर्रे साहब? जब आपका स्टूडियो इंटरव्यू करेंगे ना, तब आपको कैमरे दिखाएँगे।"

मायरा की झूठी मुस्कान जितनी मीठी थी, उतनी ही अचूक भी।

कुर्रे के चेहरे पर संतोष उतर आया, "अरे वाह! स्टूडियो इंटरव्यू!" उसने अपनी कॉलर ठीक की, जैसे कोई सेलिब्रिटी हो।

मायरा ने फ़ोन का रिकॉर्डर ऑन किया, फिर हल्के से सिर हिलाकर मन्नू को इशारा किया। मन्नू ने झिझकते हुए अपना मोबाइल कैमरा बाहर निकाला।

"सर, आपने जेल के प्रोडक्ट्स की ब्रांडिंग करके जो 'डीजे' लॉन्च किए हैं, वो रिफॉर्म सिस्टम में मोन्यूमेंटल हैं।" उसने एक पल को रुककर कुर्रे की प्रतिक्रिया देखी, "मैं आपकी भी प्रोफ़ाइल करना चाहूँगी अपने चैनल पर। अगर आप ओके हैं तो?"

कुर्रे हँस पड़ा। "हम तो इसे जेल कहते ही नहीं हैं जी, सुधार गृह कहते हैं। यहाँ के लोगों की कहानी दुनिया को सुनाने के लिए हम तो बोर्न रेडी हैं! आप जब कहें!"

"तो पहला सवाल," मायरा ने अपनी आवाज़ धीमी की, "साल में कितना सामान बिक जाता है?"

कुर्रे का चेहरा एक पल के लिए सुस्त पड़ा, फिर उसने क्लर्क की ओर इशारा किया- "बता साल का कितना बेचते हैं?"

कुर्रे को कुछ आइडिया नहीं था। सवाल सुनते ही वो, कम्प्यूटर पर बैठे क्लर्क की तरफ़ बढ़ने लगा। मायरा, मन्नू और राघव भी उसके साथ हो लिए।

दूर एक कोने में सहरावत जूते पैक करता हुआ, इनकी तरफ़ ही देख रहा था। उसके गालों पर अभी भी उंगलियों के निशान थे। वो वाशरूम की तरफ़ निकला।

कुर्रे क्लर्क पर गरजा, "साल का कितना सामान बेचते हैं हम?"

क्लर्क डेटा खोजने में संघर्ष कर रहा था।

कुर्रे शर्मिंदा होते हुए क्लर्क को डाँटने लगा, "साला इतना तो ज़ुबानी याद होना चाहिए, या ये भी हमें ही याद रखना है?"

क्लर्क की उंगलियाँ घबराहट में कीबोर्ड पर भागीं। स्क्रीन पर कुछ लोड हुआ, लेकिन जवाब नहीं मिला।

मायरा आगे झुकी, "क्या मैं देख सकती हूँ?"

कुर्रे ने जल्दी से हामी भरी।

मायरा ने 9 नंबर की चप्पल टाइप की। स्क्रीन पर कुछ लॉग खुले-

1000 चप्पलें 9 नंबर की, केलर फुटवियर को

1000 चप्पलें 9 नंबर की, वैल्युइंग फुटवियर को

1000 चप्पलें 9 नंबर की, एक्लिप्स फुटवियर को

उसने स्क्रीन से नज़रें हटाकर कुर्रे को देखा, "खुली बिक्री का कोई रिकॉर्ड क्यों नहीं है?"

कुर्रे ने सीना ठोंका, "मैडम, मैं खुल्ला बेचने ही नहीं देता!" उसने गर्व से कहा, "सब विदेश जाता है! इंडिया के स्टोर्स में बिकने की बात थी, मगर मैंने रोक दिया! मैंने पढ़ा है कैसे ये बड़े-बड़े विदेशी ब्रांड अपना सामान ऑनलाइन नहीं बेचते ताकि उनकी ब्रांड वैल्यू बढ़ी रहे। मैंने भी ऐसा ही कुछ सोचा है। डीजे इंटरनेशनल ब्रांड है जी।"

राघव और मन्नू ने एक-दूसरे की ओर ख़ुशी से देखा, उनका अनुमान किसी हद तक सही है। हो सकता है, जो उस दिन मरा था, उसने इसी जेल की बनी चप्पल पहनी थी, क्यूंकि वो इसी जेल का आदमी था।

सहरावत अपनी पैंट में हाथ पोंछता वाशरूम से बाहर निकला।

राघव ने कुर्रे में चाबी भरी, "क्या बात कर रहे हैं, तो इंडिया में आपके प्रोडक्ट्स का एक भी पीस नहीं मिलेगा?"

कुर्रे ने थोड़ा सोचा, "मिलना तो नहीं चाहिए।"

राघव ने चुनौती दी, "और मिल गया तो?"

कुर्रे ने सीना ठोंका, "नहीं मिलेगा और मिलेगा तो वो यहीं के किसी क़ैदी के पाँव में मिलेगा। वो भी उस क़ैदी के पास जो जेल के अंदर है, बाहर जाते हुए हम इनसे जेल में बनी हर चीज़ रखवा लेते हैं। इतनी ब्रांडिंग तो हमें भी आती है कि क़ैदियों की पहनी चप्पल आकर्षक नहीं लगेगी।"

राघव का लगभग काम हो गया था। मन्नू ने कुर्रे से पूछा, "यहाँ वाशरूम होगा?"

कुर्रे ने ठहाका लगाया, "आपको क्या लग रहा है, यहाँ सब लोग नदी नाले में जाते हैं।"

कुर्रे ने दूर बैठे सहरावत को इशारा किया।

सहरावत भागता हुआ आया।

कुर्रे ने गाल पर निशान देखे और पूछा, "ठीक हो ना तुम?"

सहरावत ने झट से हाँ में सर हिला दिया।

कुर्रे ने सर से पैर तक सहरावत का मुआयना किया और आदेश दिया, "साहब को पेशाब करा लाओ।"

मन्नू ने आस-पास नज़र दौड़ायी, हर तरफ़ ख़ूँख़ार क़ैदी। मन्नू, हल्का-सा काँप गया और राघव से कहा, "तू भी साथ चल।"

राघव ने मन्नू को घूरा। इस डर से कि कहीं मन्नू उनका भांडा न फोड़ दे, राघव उनके साथ हो लिया।

मन्नू, डरते-डरते वाशरूम में घुसा और घुसते हुए कहा, "देख राघव, भूकंप भी आए तो यहाँ से हिलियो मत, मैं तेरे भरोसे ही अंदर जा रहा हूँ।"

बाहर खड़े सहरावत को हैरानी हुई कि पेशाब करने जाने में कोई इतना क्यों घबरा रहा है। राघव ने सहरावत को सर से पाँव तक देखा और समझा कि इसका कल रात ही किसी से झगड़ा हुआ होगा।

सहरावत ने राघव की नज़रों को समझते हुए कहा, "जहाँ इतने सारे गर्म दिमाग़ रहेंगे वहाँ थोड़ा तो ये सब होगा ना।"

राघव ने मुस्कुराकर सहमति जतायी। कुछ देर चुप रहा, फिर बोला, "पिछले कुछ दिनों में यहाँ से कोई क़ैदी भागा है क्या?"

सहरावत ने उसकी आँखों में झाँका, फिर धीरे से मुस्कुराया, "मैडम को देखा है मैंने। क्राइम शो करती है। एक एपिसोड मुझ पर भी किया था।"

राघव ने पलटकर मायरा को देखा। सहरावत अब भी उसे घूर रहा था।

राघव ने सहरावत को लालच देना चाहा, "अंदर ही दारू का इंतेज़ाम कर दूँ?"

सहरावत हँसा, "यहाँ सबके पहले से ही इंतेज़ाम हुए रहते हैं, और बता और क्या दे सकता है?"

राघव को अंदर से मन्नू के फ़्लश चलाने की आवाज़ आयी। उसे लगा मन्नू के आते ही शायद सहरावत खुल के न बोले। राघव ने सहरावत को जल्दी से बात समझाने की कोशिश की "एक आदमी को ढूंढ रहे हैं... मेरा मतलब है, एक आदमी है जो यहाँ की चप्पल पहन कर मर गया है।"

सहरावत ने सिर झुकाया, जैसे कुछ याद कर रहा हो। फिर हल्के से कहा, "बाबू। बाबू दिलवाला।"

राघव को आश्चर्य हुआ की सहरावत इतने यक़ीन के साथ कैसे कह रहा है, "हफ्ते भर पहले ही मर्डर हुआ है उसका। और क्या बता सकते हो बाबू के बारे में?"

"बहुत लौंडियाबाज़ था। 7 दिन तक नहीं आया तो मुझे लगा कि भाग गया होगा किसी के साथ मगर अब आप बता रहे हैं। भगवान उसकी आत्मा को शांति दे," सहरावत उसी बेपरवाही के साथ बोला।

राघव को ख़ज़ाना मिल गया था, जिसे जितना चाहो लूट लो, "और कुछ... कुछ और बता सकते हो? किसने उसको काम दिया था? क्या कान था?"

सहरावत ने सिर हिला दिया, नहीं।

सहरावत ने जेब से अपना फ़ोन निकला, नोकिया 3315 और राघव को एक नंबर दिखाया।

राघव ने उस नंबर की फोटो क्लिक की।

सहरावत ने सोचा, "अगर वो भागा होता तो बेबी के साथ ही भागा होता। उससे घंटों-घंटों बात करता था। हो सकता है बेबी को पता भी हो कि बाबू किस काम से जेल से निकला था?"

मन्नू बाहर आया, ज़िंदा, और अपने गीले हाथ राघव की शर्ट में पोंछ के ज़ोर से हँसा।

राघव ने ध्यान नहीं दिया, "हो सकता है मैं तुम्हें कुछ ऐसा नहीं दे पाता जो तुम्हें यहाँ पहले से नहीं मिल रहा है, मगर कुछ तो दे ही देता, तुमने बिना किसी फ़ायदे के मुझे ये सब क्यूँ बताया?"

सहरावत ने अपने गाल पे हाथ फिराया, "कई बार किसी और का नुक़सान करके भी ऐसा लगता है कि अपना फ़ायदा हुआ है।"

राघव को समझ नहीं आया सहरावत क्या कह रहा है।

सहरावत को लगा राघव अब और सवाल पूछेगा, "और भी लोग हैं जो बाबू को ढूँढ रहे हैं। फटाफट निकलो।"

◈◈◈

किसी पुराने डिटेक्टिव नॉवेल के सीन की तरह सड़क पर तमाम गाड़ियाँ चल रही थीं, मगर राघव की गाड़ी अलग लग रही थी, जैसे घोड़ों की रेस में कछुआ चल रहा हो- स्लो। राघव का मन सहरावत की दी हुई जानकारी के धागों को जोड़ने में उलझा हुआ था। स्टीयरिंग पर उसकी उँगलियाँ बेवजह खिंच रही थीं, और माथे पर हल्की लकीरें उभर आयी थीं।

"तेज़ चला ना!" मायरा की तेज़ आवाज़ ने राघव की सोच को झटका दिया।

राघव ने एक निगाह उसे देखा, फिर अपने फ़ोन की स्क्रीन उसकी हथेली पर रख कर बोला "देख ये नंबर... सहरावत ने दिया था," उसकी आवाज़ में एक गहराई थी। राघव ने मन्नू और मायरा को वो सब बताया जो उसे सहरावत ने बताया था।

मायरा ने झपट कर नंबर देखा और उसकी आँखों में एक अलग-सी चमक आ गयी, "मतलब, बाबू दिलवाला जेल से किसी काम के लिए बाहर निकला था, काम पूरा किया, पैसे लिए और सीधे अपनी गर्लफ्रेंड के पास गया। दोनों में झगड़ा हुआ, और उसी ने उसे मार दिया!"

राघव ने धीरे से सिर हिलाया, "लग तो ऐसा ही रहा है..."

"कॉल कर इस नंबर पे!" मायरा लगभग चिल्लायी, जैसे कोई लाइव इन्वेस्टिगेशन शो हो।

राघव ने होंठ दबाया, "इसीलिए तो कार धीरे चला रहा था। सोच रहा था की कॉल करके उसे क्या बोलूँ? तुझे मर्डर करते देखा है थोड़ी बोल दूँगा?" राघव ने तंज कसा, लेकिन उसके लहज़े में एक झिझक थी।

मायरा सोच में डूब गयी। उन्हें कुछ ऐसा सोचना था जिससे बेबी से ज़्यादा से ज़्यादा जानकारी मिल सके।

मायरा चुप हो गयी। हवा में एक ठहराव-सा आ गया।

तभी मन्नू ने कंधे उचकाए और बड़ी ही बेफ़िक्री से बोला, "अरे टेली-कॉलर बन जा न! बोल, बाबू ने तुम्हारे लिए कुछ भेजा है, एड्रेस नहीं मिल रहा!"

राघव ने एक क्षण सोचा। तरक़ीब चालाकी भरी थी, लेकिन उसने संदेह से मन्नू की ओर देखा- "और उसने कुछ पूछ लिया तो?"

मन्नू ने मुस्कुरा कर कहा, "कह देना-डिलीवरी वाला हूँ, एड्रेस चाहिए बस!"

मायरा ने सरप्राइज होकर मन्नू की तरफ़ देखा। उसकी नज़रों में पहली बार एक अलग ही इज़्ज़त थी। मन्नू ने इस मामले को हल्के में नहीं लिया था, बल्कि तेज़ सोचा था।

"फ्री की चीज़ के चक्कर में लोग एटीएम पिन तक दे देते हैं। इसने तो बस एड्रेस ही देना है," मन्नू ने आख़िरी दलील दी और फिर सीट से टिक गया।

राघव ने एक गहरी साँस ली। फिर फ़ोन स्क्रीन पर दिख रहे नंबर की तरफ़ देखा। मायरा और मन्नू ने उसे बिंदास कॉल करने का इशारा किया।

कॉल कनेक्ट हो गया।

दूसरी तरफ़ से किसी महिला की आवाज़ आयी, थोड़ी हड़बड़ाई हुई, मगर उत्सुक।

"हैलो?"

राघव ने वही स्क्रिप्ट दोहरा दी- "मैडम, किसी ने आपके लिए गिफ़्ट भेजा है। लेकिन आपका एड्रेस क्लियर नहीं है। डिलीवरी में दिक़्क़त हो रही है।"

फ़ोन के दूसरी तरफ़ हलचल हुई। बैकग्राउंड में आवाज़ें गूँज रही थीं। लगता था, किसी ऑफिस का कॉरिडोर था, किसी मीटिंग के बाहर का माहौल।

"भेजने वाले का नाम लिखा है क्या?" बेबी की आवाज़ में एक उम्मीद झलकी।

राघव ने स्क्रिप्ट के मुताबिक़ जवाब दिया, "नहीं, सिर्फ़ रिसीवर का नाम है।"

बेबी एक सेकंड को रुकी, फिर बोली, "भैया, आप कल आ सकते हैं? मैं अभी एक ज़रूरी काम में हूँ।"

राघव को अंदाज़ा था कि अगर उसने मना किया तो बेबी एड्रेस देने पर मज़बूर हो जाएगी। उसने कहा, "मैडम, कल तो नहीं हो पाएगा। आज कलेक्ट नहीं किया तो ये वापस चला जाएगा।"

फ़ोन पर कुछ सेकंड की चुप्पी छा गयी। शायद बेबी अंदर से कशमकश में थी। फिर उसने झट से कहा, "अच्छा ऐसा करो, गिफ़्ट मेरे घर पहुँचा दो। मेरे पति घर पर होंगे, उन्हें दे देना।"

राघव ने फ़ोन को धीरे से लाउडस्पीकर पर रखा और मायरा व मन्नू की ओर देखा। दोनों की आँखों में उम्मीद थी।

"ठीक है, मैम। बस एड्रेस कन्फर्म कर दीजिए," राघव ने कहा।

बेबी ने पता बताया- वही पता जहाँ ईश्वर रहता था।

राघव का दिमाग़ जैसे ठनक गया।

उसकी यादों में वह दिन घूम गया जब ईश्वर अपनी बीवी को 'बेबी' कहकर बुला रहा था। दिमाग़ में सारे कनेक्शन्स क्लिक हो गये।

उसने धीरे से फ़ोन काटा।

मायरा और मन्नू बेचैनी से उसकी ओर देखने लगे।

राघव ने धीरे से कहा, "बेबी, बाबू की गर्लफ्रेंड ही नहीं, ईश्वर की बीवी भी है।"

मायरा और मन्नू के चेहरों पर जैसे बिजली-सी कौंध गयी।

"मतलब... बाबू को मारने वाली वही थी!" मायरा ने फुसफुसाकर कहा।

राघव के चेहरे पर एक अलग ही तेज़ था। उसने फ़ोन उठाया, कुछ देर स्क्रीन को देखा और फिर नंबर डायल कर दिया।

"ईश्वर, मैं राघव बोल रहा हूँ। मुझे पता चल गया है कि मर्डर किसने किया था।"

फ़ोन के उस तरफ़ एक गहरी साँस सुनाई पड़ी।

◈◈◈

ईश्वर को पहले ही अंदाज़ा था कि जेल में राघव को सब कुछ पता चल जाएगा- बाबू कौन था, क्या था, और उसके साथ क्या हुआ। लेकिन उसने ये कभी नहीं सोचा था कि राघव इतना गिर जाएगा कि अपनी ही जान खतरे में डालकर उसे ब्लैकमेल करने की कोशिश करेगा।

फ़ोन कान से लगाए, वह कमरे में धीमे क़दमों से टहल रहा था। उसकी उँगलियाँ अनजाने में टेबल के किनारे पर पड़ीं और फिर तेज़ी से हट गयीं, जैसे उसे अपनी ही सोच पर भरोसा न हो।

"तो बस ये बात अपने तक ही रखना," ईश्वर ने एक गहरी साँस ली और अपनी आवाज़ को सख्त किया, "बदले में मैं तेरे आइडिया में इन्वेस्ट करूँगा।"

राघव कुछ देर के लिए चुप रहा। यह ऑफर उसने माँगा भी नहीं था और ईश्वर ख़ुद ही उसे लालच दे रहा था? उसकी भौंहें सिकुड़ गयीं "इसका मतलब आपको पहले से मालूम था कि मर्डर आपकी वाइफ ने किया है?" वह रुका, जैसे शब्दों का असर परखना चाहता हो। फिर धीरे से बोला, "फिर भी आप उसके साथ रह रहे हो? आपको डर नहीं लगता?"

फ़ोन की दूसरी तरफ़ ख़ामोशी थी।

राघव ने स्क्रीन को देखा, कहीं कॉल कट तो नहीं गया?

"हैलो? हैलो, आवाज़ आ रही है?"

कुछ सेकंड बाद, ईश्वर की आवाज़ लौटी, लेकिन इस बार वह कहीं ज़्यादा ठंडी थी- "हाँ, आ रही है। ये बात अपने तक ही रखना। ठीक है। तुझे जो इन्वेस्टमेंट चाहिए थी, मैं देने को तैयार हूँ।"

राघव का मन झूल गया- हाँ कहे या ना?

कार के अंदर एक भारीपन छा गया था। मायरा की साँसें तेज़ चल रही थीं। उसे ग़ुस्सा आ रहा था। उसकी नज़रें राघव पर टिकी थीं, जैसे देख रही हो कि वह किस तरफ़ झुकेगा। "ये भी तो क्राइम ही है," उसके चेहरे पर लिखा था।

ईश्वर फिर बोला, "ठीक है यार, फिर घर आ के पैसे ले के जा। साथ में मुझे अस्पताल भी छोड़ देना।"

राघव अब भी तय नहीं कर पा रहा था।

"आपके पास घर पे रखे हैं?" उसने बेखयाली में पूछा।

ईश्वर ने अलमारी खोली। "मेरे कपबोर्ड में हैं," ईश्वर ने बिना सोचे जवाब दिया। लकड़ी के दरवाज़े की हल्की चरमराहट कमरे में गूँज उठी। उसके हाथों ने तहें उलट-पलट कर कपड़े हटा दिए, गूंगी गन नहीं मिल रही थी।

राघव की तरफ़ देखने के बाद मायरा का चेहरा तन गया। ग़ुस्से में उसने कार का दरवाज़ा खोला और बाहर निकल आयी।

"मायरा...," राघव ने धीमे से पुकारा, लेकिन उसकी आवाज़ उतनी मज़बूत नहीं थी जितनी होनी चाहिए थी।

मायरा ने पास से गुज़रते ऑटो को हाथ दिखाया। ऑटो रुका, और वह अंदर बैठ गयी। उसने राघव की ओर देखा, आँखों में कड़वाहट थी- "तुम्हारे बारे में जो जानना था, वो जान लिया। झूठे तो तुम थे ही, अब क्रिमिनल भी हो।"

ऑटो का इंजन गुर्राया और वह सड़क के मोड़ से आगे निकल गया।

राघव वहीं खड़ा देखता रहा।

मन्नू ने एक गहरी साँस लेकर उसकी तरफ़ देखा। "तेरी बंदी पागल है क्या?" उसने कंधे उचकाए। फिर मुस्कराया, "ऐसा मौक़ा कौन छोड़ता है, यार?"

राघव ने उसकी बात सुनी भी नहीं। वह अब भी फ़ोन पर था।

ईश्वर अब आलमारी को बेतहाशा टटोल रहा था। कपड़े बाहर गिरते जा रहे थे। वह हड़बड़ा गया। गूंगी गन नहीं मिल रही थी।

"आ जाऊँ ना?" राघव ने पूछा।

ईश्वर ने एक निगाह टेबल पर रखे भारी प्रेस पर डाली।

"आ जा," उसने धीमे से कहा।

राघव की आँखों में उलझन थी। कुछ सोचते हुए उसका चेहरा बुझ गया- "ईश्वर भाई, मैं कल सुबह आता हूँ।"

फ़ोन के दूसरी तरफ़ हड़बड़ी सुनायी दी।

"क्यों? क्या हुआ?" ईश्वर की आवाज़ अब उतनी संतुलित नहीं थी, "अगर तू नहीं आ पा रहा तो बता, मैं आ जाता हूँ। बता, कहाँ आऊँ?"

राघव को एहसास हुआ कि ईश्वर घबरा गया है। उसने साँस ली और धीरे से कहा, "फ़िकर मत करो, मैं इस बात का ज़िक्र किसी से नहीं करूँगा।"

ईश्वर की आँखें संकरी हो गयीं, "जो उस दिन तेरे साथ मेरे घर आया था, उस चमन से भी मत कहना... मुझे पेट का कच्चा लगा था वो।"

मन्नू ने सुना और झटके से फ़ोन की तरफ़ झपटा और गाली देने की ऐक्टिंग की।

ईश्वर अबतक अपना पूरा कपबोर्ड तहस-नहस कर चुका था लेकिन... गूंगी गन ग़ायब थी।

◈◈◈

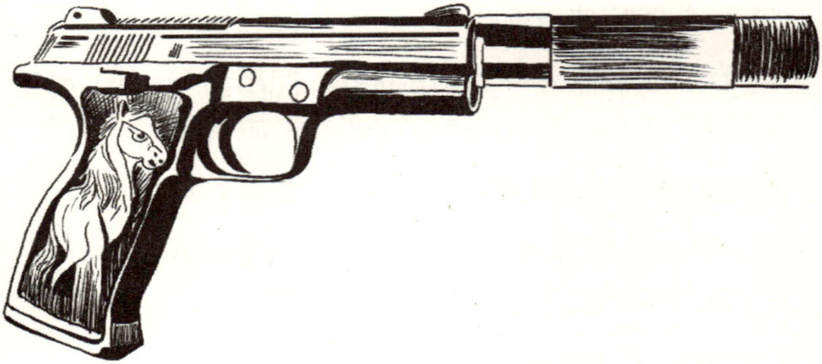

मनचंदा मुस्कुराया, उसकी टेबल पर धूप का एक टुकड़ा खेल रहा था लेकिन कमरे की हवा में सिर्फ़ तनाव था। सामने बेबी खड़ी थी- आँखों से आँसू बह रहे थे, हाथ काँप रहे थे, लेकिन उँगलियों की पकड़ गूंगी गन पर मजबूत थी- एक गोली छूटी और मनचंदा के कान के बगल से होती हुई पीछे रखे फोटो फ्रेम में घुस गयी।

कैबिन में मौजूद पुलिसवालों की नसें तन गयीं। सब बेबी को पकड़ने के लिए उसकी तरफ़ भागे। मनचंदा ने हाथ के इशारे से सबको पीछे रहने को कहा। किसी की कोई भी हलचल मनचंदा के लिए जानलेवा साबित हो सकती थी। बेबी का प्रश्न साफ़ था, "मेरा बाबू कहाँ है?" उसकी आवाज़ तेज़ थी मगर उसमें डर झलक रहा था। उसने तेज़ी से पूरे कमरे का जायज़ा लिया, जैसे उसे डर हो कि कोई अचानक हमला कर सकता है।

मनचंदा ने गहरी साँस ली। वह जानता है अगर कोई हड़बड़ी दिखायी तो यह ट्रिगर दोबारा दब सकता है। उसकी आँखें गन पर टिकी थीं- वही गूंगी गन, उसकी गूंगी गन।

"सब बाहर जाओ," मनचंदा ने धीरे से कहा।

पुलिसवालों के चेहरों पर असमंजस उभर आया- "लेकिन सर-"

"मैंने कहा न बाहर जाओ!"

एक-एक करके सभी पुलिसवाले बाहर चले गये। दरवाज़ा बंद हुआ, और कमरे में सिर्फ़ बेबी और मनचंदा रह गये।

बेबी के गले से घुटी हुई चीख निकली, जैसे किसी ने उसकी आत्मा मरोड़ दी हो। "तुमने मेरे बाबू को मार दिया क्या?" उसकी साँसें तेज़ हो रही थीं।

मनचंदा ने अपनी कुर्सी पीछे खिसकाई और बेहद संयमित लहज़े में कहा, "हम क्यों मारेंगे तुम्हारे बाबू को?" उसने अपनी हथेली से इशारा किया, "और तुम ये गन नीचे कर लो। तुम्हारे ही हाथ में है, जब चाहो चला सकती हो। हम यहीं बैठे हैं।"

बेबी की पलकें काँपीं।

मनचंदा धीरे से उठा और दरवाज़े की ओर बढ़ा। बेबी चौकन्नी हो गयी, उसकी उँगलियाँ ट्रिगर पर कस गयीं। लेकिन मनचंदा ने बस दरवाज़ा अंदर से लॉक किया।

"बैठो, अब बाहर से कोई नहीं आ पाएगा। आराम से बताओ, क्या हुआ है?" मनचंदा ने कोमल मगर ठोस लहजे में कहा।

बेबी कुछ पल असमंजस में खड़ी रही, फिर एक झटके से कुर्सी पर बैठ गयी। मगर गन अब भी मनचंदा की ओर तनी हुई थी।

मनचंदा ने टेबल से एक पानी की बोतल उठाई, एक ग्लास में पानी डाला, और बेबी की ओर बढ़ाया।

बेबी ने बिना सोचे पूरा ग्लास खाली कर दिया।

उसकी साँसें थोड़ी स्थिर हुईं।

"अब बताओ," मनचंदा की आवाज़ अब भी शांत थी, "ये गन तुम्हें कहाँ से मिली?"

बेबी ने सुबकते हुए कहा, "मेरे पति के कपबोर्ड में कपड़ों के नीचे से। उनकी गन है।"

मनचंदा के माथे पर शिकन उभरी। उसने धीमे से पूछा, "क्या करते हैं तुम्हारे पति?"

बेबी ने फिर से गन कसकर पकड़ ली, जैसे इस सवाल का जवाब देना सबसे बड़ा अपराध हो, "मुझे डराओ मत! डर में मेरे हाथ से गोली चल जाएगी!"

मनचंदा ने गर्दन टेढ़ी की, जैसे उसे बेबी की मनोदशा समझ आ रही हो। उसने अपना रुख़ थोड़ा नरम किया।

"तुम्हारे पति... जिनकी ये गन है... वो क्या करते हैं?"

बेबी की आँखें झपकीं। उसने गहरी साँस ली और फुसफुसाई, "ट्रैवल का बिज़नेस है, बहुत सारी कैबें चलती हैं उनकी। अच्छा कमाते हैं।"

मनचंदा धीरे-धीरे सारी कड़ियाँ जोड़ रहा था। उसने पूछा, "तुम्हें क्यों लगता है कि बाबू को हमने मारा होगा?"

"क्योंकि बाबू आपको मारने ही जेल से बाहर आया था!" बेबी की आवाज़ में अब आरोप था, "वो आता रहता था गणेश पहलवान के कहने पर लोगों को मारने के लिए। हम दोनों नेपाल भागने वाले थे, मगर वो उस दिन आपको मारने निकला और फिर आया ही नहीं।"

अब सब कुछ साफ़ हो रहा था।

"तो...," मनचंदा सोच में डूब गया, "वो तुम्हारे घर से हमें मारने निकला... और हम तक पहुँचने से पहले ही मर गया। और जो गन लेकर वो हमें मारने निकला था, वो तुम्हारे पति के पास मिली।"

बेबी के चेहरे का रंग उड़ गया। उसकी आँखें चौड़ी हो गयीं, "ये गन मेरे बाबू की गन है?" बेबी ने गन को ऐसे देखा जैसे कोई किसी की आख़िरी निशानी को देख रहा हो।

"हमें लगता है कि इसी गन की वजह से तुम्हारे बाबू की जान गई होगी," मनचंदा ने अपनी कुर्सी से झुककर बेबी की तरफ़ देखा, "ये गन हमारी है।"

एक ठहराव छा गया।

"हमने ये गन किसी को उधार दी थी," उसने जोड़ा।

बेबी का सिर चकराने लगा। उसका गला सूख गया।

"उस दिन मैंने उसे 'करने' भी नहीं दिया और मेरा बाबू-"

उसकी आवाज़ कहीं दूर गुम हो गयी।

बेबी ने धीरे से अपनी जेब से फ़ोन निकाला। उसकी उँगलियाँ लड़खड़ा रही थीं।

"कहाँ हो?"

फ़ोन के दूसरी तरफ़ ईश्वर था। उसकी आवाज़ में नाराज़गी थी, "तुम कहाँ हो?" वह रुका। फिर तेज़ स्वर में पूछा, "तुमने मेरे कपबोर्ड को हाथ लगाया?"

बेबी की आँखों से आँसू फिर से बह निकले। उसने बिना हिचकिचाए कहा, "हाँ।"

फ़ोन के दूसरी तरफ़ सन्नाटा।

"तो?" ईश्वर ने जानना चाहा, "उसमें कुछ मिला?"

बेबी, ईश्वर को बता के मारना चाहती थी, "एक गन मिली। तुम्हारी है?"

"कहाँ रखी है गन?" ईश्वर को ज़रा भी इल्म नहीं था की बेबी क्या सोच रही थी।

"तुम्हें क्या ज़रूरत पड़ गयी, तुमने क्यूँ ख़रीदी है?" बेबी ने सब जानने के बाद भी सत्यापित करने की कोशिश की।

ईश्वर ने आदतन सफ़ाई पेश की "नहीं, एक दोस्त ने गिफ्ट दी थी। उसे ही वापस करनी है।" फिर उसे लगा उसने क्या ग़लत किया है, वो क्यूँ सफ़ाई देगा और उसका तेवर बदल गया, "तुम्हें क्या करना, किसकी गन है किसने ली है, जल्दी से घर आओ।"

बेबी ने गहरी साँस ली, फ़ोन कट किया, "आ रही हूँ मैं।"

बेबी ने गूंगी गन को अपने साइड बैग के अंदर डाला और आँसू पोंछते हुए पुलिस स्टेशन से बाहर निकल गयी।

कैबिन में अब सिर्फ़ मनचंदा था। उसकी आँखों में सन्नाटा था, लेकिन भीतर कुछ उबल रहा था।

उसने फ़ोन उठाया और नंबर मिलाया।

"एसटीएफ। पाँच लड़के लगेंगे। एक ख़तरनाक क्रिमिनल के यहाँ दबिश देनी है।"

वह रुका।

"हाँ, बुलेटप्रूफ़ के साथ।"

मनचंदा की आँखों में ख़ून उतर आया था।

◈◈◈

छोटे, धुंधले कमरे में बल्ब की मद्धम रोशनी के बीच एक कोने में एक पुरानी लकड़ी की मेज और तीन कुर्सियाँ रखी थीं। धूल और सीलन की मिली-जुली गंध, दीवारों पर अख़बारों की कतरनों के साथ कई तस्वीरें लगी थीं- बड़े नेताओं के साथ हाथ मिलाते हुए, उन्हें भेंट देते हुए, हर तस्वीर में एक चेहरा कॉमन था। यह वही चेहरा था, जो इस वक़्त कमरे के बीच में घबराया हुआ खड़ा था।

गुज्जरों की घेरेबंदी के बीच पसीने में भीगा 25-26 साल का फ़र्ज़ी पासपोर्टवाला। उसके गले की नसें खिंच गयी थीं, आँखों में दहशत तैर रही थी।

नितिन ने क़दम आगे बढ़ाया, उसकी आवाज़ गूँजी, "तेरा नाम फ़र्ज़ी है?"

फ़र्ज़ी की साँसें उखड़ गयीं। वह लड़खड़ाकर थोड़ा पीछे हुआ, स्वैग से गिड़गिड़ाने लगा, "ग़लती हो गई, दादा... ग़लती।"

राज ने हल्की मुस्कान के साथ एक झन्नाटेदार थप्पड़ उसके गाल पर चिपका दिया। चटाक। फ़र्ज़ी का सिर झटके से एक तरफ़ हो गया।

"अभी तो तेरी ग़लती बतायी भी नहीं, पहले ही माफ़ी माँग रहा है?"

फ़र्ज़ी हकलाया, आँखें जमीन पर टिका दीं, "कुछ तो ग़लत किया ही होगा... तभी तो आप लोग आए हो।"

नितिन के होंठों पर हल्की मुस्कान खेल गयी, "समझदार तो तू है"। उसने जेब से फ़ोन निकाला। कुछ सेकंड की ख़ामोशी के बाद, फ़ोन के स्पीकर से गणेश की भारी आवाज़ उभरी, "हाँ भई फ़र्ज़ी, बाबू दिलवाला! बोल अब।"

फ़र्ज़ी की रीढ़ में सिहरन दौड़ गयी। जैसे बाढ़ का पानी तटबंध तोड़कर निकल पड़ता है, वैसे ही उसके शब्द तेज़ी से बाहर आये, "भाई, बाबू ने एक नहीं, दो पासपोर्ट बनवाने को दिये थे। एक उसका और एक बेबी नाम की औरत का।" उसने काँपते हाथों से एक पासपोर्ट निकालकर गुज्जरों को दिखाया, "दोनों बन गये हैं, मगर अब तक कोई लेने नहीं आया।"

गणेश की आवाज़ और ठंडी हो गयी, "हम्म... नितिन-राज, लड़की का पता पासपोर्ट में लिखा होगा। वहाँ जाओ, जो भी मिले, उसे उठा के ले आओ। अगर बाबू भाग गया है, तो ठीक है। वरना... गंदी मौत मरेगा, साला गद्दार।" बीप! बीप! बीप! कॉल कट।

गुज्जरों ने एक-दूसरे को देखा, एक-एक करके कमरे से बाहर निकल गये। फ़र्ज़ी ने लंबी साँस ली, जैसे पानी में डूबने के बाद अचानक सतह पर आ गया हो।

◈◈◈

छत पर लगे पंखे की धीमी आवाज़ और दूर से आती ट्रैफ़िक की हल्की गूँज के बीच राघव की नज़रें अपनी बरसाती की छत पर टिकी थीं। उसके अंदर उथल-पुथल मची हुई थी, मगर बाहर से वह जड़ हुआ बैठा था।

मन्नू ने राघव को देखा, फिर छत को, फिर हल्की मुस्कान के साथ बोला, "ठीक है भाई तेरी बंदी भाग गयी है मगर मेरी छत को ऐसे तो न घूर की उसे अपना दुपट्टा ठीक करना पड़ जाए।" मन्नू के ठहाके से कमरा गूँज उठा।

राघव के होंठ हल्के-से हिले, मगर उसके मन में हलचल जारी थी। उसने धीमे से कहा, "पता नहीं। एक मन कह रहा है कि मैं ईश्वर से पैसे लेकर सही कर रहा हूँ, अब सब अच्छा होने वाला है। और दूसरा मन कह रहा है कि मैं बहुत ग़लत कर रहा हूँ, सब खराब हो जाएगा।"

मन्नू का माथा सिकुड़ गया, "भाई तू चूतिया है क्या? अब तो पता है किसने मारा है? किसे मारा है? ईश्वर से पैसे लेने के फ़ौरन बाद, पुलिस को सब सच बता देंगे और क्या।" मन्नू के मन में कोई दुविधा नहीं थी।

राघव की आँखों में अजीब-सा खालीपन था, उसने ख़ुद से कहा, "नहीं, वो बात नहीं है... हराम का खाने की आदत लग जाती है। जैसे मुझे झूठी ज़िन्दगी जीने की लग गयी थी। फिर ये भी लग रहा है, कहीं ऐसा न हो मैं इतना बड़ा मौक़ा हाथ से जाने दूँ और सारी ज़िन्दगी पछताऊँ।"

मन्नू कुछ पल चुप रहा, फिर बोला, "अबे, मेरे पापा कहते थे- 'नहीं करके पछताने से, करके पछताना अच्छा है'।"

राघव के चेहरे पर हल्की-सी चमक आयी। वह सीधा बैटा, गहरी साँस भरी- "चल फिर ईश्वर के यहाँ। पछताना है तो करके पछताते हैं।"

मन्नू ने हल्की-सी सीरियसनेस ओढ़ी, "मगर फिर ऐसे ही करते हुए पापा मर भी गये थे। भ्रष्ट पुलिस वाले थे, पैसा ले के एक एंकाउंटर करने गये थे, उल्टा अपराधी ने ही उन्हें लिटा दिया था।" मन्नू ने फिर से कहकहा लगाया। राघव की उलझन और गहरी हो गयी।

◈◈◈

बेबी अपने घर की सीढ़ियाँ चढ़ रही थी। हर क़दम के साथ उसकी धड़कन और तेज़ होती जा रही थी। उसने दरवाजा खोला, ईश्वर सामने बैठा हुआ था। ईश्वर की उँगलियाँ मोबाइल स्क्रीन पर खेल रही थीं, मगर दिमाग़ कहीं और था।

ईश्वर की नज़र बेबी पर पड़ी। वह एकदम से खड़ा हुआ, "गन कहाँ रखी है? जल्दी दे, मुझे वापस करनी है।"

बेबी ने कोई जवाब नहीं दिया। फिर गूंगी गन ईश्वर पर तानते हुए कहा, "बाबू को वापस करनी है?"

ईश्वर के चेहरे का रंग उड़ गया। उसकी साँसें भारी हो गयीं।

बेबी की आँखों में पानी उमड़ आया। गला रुंध गया, "मार दिया मेरे बाबू को?"

ईश्वर की आँखें गूंगी गन से हटकर बेबी की नम पलकों पर गयीं। उसके अंदर कुछ टूटने लगा था।

"मार दिया ना?" बेबी का हाथ काँपा, मगर उसने गूंगी गन की नोक ईश्वर की छाती में धँसा दी।

ईश्वर के कानों में बाबू की आवाज़ गूँजी- "अबे शिखंडी।"

ईश्वर की आँख के सामने वो रात घूम गयी। उस रात ईश्वर की किसी लड़के से बात हुई थी, वो मिलने जा रहा था। ईश्वर उतना तैय्यार हुआ था, जितना वो हो सकता था। उसने अच्छे कपड़े पहने, लड़कियों वाले सुंदर कपड़े। वह मुस्कुरा रहा था। वह बाहर जाने के लिए अपने घर के ग्राउंड फ़्लोर के कॉरीडोर में आया, अपने फ़ोन के कैमरे में देखकर बाल ठीक कर रहा था तभी उसे बेबी के कमरे से ऊपर आवाज़ें सुनाई पड़ीं।

बेबी की आवाज़ साफ़ थी- "इस पैसे से नेपाल में कोठी आ जाएगी ..."

फिर बाबू की आवाज़- "गधी की गांड में गयी कोठी... प्यार करता हूँ इसलिए तेरे पास आता हूँ, वरना मेरे लिए इस शहर में सेक्स की कमी नहीं है। समझी।"

ईश्वर ने देखा बाबू ग़ुस्से में सीढ़ियाँ उतरता हुआ आ रहा है।

ईश्वर ने नीचे के कमरे की ओर भागने की कोशिश की।

तभी बाबू ने ईश्वर को पीछे से आवाज़ दी- "अबे शिखंडी।"

ईश्वर रुक गया।

बाबू ने अपना बायाँ हाथ ईश्वर के बाएँ कंधे पर रख दिया और अपनी गन सीढ़ियों की मूठ पर।

फिर उसने अपना दायाँ हाथ ईश्वर के कंधे पर रखा।

ईश्वर डरा हुआ था, इतना की कभी भी रो सकता था।

बाबू ने ईश्वर को उसके कंधों से ऐसा दबाया की ईश्वर अपने घुटनों पर आ गया।

ईश्वर का मुँह नीचे था।

बाबू ने ईश्वर का मुँह ऊपर किया और अपने पैंट की ज़िप खोल दिया।

बेबी की भौंहें सिकुड़ती गयीं। उसकी आँखों में दुख, गुस्से और अविश्वास का एक अजीब-सा कुहरा तैर गया। उसकी आवाज़ में हल्की झिझक थी, पर सवाल तल्ख़, "पर तुम्हें तो लड़कों में मज़ा आता है ना?"

ईश्वर की साँसें गहरी हो गयीं, छाती तेजी से ऊपर-नीचे होने लगी। उसकी आँखें गुस्सा, नफ़रत, दर्द से भर गयीं। उसने बेबी को ऐसे घूरा जैसे अभी उसके टुकड़े-टुकड़े कर देगा, "मज़ा? बहरी हो क्या? उसने मेरे साथ जबरदस्ती की थी। वो गली का कुत्ता था और गली में कुत्ते की तरह मारा गया।"

बेबी की आँखों में आँसू छलक आये, लेकिन वे दुख के नहीं, बाबू के लिए उमड़े प्यार के थे। उसकी उँगलियाँ ट्रिगर पर कसी हुई थीं, साँसें उखड़ रही थीं, लेकिन उसके इरादे मज़बूत थे। बेबी ने एक झटके में गूंगी गन का ट्रिगर दबा दिया। मगर गोली नहीं चली। बेबी के चेहरे पर आश्चर्य था। गन अटक गयी थी।

अचानक, एक तेज़ झटका लगा! बेबी का संतुलन डगमगा गया। उसके सिर पर किसी भारी चीज़ का वार पड़ा था। उसका दिमाग़ झनझना उठा और आँखों के आगे अंधेरा-सा छाने लगा। उसकी उँगलियाँ शिथिल हो गयीं। गूंगी गन उसके हाथ से छूट गयी। उसके कानों में अपनी ही धड़कनों की गूँज सुनाई दे रही थी। उसने हाथ से अपना सिर टटोला तो उँगलियाँ गीली हो गयीं- ख़ून!

ईश्वर की आँखें अब निर्जीव-सी दिख रही थीं। उसके हाथ में भारी प्रेस था, जिस पर ताज़ा ख़ून की धारियाँ फैली हुई थीं। बेबी के घुटने लड़खड़ाये वह गिरने गिरने को हुई कि ईश्वर ने प्रेस को फिर से उठाया और बेबी के सिर पर दे मारा- एक... दो... तीन... कई बार धप्प-धप्प-धप्प।

ख़ून पूरे फर्श पर फैल गया। बेबी अब बस एक बेजान जिस्म बन चुकी थी।

इसी बीच, दरवाज़े पर हलचल हुई। धड़ाक से राज और बाकी गुज्जर लौंडे अंदर घुसे। राज ने एक नज़र कमरे में फैले ख़ून के तालाब पर डाली, फिर ईश्वर पर, जिसकी साँसें अब भी अनियंत्रित थीं। पर उसकी आँखों में कोई डर नहीं था।

राज ने होंठों पर एक कुटिल मुस्कान लाते हुए मज़ाकिया लहजे में कहा, "सरप्राइज़!"

ईश्वर की नज़रें फिरीं और उसकी उँगलियाँ गूंगी गन के हत्थे पर कस गयीं। लेकिन सामने खड़े कई चेहरों को देखकर वह रुक गया। गूंगी गन धीरे से नीचे गिर गयी।

नितिन बेबी की लाश के पास झुका, उसके खुले हुए सिर को देखा और सिर हिलाते हुए बोला, "इसने तो हमें ही सरप्राइज़ कर दिया।"

राज ने जेब से फ़ोन निकालकर गणेश को कॉल लगाया, "भाईसाब, यहाँ लड़की के पति ने लड़की को मारकर लिटा दिया है। अब क्या करना है?"

गणेश की आवाज़ दूसरी तरफ़ से आयी, "मतलब?"

"मतलब लड़की के पति ने उसका सिर फोड़ दिया है, भाईसाब।"

फ़ोन के उस तरफ़ कुछ सेकंड की चुप्पी रही, फिर गणेश की थकी हुई आवाज़ आयी, "वो तो मैं पहली बार में ही समझ गया था, ये बता, उसने मारा क्यों? बाबू के बारे में कुछ जानता है क्या?"

नितिन ने पीछे से कहा, "अभी उगलवाते हैं, भाईसाब।"

गणेश की आवाज़ में अब आदेश था, "तुम लोग और कुछ मत करो, बस उसे ज़िंदा मेरे पास ले आओ।"

नितिन और राज ने एक-दूसरे को देखा।

राज ने फ़ोन से हटकर कहा, "भाईसाब हम पर भरोसा नहीं करते।"

पीछे चार गुज्जर ईश्वर के हाथ-पैर बाँध रहे थे। मुँह में कपड़ा ठूँस दिया, ताकि वह चिल्ला भी न सके।

नितिन हँसा, "मुझे लगता है, हम लोगों पर भरोसा करते हैं, सिर्फ़ तुझ पर नहीं करते।"

राज के चेहरे की रंगत उतर गयी। नितिन को एहसास हुआ कि शायद उसने मज़ाक ज़्यादा कड़वा कर दिया। उसने राज की पीठ ठोकी, "अबे भाईसाब सब पर भरोसा करते हैं। बस मामला हाथ से थोड़ा बाहर हो गया है। और तू तो भाईसाब का स्पेशल चीता है।"

राज की आँखों में दोबारा वही चमक आ गयी।

अब ईश्वर के हाथ पैर बंधे हुए थे और गुज्जरों द्वारा कार में ठूँसा जा रहा था। पीछे, घर की फर्श पर बेबी की लाश अब भी पड़ी थी- चुपचाप, शांत, हमेशा के लिए।

◈◈◈

21 अगस्त, 2024 | सुबह

टेबल पर गूंगी गन पड़ी थी। ईश्वर के मुँह से कपड़ा खींचा गया। ईश्वर के होठों पर सूजन थी, फटे कोनों से अब भी ख़ून रिस रहा था। आँखों के नीचे गहरे काले धब्बे थे, जैसे रातोंरात ज़िंदगी ने सालों का बोझ लाद दिया हो। उसके कपड़े जगह-जगह से फटे थे, धूल और ख़ून से सने हुए। गणेश के ऑफिस के सोफे की गद्दी पे बैठे ईश्वर के गले से निकलती धीमी, थकी हुई साँसों की पूरे कमरे में गूँज थी।

साफ़ है ईश्वर की भर पेट पिटाई हो चुकी थी।

गोस्वामी के हाथ में गन थी।

एक आदमी ईश्वर के लिए चाय लाया।

अब तक जो कुछ हुआ था, ईश्वर सब बता चुका था।

गोस्वामी की गन लकड़ी की मेज़ पर पड़ी थी। वह धीमी चाल से उठा, बूटों की आवाज़ कमरे में गूँज उठी। एक झटके में उसने दीवार पर ज़ोर से लात मारी और प्लास्टर की हल्की परत झड़कर नीचे गिर पड़ी। सबकी निगाहें अब गोस्वामी पर टिकी थीं, जैसे अब वही तय करेगा कि आगे क्या होना है।

नीचे सड़क पर हलचल बढ़ गयी थी। कुछ लोग दुकानों के शटर गिरवा रहे थे।

गणेश ने गोस्वामी से पूछा, "अब? मैं ख़ुद जा के मनचंदा को ख़त्म करता हूँ।"

गोस्वामी ने उसकी आँखों में झाँका। वहाँ गुस्सा था, बेसब्र आक्रोश। मगर भरोसा? नहीं। उसने एक लंबा कश लिया और ठंडे स्वर में झूठ उगला, "अभी नहीं। मुझे पहले मनचंदा के पैसे देने होंगे। ये बाद में देखेंगे।"

वह खिड़की के पास गया। बाहर की गली को गौर से देखा। गली के दोनों छोर पर एक जैसी सेवन-सीटर कारें खड़ी थीं। कुछ लोग, जिनकी क़द-काठी, हेयर कट का तरीक़ा और जूते पुलिस वालों जैसे थे, वो लोगों को घरों के अंदर खदेड़ रहे थे। दोबारा ध्यान से देखने पर गोस्वामी ने देखा गणेश के घर के सामने वाली पान की बड़ी-सी दुकान के पीछे सिगरेट के धुएँ में छुपा एक आदमी बैठा था- मनचंदा। सादी वर्दी में, पान वाले के वेश में, मगर आँखें वही, शिकारी की तरह चौकस।

गोस्वामी को समझने में देर नहीं लगी कि पुलिस गणेश की बिल्डिंग को घेर रही है।

गणेश की आवाज़ ने गोस्वामी का ध्यान खींचा- "मैं आज ही मार दूँगा उसे। ऐसे मारूँगा कि एक्सीडेंट लगे।"

गोस्वामी का जवाब सीधा नहीं था। उसने सवाल दागा, "सामने वाले दरवाज़े के अलावा और कोई रास्ता है? अब कुछ दिन मेरा यहाँ दिखना ख़तरे से खाली नहीं।"

गणेश का चेहरा डर से सख़्त हो गया, "क्या हुआ?"

गोस्वामी की आँखों में कोई बेचैनी थी, मगर आवाज़ में वही ठंडापन, "होने का इंतज़ार नहीं कर सकते। पहले मैं मनचंदा को पैसे देता हूँ। उसके बाद देखते हैं।"

गणेश ने नितिन की ओर देखा। नितिन ने बिना सवाल किए गोस्वामी को अपने पीछे आने का इशारा किया और आगे बढ़ा।

"ऊपर की सारी छतें जुड़ी हुई हैं," गणेश गोस्वानी से फुसफुसाया।

गोस्वामी ने सिर हिलाया। वे दोनों सीढ़ियाँ चढ़ने लगे। छत पर क़दम रखते ही गोस्वामी ने एक अजीब-सा सन्नाटा महसूस किया। उसने देखा पुलिस के लोगों ने सारी छतों पे क़ब्ज़ा कर लिया था। लेकिन वो गोस्वामी को नहीं पहचानते। नितिन ने भी पुलिसवालों को देखा मगर उसे कुछ और लगा, "ये नये-से लोग दिख रहे हैं मुहल्ले में, जाने किस किस की छत पर चढ़ रहे हैं, मार खाएँगे साले।"

नितिन और गोस्वामी गली से दूर दूसरी तरफ़ निकले, गोस्वामी तेज़ी से दूर भागा।

मनचंदा ने पान की दुकान पर स्पीकर पे गाने का वॉल्यूम फुल कर दिया, सज्जाद अली का गाना बजने लगा- 'सिंडरेला, मेरा इंतेज़ार करना सिंडरेला ...'

जैसे ही नितिन गली से अपने घर की तरफ़ मुड़ा, गाने की कान फोड़ू आवाज़ ने उसका ध्यान खींचा- 'मैं रास्ते में हूँ, बस आ रहा हूँ मैं, किसी और की दुल्हन न बन जाना, सिंडरेला ...' नितिन पान वाले को झापड़ मारने के इरादे से आगे बढ़ा और उसने महसूस किया कि सारी दुकानों के शटर गिर चुके थे, सब लोग घरों के अंदर जा चुके थे।

नितिन ने दूर से देखा, गणेश की बिल्डिंग की ओर पुलिसवालों की बंदूकें उठीं-

और फिर, बौछार।

सीढ़ियों से भागते पुलिस वाले, दीवारों से चिपक कर कवर लेते हुए बंदूकें खाली कर रहे थे। खिड़कियाँ, दरवाज़े, हर छेद से गोलियाँ भीतर जा रही थीं। घर की दीवारें छलनी हो रही थीं।

गली में, मनचंदा अब भी गाने की धुन पर झूम रहा था।

फिर अचानक, एक शरीर छत से नीचे गिरा और धड़ाम से उसके पैरों के पास आकर टकराया। मनचंदा ने ठोड़ी पकड़कर चेहरा पलटा। गणेश। गोलियों से छलनी, ख़ून से लथपथ, ठंडी आँखों से आसमान देखता हुआ।

दूर, नितिन ने देखा कि राज बगल वाले घर से बाहर आया। हाथ उठाए, घबराया हुआ, आत्मसमर्पण करने के लिए।

राज मनचंदा के सामने खड़ा है। वह डर के मारे रो रहा है। मनचंदा ने बड़ी निर्दयता से उसे गोली मार दी है।

नितिन की आँखें नम हो गयीं। उसने मनचंदा को देखा- एक आखिरी बार, आँख भर के। फिर नितिन भी उस गली से दूर निकल गया।

गोलियाँ अब थम चुकी थीं। धुआँ अब भी हवा में घुल रहा था।

मनचंदा ने स्पीकर बंद किया। कमरे के भीतर दाखिल हुआ। लाशों के बीच घूमता रहा, एक-एककर चेहरों को देखता रहा। गणेश, राज और बाकी सब।

फिर उसकी नज़र सोफे पर पड़ी।

ईश्वर वहीं बैठा था। मृत। उसकी बुझी हुई आँखें अब भी अँधेरे को ताक रही थीं। मनचंदा ने देखा, सामने टेबल पर गूंगी गन पड़ी थी। वह मुस्कुरा उठा।

◈◈◈

गोस्वामी की अंडर कंस्ट्रक्शन इमारत की हर ईंट जैसे सन्नाटे में दबी हुई थी। कहीं दूर कोई कुत्ता भौंका, लेकिन यहाँ, गोस्वामी के ऑफिस के इस कमरे में, सिर्फ़ एक हल्की-सी रोशनी थी- मोबाइल स्क्रीन की सफ़ेद ठंडी चमक।

गोस्वामी की उँगलियाँ तेज़ी से लॉकर के भीतर घुसतीं, नोटों की गड्डियाँ बैग में भरती जा रही थीं। साँसें अनियमित थीं और माथे पर पसीने की एक धार ऐसे बह रही थी जैसे वक़्त की रेत हाथों से फिसल रही हो। बैग फुल करने के बाद, एक झटके में उसकी कलाईयों में जकड़न आ गयी। आँखें तेज़ रोशनी से सिकुड़ गयीं।

दरवाज़े पर मनचंदा खड़ा था। होंठो पर हल्की मुस्कान, मगर आँखों में तीखी जिज्ञासा कि इतना रीढ़हीन आदमी, उसे मारने की इतनी लम्बी प्लानिंग कर कैसे सकता है!

"हमारे पैसे और गन," मनचंदा ने ठंडे स्वर में कहा।

गोस्वामी के गले में कुछ अटक गया। उसकी निगाहें मनचंदा के हाथ में चमकती गूंगी गन पर टिकीं। सिर झुकाकर उसने बैग आगे बढ़ाया, "नब्बे हैं...दस दूसरे लॉकर में हैं... अभी निकाल देता हूँ।"

गोस्वामी धीमे क़दमों से लॉकर की ओर बढ़ा। उसकी उँगलियाँ कंपकंपा रही थीं, लेकिन उसने ख़ुद को संयत रखा। उसने लॉक घुमाया, और जैसे ही दरवाज़ा खुला, अंदर दबा हुआ एक स्विच दबा दिया।

कमरा अँधेरे में डूब गया।

साँसों की आवाज़ भारी हो गयी। उँगलियों ने तेज़ी से स्टील की ठंडी गन टटोली। उसने पलक झपकते ही ट्रिगर पर उंगली कस दी और मुड़ा-

मनचंदा वहाँ नहीं था।

गोस्वामी का दिल उसकी छाती के अंदर हथौड़े की तरह धड़क रहा था। वह तेज़ी से चारों ओर देखने लगा। अँधेरे में किसी छाया की हल्की-सी आहट हुई। तभी उसकी गर्दन के पीछे कुछ ठंडा और ठोस महसूस हुआ।

गूंगी गन की नली।

"हम एक आदमी से धोखा, एक बार ही खाते हैं," मनचंदा की फुसफुसाहट उसके कान में गूँजी, "अब दोबारा तुम हमें कभी धोखा नहीं दे पाओगे।"

मनचंदा ने गोस्वामी से उसकी गन छीन ली। लेकिन फिर भी गोस्वामी की आँखों में डर नहीं, आज़ाद हो जाने की ख़ुशी थी, आज शायद वो रोज़ रोज़ डर के मरने से उबर जाएगा, एक बार में ही पूरा मर जाएगा।

गोली खाने के लिए तैयार गोस्वामी ने अपनी मुट्ठियाँ कस लीं।

मनचंदा ने ट्रिगर दबाया।

गन अटक गयी।

मनचंदा ने एक लंबा ठहाका लगाया। गूंगी गन की नली अब भी गोस्वामी की कनपटी पर टिकी थी।

"हमारी पहली दबिश थी..." मनचंदा ने कहना शुरू किया। उसकी आवाज़ में कोई पुरानी स्मृति तैर रही थी, "इनामी बदमाश के यहाँ। हम और साहब जी, बस दो लोग। थोड़ी देर की मुठभेड़ के बाद बदमाश साहब जी के पैरों पर था और ये- ये गूंगी गन उसके माथे पर।

तब गुरुग्राम बन ही रहा था। साहब जी को वहाँ घर खरीदना था। और बदमाश ने साहब जी को 5 करोड़ की पेशकश कर दी। साहब जी ने गूंगी गन हमारी तरफ़ मोड़ दी और कहा, 'मनचंदे, रिकॉर्ड के लिए किसी को तो मारना पड़ेगा।' और पॉइंट-ब्लैंक दूरी से हम पर गोली चला दी। मगर ये गूंगी गन है, हमेशा इंसाफ़ करती है, अटक गयी। ऑटोमैटिक है मगर अटक गयी।

और हमने ढाँय-ढाँय-ढाँय साहब के सीने में तीन सुराख कर दिये- रिकॉर्ड के लिए किसी को तो मरना था।

और हम वहाँ से साहब जी की लाश, मेडल मिल जाए इसलिए उस इनामी बदमाश की लाश, 5 करोड़ रुपये और ये गूंगी गन अपने साथ ले आये। कहते हैं ये गूंगी गन किसी डकैत की थी, जो कहता था- और ठीक कहता था- गूंगी गन हमेशा इंसाफ़ करती है।"

मनचंदा मुस्कुराया। "ये इंसाफ़ है?" उसकी आँखें संकरी हो गयीं, "सोचा था, तुम्हें मार के वैष्णो देवी चले जाएँगे। मगर लगता है बुलावा आया नहीं है... तुम्हारा भी और हमारा भी।"

गोस्वामी का गला सूख गया। वह साँस भी लेता तो ऐसा लगता जैसे सब लोग सुन रहे हों।

मनचंदा ने पैसों का बैग उठाया। "फिर किसी दिन मूड हुआ तो आएँगे तुम्हें मारने। और जल्दी आएँगे। तब तक जो कुछ भी दबी हुई मनोकामनाएँ हैं, पूरी कर लो। मौत बता के आए, ऐसा सौभाग्य सबका नहीं होता। तुम्हारा है।"

उसने गोस्वामी की गन सोफे पर फेंकी। गन उछलकर ज़मीन पर जा गिरी। मनचंदा ने बैग कंधे पर टांगा और दरवाज़े से बाहर चला गया। उसके जूतों की आवाज़ सीढ़ियों पर गूँजती रही और फिर गहरी ख़ामोशी में समा गयी।

गोस्वामी की आँखें खाली दीवार पर टिकी रहीं। कुछ देर तक वह हिला तक नहीं। धीरे-धीरे उसकी साँसें नॉर्मल हो गयीं।

फिर उसने गन उठायी। गन को अपनी हथेली में तौला।

एक लंबी साँस ली।

और अपनी कनपटी पर रखकर ट्रिगर दबा दिया।

धड़ाम!

गोस्वामी की लाश फर्श पर पड़ी थी।

◈◈◈

22 अगस्त, 2024

सुबह भूल चुकी है, रात इस शहर के साथ क्या-क्या हुआ था। मनचंदा की इनोवा पुलिस स्टेशन की ओर बढ़ रही थी और एक वैगन-आर, इनोवा के ठीक सामने आ के टिक गयी।

गाड़ी ब्रेक की चीख़ के साथ थमी। दरवाज़ा खुला। मनचंदा बाहर निकला। उसकी भौहें तन गयीं, माथे पर बल पड़ गये।

“किसकी हिम्मत हुई मेरी गाड़ी रोकने की?”

मन्नू दौड़कर आगे बढ़ा और झुककर उसके पैरों को छू लिया। उसकी आवाज़ में एक अलग ही उत्साह था, “सर, आशीर्वाद दीजिए, क़ानून की मदद करके आ रहे हैं। FIR लिखवाई है मर्डर की, हमने पूरा केस ख़ुद सॉल्व किया है। लंबा केस है। आप सुनेंगे तो चकरा जाएँगे।’

मनचंदा के चेहरे पर एक अनकहा तनाव था, उसकी आँखें अभी भी गणेश पहलवान और गोस्वामी की परछाइयों से भरी थीं। उसने हल्का सिर हिलाया, “अच्छा सुनो, हमने तुम्हारे घर का मामला पूरा निपटा दिया है। न रहा बाँस और अब न बजेगी बांसुरी। बेफ़िक्र शादी करो।”

मन्नू का चेहरा खिल उठा। वह उछलते हुए चक्कर काटने लगा, जैसे कोई बच्चा नयी पतंग हाथ में लेकर भाग रहा हो, “अरे यार सर, आपने तो मज़े दिला दिए। ये तो कर भला हो, भला हो गया सर।”

मन्नू ने इधर-उधर देखा, मनचंदा साहब के लिए क्या कर दे। पास ही बंटा वाले की रेहड़ी दिखी, “सर, आपको कसम है मेरी, आप बंटा पी के जाएँगे। मैं ले के आता हूँ सर।”

मन्नू बंटा वाले की तरफ़ भगा।

मनचंदा ने चिल्ला के मन्नू को समझने की कोशिश की, “अरे हम लेट हो रहे हैं... काफ़ी काम है, फिर कभी।”

मन्नू बंटा वाले से बंटा छीन के भगा, मगर बंटा वाले ने मन्नू का हाथ पकड़ लिया, “पहले पैसे।”

मन्नू ने मनचंदा की तरफ़ देखा जो अबतक मन्नू का इंतेज़ार कर रहा था।

मन्नू जल्दी से जेब में जो भी नोट मिले वो बंटा वाले की तरफ़ कर भागा।

तभी सड़क के कोने पर एक यामाहा RX-100 आकर रुकी। बाइक सवार ने हेलमेट उतारा। नितिन। उसकी आँखों में गहरा गुस्सा था, साँसें भारी।

मनचंदा ने मन्नू को सड़क पार करते देखा। और एक गोली आकर मनचंदा की छाती में लगी। दूसरी चेहरे पर। आसपास की हवा ठहर गयी। मगर नितिन की उँगली ट्रिगर से नहीं हटी। गोलियाँ ताबड़तोड़ बरसने लगीं।

राघव ने जान बचाने के लिए इनोवा की ओर दौड़ लगायी, लेकिन फिर जैसे किसी ख्याल ने उसे जकड़ लिया। उसने अचानक रुख़ मोड़ा और बाइक स्टार्ट कर रहे नितिन की ओर झपटा। उसकी गोलियाँ खत्म हो चुकी थीं।

राघव दौड़ा और छलाँग लगाकर नितिन से जा भिड़ा। दोनों सड़क पर लुढ़कते हुए नाली में जा गिरे।

कीचड़। धूल। घूँसे। राघव नितिन पर बरस पड़ा।

मनचंदा दूर पड़ा था, उसकी आँखों में बुझती हुई चमक थी। एक दर्द भरी मुस्कान उसके होंठों पर फैल गयी।

भीड़ जमा होने लगी। लोगों ने नितिन को घेर लिया, घूँसे, लातें, सब चलने लगे।

राघव मनचंदा के पास गया और उसे अपनी कार में भरने लगा।

ख़ून से सने होंठ मुश्किल से हिले।

"मेरी कार में एक बैग है... ज़रूरी है... रख लो।"

राघव झिझका, फिर भागकर बैग उठा लाया। राघव ने बैग मनचंदा को थमा दिया। राघव को समझ नहीं आया कि मनचंदा क्या चाह रहा है? बैग में क्या है? "ये... गोस्वामी का बैग है," मनचंदा बुदबुदाया।

मन्नू ने सहारा दिया, दोनों ने मिलकर मनचंदा को गाड़ी में लिटाया।

मनचंदा की साँसें टूट रही थीं। उसकी उँगलियाँ बैग को पकड़ते-पकड़ते ढीली पड़ने लगीं।

"हमने हमेशा इंसाफ़ किया है," उसकी आवाज़ काँप रही थी, "मगर ये बैग...ये झूठा है... हमें बुरा आदमी साबित कर देगा"

राघव की आँखों में उलझन थी।

"ये बैग तुम रख लो... हमारे बाद... हमारी बिटिया से कहना... मनचंदा बुरा आदमी नहीं था..."

मनचंदा के शरीर ने एक आख़िरी गहरी साँस ली। फिर सबकुछ ठहर गया।

◈◈◈

ICU की खिड़की के उस पार सफ़ेद एप्रन पहने डॉक्टर और नर्सों की भीड़ थी। मॉनिटर पर एक सीधी, ठंडी लकीर थी- मनचंदा की धधकती आँखें अब शांत हो चुकी थीं। डॉक्टर बार-बार एक-दूसरे को देख रहे थे, सिर्फ़ इतनी ही संवेदना के साथ जैसे किसी की कोई पुरानी मोटरसाइकिल बार-बार किक मारने पर भी स्टार्ट न हो रही हो। वो नाटक अच्छा कर रहे थे, मगर मनचंदा मर चुका था।

मन्नू और राघव काँच के उस पार खड़े थे, स्थिर। मन्नू की उँगलियाँ उसकी जेब में मुट्ठी बाँधे थीं, राघव की साँसें भारी हो गयी थीं।

लगातार पुलिसवाले वहाँ पहुँच रहे थे। SM पाठक भी आ चुका था।

काफ़ी देर बाद एक बूढ़ा डॉक्टर बाहर आया और सिर हिलाकर संकेत दिया- 'मनचंदा मर चुका है।'

मन्नू और राघव की आँखें नम हो गयीं।

पीछे, दो पुलिसवाले जो यहाँ ड्यूटी पे तैनात थे बोले, "पकड़ा गया न वो।"

"पर क्यों मारा उसने?"

"अब ये तो बाद में ही पता चलेगा। सर के तो इतने सारे दुश्मन थे। रहा होगा किसी का भाई बंधु।"

मन्नू और राघव ने एक-दूसरे को देखा, दोनों की आँखें धधक रही थीं, तय था, अगर वो पुलिसवाले या गुंडे होते तो पक्का मनचंदा की मौत का बदला लेते।

◈◈◈

बिना कुछ कहे दोनों पार्किंग की ओर बढ़े। उनकी वैगन आर के पिछली सीट पर ख़ून के धब्बे थे- मनचंदा का ख़ून, जो अब सूखने लगा था। राघव ने ड्राइवर सीट का दरवाज़ा खोला, मन्नू बगल वाली सीट में समा गया।

गाड़ी के अंदर दोनों के बीच में गोस्वामी का बैग रखा था। मन्नू ने पहले उसे पीछे फेंकना चाहा, लेकिन फिर कुछ सोचकर उसने बैग की ज़िप खोल दी। एक ठंडी धातु की झलक मिली- गूंगी गन। साथ में गड्डियों में बंधे नोट- एक के ऊपर एक, ठोस, वास्तविक।

राघव की आँखें चौड़ी हो गयीं।

◈◈◈

“कितना होगा?” राघव की आवाज़ धीमी थी।

मन्नू ने आराम से एक गड्डी गिनी। खिड़की के बाहर लोग आ-जा रहे थे, मगर न तो उन्हें इस वैगन आर में क्या हो रहा है इसकी परवाह थी, न ही वैगन आर में बैठे दोनों को बाहर क्या हो रहा है इसका होश- “नब्बे लाख।” मन्नू की आँखें नोटों पर टिकी थीं, लेकिन उसके चेहरे पर वो ख़ुशी नहीं थी जो इतनी रकम देखकर आनी चाहिए थी- “बस थोड़े ही कम हैं। दस और जुगाड़ ले, तेरा बैटरी का धंधा सेट हो जाएगा।”

राघव ने लंबी साँस खींची- “और तेरा म्यूज़िक वीडियो?”

मन्नू हल्का-सा मुस्कराया, फिर शरमा कर बोला, “पहले शादी कर लूँ यार। तब तक तू पैसे बना ले, फिर म्यूज़िक वीडियो में इन्वेस्ट कर दियो। वैसे भी मम्मी ने कसम दे रखी है... क्या पता तब तक इनवैलिड हो जाए।”

मन्नू का ठहाका गूँजा, लेकिन राघव चुप था। उसकी उंगलियाँ स्टेयरिंग पर कस गयीं।

“लाइफ़ सेट है, और क्या चाहिए?” मन्नू की आवाज़ में नकली उत्साह था।

राघव की नज़र बैग पर गयी। एक काम बाकी है।

◈◈◈

11 सितंबर, 2024

यूट्यूब चैनल लाइव था।

स्टूडियो में, कैमरे के लाल इंडिकेटर जल रहे थे। मायरा और राघव ग्रीन स्क्रीन के सामने बैठे थे। स्टूडियो लाइट्स की रोशनी उनकी आँखों में चमक रही थी, लेकिन राघव की आवाज़ में एक भारीपन था।

"मनचंदा साहब ने हमेशा इंसाफ़ किया," राघव की आवाज़ में कंपन था, "वो बुरे आदमी नहीं थे। वो हीरो थे। वो अच्छे आदमी थे।"

उसकी आँखें अचानक गीली हो गयीं। उसने गहरी साँस लेने की कोशिश की, लेकिन आँसू पलकों से लुढ़क ही आये। मायरा उसे टकटकी लगाए देखती रही फिर बिना कुछ कहे अपना रूमाल बढ़ा दिया। राघव ने उसे थाम लिया और नज़रें झुका लीं, स्टूडियो तालियों की गड़गड़ाहट से भर उठा।

"एंड... कट!" डायरेक्टर की आवाज़ गूँजी।

शो ख़त्म हो चुका है। क्रू के लोग दौड़कर आये, मायरा और राघव के माइक उतारने लगे। माहौल में हलचल थी। कोई किसी से हाथ मिला रहा था, कोई स्क्रीन पर शो के आंकड़े देख रहा था।

स्टूडियो के दरवाज़े से तेज़ी से बॉस दाखिल हुआ। उसके चेहरे पर उत्तेजना साफ़ झलक रही थी, "कमाल कर दिया, मायरा! और तुम भी, राघव! फाइव मिलियन वॉचिंग! अद्भुत है!"

मायरा ने मुस्कुराते हुए सिर झुका लिया। यह उसके धन्यवाद कहने का तरीक़ा था।

"मुझे लगता है, अब तुम्हें प्राइम टाइम पर आ जाना चाहिए," बॉस ने जोश में उसकी पीठ थपथपाई।

मायरा हल्के से मुस्कुरायी, लेकिन उसकी आँखों में कुछ और ही चल रहा था, "सर, मैं ये जॉब छोड़ रही हूँ।"

बॉस के चेहरे की मुस्कान अचानक सिमट गयी- "क्या...?"

"मुझे सी-न्यूज़ में काम मिल गया है। बैक रूम का काम है, लेकिन बड़ा न्यूज़ चैनल है। वहाँ अच्छा किया, तो कुछ दिनों में कैमरे के सामने भी आ सकती हूँ," मायरा ने आत्मविश्वास से कहा।

राघव उसे गौर से देख रहा था। उसे यह पसंद आया- एक नयी मंज़िल की ओर बढ़ती मायरा। हल्के से मुस्कुराते हुए उसने पूछा, "तो कब आऊँ तुम्हारे घर पार्टी पर?"

मायरा भौहें चढ़ाती हुई बोली, "किस बात की पार्टी?"

राघव हौले से हँसा, लेकिन उसके चेहरे पर झिझक उभर आयी, "तुम्हारे पापा तो सोशलाइज़िंग पसंद करते हैं, ना? और फिर उन्हें मुझसे मिलना भी है। तो कब आऊँ?"

मायरा के होंठों पर एक सख्त लकीर खिंच गयी। उसकी आवाज़ शांत लेकिन कठोर थी, "जब तक कैमरे के सामने वाली जॉब नहीं मिलती, हमें इस टॉपिक को होल्ड करना चाहिए।"

राघव की मुस्कान फीकी पड़ गयी। उसकी आँखों की चमक बुझने लगी, जैसे किसी ने गुब्बारे में पिन चुभा दी हो। कुछ देर तक वह बस मायरा को देखता रहा, फिर हौले से राजी में अपना सिर हिला दिया।

◈◈◈

हाईवे के दोनों ओर कतार में खड़े मकान कम-ओ-बेश एक जैसे लग रहे थे- एक-जैसे रंग, एक-जैसी खिड़कियाँ, एक-जैसी छतें। मगर मन्नू का घर बिल्कुल अलग था। उसकी दीवार में एक पुरानी MARUTI 800 धँसी हुई थी, जैसे किसी गुस्साए ड्राइवर ने गाड़ी को घर के सीने में ठोक दिया हो। आधी कार अंदर समाई हुई थी, आधी बाहर झूल रही थी।

तमाशा देखने के लिए गली में भीड़ जमा थी। बच्चे उचक-उचककर देख रहे थे, कुछ लोग मोबाइल पर वीडियो बना रहे थे। जेसीबी की लंबी गर्दन धूल उड़ाती हुई आगे बढ़ी, उसका लोहे का हाथ MARUTI 800 को मन्नू के बेडरूम की दीवार से बाहर निकालने लगा।

इतने दिन से फँसी कार की वजह से दीवार के ऊपर की तरफ़ भी क्रैक आ गया था, पलस्तर उखड़ने लगा, कुछ ईंटें आगे-पीछे हो गईं, मगर इतने शोर और उत्साह में किसी ने कुछ नहीं देखा।

मन्नू ने अपनी माँ सीता की ओर देखा। वह हल्की मुस्कान लिए खड़ी थी, जैसे कोई पुराना जख्म अब जाकर भरा हो।

मन्नू के चेहरे पर संतोष था।

राघव ने मायरा की तरफ़ देखा, उसे गले लगाने के लिए बढ़ा, मगर मायरा ने हल्का-सा साइड होकर औपचारिकता से गले लगाया। राघव ने अपने भीतर उठती कसक को दबाया, मन ही मन सोचा- बस दस लाख और आ जाएँ, कारोबार जम जाए, फिर मायरा भी मान जाएगी।

मन्नू ने अपनी माँ को फिर देखा। कितनी तकलीफें झेली हैं इस औरत ने। घर ठीक कराऊँगा, फिर शादी करूँगा। माँ को अब ख़ुश रखना है।

जैसे ही जेसीबी ने ज़ोर लगाया, गाड़ी एक झटके में बाहर आ गयी। लोगों की तालियाँ गूँज उठीं। हँसी-मज़ाक की आवाज़ें हवा में घुल गयीं।

अचानक, क्रैक हुई दीवार चरमरायी। ऊपर की ईंटें ढीली हुईं और एक के बाद एक गिरने लगीं।

"माँ!" मन्नू का दिल दहाड़ा, मगर आवाज़ सीता तक पहुँचने से पहले ही एक ईंट सीधे उसके सिर पर आ गिरी। वह एक क्षण के लिए डगमगाई, उसकी मुस्कुराहट जमी, और फिर वह ढह गई- उस पुरानी दीवार की तरह, जो सालों से सहती आयी थी।

शोर थम गया। तालियाँ ख़ामोशी में बदल गयीं। भीड़ उसकी ओर भागी।

एक आदमी झुका, काँपते हाथों से सीता की कलाई को पकड़ा। कुछ क्षण के लिए उसकी साँसें थमी रहीं, फिर उसने सिर हिला दिया।

मन्नू की दुनिया उसी पल रुक गयी।

सीता अब नहीं रही।

सबका ख़ुशी से फ़ासला बस एक क़दम है,
हर घर में बस एक ही कमरा कम है।

- जावेद अख़्तर